叛逆者

田 尹愚 著

图书在版编目(CIP)数据

叛逆者/畀愚著. —北京：人民文学出版社，2020（2021.6重印）
ISBN 978-7-02-016292-5

Ⅰ.①叛… Ⅱ.①畀… Ⅲ.①中篇小说—小说集—中国—当代 Ⅳ.①I247.7

中国版本图书馆 CIP 数据核字（2020）第 080160 号

策划编辑	胡玉萍
责任编辑	李　宇
装帧设计	崔欣晔
责任校对	李义洲
责任印制	任　祎

出版发行	人民文学出版社
社　　址	北京市朝内大街 166 号
邮政编码	100705
印　　刷	北京盛通印刷股份有限公司
经　　销	全国新华书店等
字　　数	172 千字
开　　本	880 毫米×1230 毫米　1/32
印　　张	7.25　插页 4
印　　数	60001—110000
版　　次	2020 年 6 月北京第 1 版
印　　次	2021 年 6 月第 2 次印刷
书　　号	978-7-02-016292-5
定　　价	46.00 元

如有印装质量问题，请与本社图书销售中心调换。电话：010-65233595

目录

叛逆者 ………… 1

邮差 ………… 72

氰化钾 ………… 135

胭脂 ………… 189

叛逆者

一

中弹之后，林楠笙开始失去知觉。他不知道自己是躺在一口棺材里离开上海的，也不知道那架日本运输机在启德机场一降落，就有一辆救护车载着他呼啸而去。直到醒来，看着站在病床前那名医生头戴的日本军帽，他还以为自己已经被捕，就重新闭上眼睛，把那句最想问的话咽回肚子。

接下来的整整一天，林楠笙都趴在手术台上。他从麻药中一次次醒来，又一次次被麻醉过去。日本军方后来找来一名英国医生会诊。看完X光片，英国医生俯视着那个比他矮了大半截的日本军医，用英语傲慢而自信地说，这个世界上除了上帝，谁也没有能力取出这颗子弹。说完，傲慢的英国医生脱下白大褂，仰起他苍白的脸，走到手术室门口推开门，对守在外面的卫兵仍旧用英语说，送我回集中营吧。

林楠笙是在完全清醒后才知道，那颗射入他脊椎的子弹同时伤及了他的中枢神经。

它会让人慢慢地失去知觉，如果到那时还活着，你将成为一个永远感觉不到疼痛的人。日本军医铃木正男用生硬的英语说完这话，就垂下他那颗硕大的头颅，笔直地站在林楠笙的病床前，如同致哀。

林楠笙始终一言不发,他每天像个哑巴趴在病床上,即便在伤口疼到钻心时,也只是咬紧了牙齿,默默地观察着那些进出他病房的医生与护士。然而,医生与护士的脸上并没有他想要的答案。他们每个人都是那样的尽职与专业,对他的照料更是无微不至,让他只能把所有的疑问都深埋进心底。

这天,左秋明提着一个皮箱进入特护病房,脸上挂着温和的笑容,就像一位远道而来的旅客。林楠笙仍然一言不发,看着他打开皮箱,把里面的衣服一件件挂进壁橱,把一些书放在床头柜。然后在他拉过一把椅子坐下后,才看着他的眼睛,第一次开口问:这是哪里?

香港。左秋明说完,马上微笑着补充:日本人的皇家陆军医院。

林楠笙愣了愣,就再也不说话了,扭头看着窗外碧蓝的天空。

左秋明是林楠笙特训班时的同学,毕业后就去了广州,从一名普通的情报分析员一路升迁,现在是总部派驻香港区的对外联络官。他在短暂地吐出一口气后,把嘴巴凑到林楠笙耳边说,记住,现在你叫庞家骏。说完,他掏出一个信封塞到林楠笙的枕头底下,接着又说,你的父亲是南京的中央委员庞然。

林楠笙不说话,一直到左秋明起身告辞,也没再动一下嘴巴。林楠笙只是用眼睛平静地注视着他。

左秋明塞在枕头底下的信封里装着一本绿色的证件,上面烫着两行金字:中国国民党中央执行委员会特务委员会特工总部。

这是汪精卫的情报机关。林楠笙在上海时曾经去过,在极司菲尔路76号,门口的暗堡里架着两挺机枪,每个进去的人都必须站在枪口下接受搜查。那时候,他刚由重庆的总部调派上海站,主要工作是收集情报与策反汪伪政府人员。他以路透社记者的身份采访丁默邨,就是总部决定策反这个出名叛徒前的一次投石问路。

握别之际，他微笑着说，丁先生，我们都不希望再发生西伯利亚皮草行的事件。

一年前，丁默邨在西伯利亚皮草行门外的大街上险遭中统特工枪杀。而此刻，他却像什么事情都没有发生过那样，平静地看着林楠笙，淡淡地问：你的老板姓陈？

林楠笙仍然微笑着说，姓陈姓戴又有什么关系呢？

丁默邨点了点头，抽回手掌说，那你替我问候你老板吧。

林楠笙经历了入行以来最惊心动魄的一刻。从76号的大门出来，沿着人行道一直走到愚园路，他发现汗水早把西服里面的衬衫浸透。

当天晚上，在东亚饭店的一间套房里，顾慎言亲手为他倒了一杯白兰地，笑着说，压压惊吧。

顾慎言是林楠笙的长官，也是他在特训班时的教务主任。他把无数的热血青年培养成党国的特工，但自己却始终像个优雅的绅士，喜欢听交响乐，喜欢唱京戏与下围棋，有时还会在房间里用法语吟诵波德莱尔的诗歌。他在仔细听完林楠笙说的每一个字后，把夹在指间的雪茄掐进烟缸，说，找机会你再去一趟，就说我要跟他见面，时间、地点由他来决定。

林楠笙想了想说，今天他没把我扣下，也许就是为了钓你这条大鱼。

那就让他钓吧。顾慎言说，干我们这一行的就是在刀尖上跳舞。

汪精卫在南京另立政府不久，他的军政顾问忽然来到上海，在参加完日本驻沪海军司令部的会议后，他还将出席一场为和平建国军筹款举行的答谢舞会。

这是唯一的机会。那天，顾慎言从他办公桌里，拿出一张照片，说，这天我们已经等了两年。

林楠笙知道，这个人在日本陆军部花名册上登记的名字是上村净，他还有个中文名字叫童自重。在军统的暗杀名单里，排在第二十一位。

这应该是外勤组的工作。林楠笙说完就有点后悔，自从军统上海站长投敌，行动部门几近瘫痪。

他今晚就回南京。顾慎言说，我们没时间去外勤组调人。

问题是我从没杀过人。

但你知道怎么杀人。顾慎言起身走到窗前，望着大街，缓慢而坚定地说，有些事是我们必须要做的。

林楠笙只有半天的时间做准备。他回家在浴缸里放满热水，用了整整两个小时，把自己浸在浴缸里，一直到夜色降临，才起来擦干身体，刮干净脸，换上礼服。他拉下窗帘，打开屋里所有的电灯，站在屋子中央看了一会儿，在转身拉开门的同时，掏出钥匙扔在地板上。然后，轻轻地关上门，头也不回地跑下楼梯。

林楠笙赶到红房子西餐厅才发现，前来跟他接头的人是蓝小姐。她是闻名沪上的交际花，许多月历牌上都印有她的芳容，但今晚她是林楠笙的助手，负责把他带进会场、提供武器与掩护撤退。她对林楠笙讲完全盘计划后，一指桌上的牛排说，吃吧。林楠笙顺从地点了点头，拿起刀叉吃到一半时，她忽然说，我最喜欢这里的煎牛排与蘑菇汤。

林楠笙愣了愣，抬头看着她那双漂亮的眼睛，却再也没有胃口吃完盘子里的牛排。

答谢舞会在华懋饭店八楼大厅举行。这是一场汉奸与亲日分子的盛会，楼下的八角厅里站满了验收请柬的便衣。他们彬彬有礼，同时也对每个进入电梯的男女进行仔细搜查。

童自重的到来把舞会推向高潮。他在一片掌声中开始发表演讲，蓝小姐转身去了女宾化妆间，出来就把一支手枪插在林楠笙的后腰，然后用手搭在那里，就像位温顺的恋人，把脑袋轻轻地靠在他的肩上。

掌声再次响过后，天花板上的灯光渐渐暗去，音乐像潮水般涌上来。蓝小姐掏出一块手帕，轻柔地擦去林楠笙鬓角的一丝汗迹，在他耳边说，来吧。

说完，她拉着林楠笙步入舞池，两个人再也不说一句话。

按照计划，林楠笙将在与童自重擦身而过时掏枪射击，然后跑上十一楼，在那里的一间客房里度过一夜，第二天离开饭店。可是，还没等他们接近童自重，舞池里的枪声已经响起。

一个男人推开他的舞伴，一枪将童自重射倒后，在女人的尖叫声中又朝他身上补了两枪，然后往用人通道的方向跑去。但是，童自重的保镖们冲进舞池，子弹在瞬间追上了他。男人一头倒在舞池的边缘。

林楠笙慌忙扔掉手枪，拉着蓝小姐混入人群，却没有跟着他们往下跑，而是上到十一楼，一直到进了那间客房，还紧紧地拉着蓝小姐的手。

蓝小姐慢慢地抽出她的手，拿了件浴袍去了卫生间，出来后脸上已无丝毫惊惶之色。

林楠笙说，如果不是那个人，死的一定是我。

不会是你。蓝小姐摇了摇头，爬上床，用被子裹紧自己。

确保林楠笙安全地撤离，必要时哪怕付出自己的生命，这是蓝小姐今晚任务中的最后一项。

林楠笙是看着她的眼睛一点一点变得暗淡的。这天晚上，华懋饭店里闹腾了一夜，他们蜷缩在一张床上同样彻夜未眠。就像所有经历了生死的人们一样,他们变得亲近。关掉灯后,蓝小姐在黑暗中说她有个不到四岁的儿子,她的丈夫战死在南京的下关。

第二天,林楠笙去复命时,顾慎言的案头放着很多份报纸。他在听林楠笙仔细说完后,揉着太阳穴说,应该是中共。

林楠笙说,为什么不是中统?

顾慎言想了想,拿起一份报纸,仔细盯着上面的照片,说,这不是中统的手法。

二

一年后,林楠笙基本放弃了对敌的策反工作,而把更多精力转移到情报的收集与分析上。租界里从来是个鱼龙混杂的地方,几乎全世界的情报组织都设有办事处,还有无数巡捕房的密探与帮会的耳目,这些人在日本加入轴心国后似乎变得更加忙碌。有时候,从办公室的窗口望下去,林楠笙甚至觉得每个行色匆匆的人都各怀使命。

现在,林楠笙的对外身份是华兴洋行的业务帮办。这家从事丝绸与茶叶出口的公司,实际上是军统在上海的情报中转站。顾慎言为此租下了湘湖大厦的整个顶层楼面,就在南京路最热闹的地段。这里是上海的商业中心,也是太平洋西岸的情报集散中心。每天,各种各样的信息通过各个渠道雪片一样飞来,经过辨别、分析、归类后,又像雪片一样散出去。

林楠笙几乎忙得不可开交。可是,哪怕再忙,每个星期他都忘不了要去一家叫雅力士的酒吧,去见一个有着一半俄罗斯血统的男人。

那人是这家酒吧的调酒师,也是中共留守在上海的情报员。林楠笙坐在吧台前,除了喝他调的鸡尾酒,更多是为寻求那些可以交换的情报。顾慎言在授命他这一任务时说过：情报工作就是你中有我，我中有你。他同时也提醒林楠笙——在情报的世界里没有永远的敌人，更不会有永远的朋友。

然而很多时候，林楠笙喝着那些叫不上名字的混合酒，他发现自己跟眼前的调酒师竟然有了一种默契。那天晚上，调酒师破例请他喝完一杯伏特加后，扭头看着酒吧的一个角落，说，明晚接替我的人会坐在那里，桌上放一杯血腥玛丽。

林楠笙说，那你呢？

我该走了。调酒师说，我在一个地方待得太久了。

第二天晚上，林楠笙再次来到酒吧，发现跟他接头的人竟然是朱怡贞。将近六年不见，她最大的变化是满头的秀发——当初是童花头，现在烫成了大波浪。

那时候，林楠笙还是沪江大学里的英语助教，同时也是朱怡贞的初恋情人。他们的师生恋情瞒过了整座学校的眼睛，却瞒不了朱怡贞的母亲。她在一天早上闯进校长的办公室，说在教会学校发生这种事是上帝的耻辱。临走前，她给了年轻的校长两个选择：要么把伤风败俗的英文助教除名，要么明天她把报社的记者请来。

离校的前夜，林楠笙在操场后面的小教堂等到天亮。他坐在狭小漆黑的祷告厢里，那是他们无数次幽会过的地方。他们曾在这里拥抱、接吻与做爱，就在上帝的眼皮底下。林楠笙记得她说过：我一天是你的人，一辈子就是你的人。可是，那天晚上朱怡贞没有出现。她被母亲关在了家里，跪在她父亲的遗像前一直反省到天亮。

两个人离开酒吧后，朱怡贞站在街上，说，如果你要求换人，我可以向我的上级提出来。

林楠笙淡淡地说，只怕这就是你们上级的意思。

朱怡贞愣了愣，低头看着自己的脚尖。

重庆现在每天都在遭空袭。林楠笙说,我们需要日本空军的一切动向。

你也应该知道我们需要什么。朱怡贞说完,伸手招来一辆黄包车。她再也没有看林楠笙一眼,让车夫拉着绕了好几条马路后,才换乘另一辆回到家。纪中原正坐在台灯下刻章,他曾经是朵云轩的篆印师,如今在福佑路的偏僻处开了一家装裱店,挂出来的招牌上同时写着兼刻印章。

这里是他们的家,也是他们的情报收发站。

朱怡贞去里屋换上一件毛衣后出来,坐在纪中原的桌边,一直看到他抬起头来,才说,这就是你让我接替调酒师的原因?

纪中原点了点头。

朱怡贞看了眼梳妆台上那个带锁的抽屉,说,你偷看了我的日记。

还有你的相册。纪中原平静地说,你不该保存这些东西。

我留着不是让你偷看的。

我需要了解你。纪中原说,我们是夫妻。

朱怡贞发出一声冷笑,说,难道你想让我去跟一个军统特务旧情复燃?

纪中原的眼光开始变得暗淡,他说,我只知道这个人对我们很重要。

那我呢?

你是个情报员。纪中原说,你要明白,情报高于一切。

朱怡贞沉默了很久后,说,我要求向上级反映现在的情况。

这是你的权利。纪中原说,但在没有得到上级答复前,你必须服从我的命令。过了很久,他一指梳妆台的抽屉,又说,那些日记,还是趁早处理了吧。

林楠笙第二次与朱怡贞见面是在地地斯咖啡馆。

地点是林楠笙挑的，他记得朱怡贞喜欢喝这里的热巧克力。可这一次，她要了杯不加方糖的黑咖啡。

林楠笙笑着说，你的口味变了。

朱怡贞就像没听见。她把一本《良友》画报放在桌上，说，这是日本第三飞行师团在汉口的驻防情况，你们应该用得着。

林楠笙同样也像没听见。他看着朱怡贞无名指上那道戒指留下的印痕，说，干吗要把它摘了？

朱怡贞蜷紧手掌，说，你也应该给我点什么吧？

你们真的是夫妻？林楠笙若无其事地摇着头，说，我不相信你会嫁给一个开装裱店的篆印师。

说着，他见朱怡贞要起身，就一把抓住她那只手。

朱怡贞说，放开。

他是你的上级。林楠笙收敛起脸上的笑容，盯着她的眼睛，说，你的任务不只是交换情报。

朱怡贞说，请你放手。

林楠笙渐渐松开手，靠回椅子里，认真地说，贞贞，这一行，不是一个女人该干的。

朱怡贞愣了愣，说，是你没资格干这一行，你破坏了我们之间的规矩。

说着，她起身，头也不回地离开咖啡馆。

这一回，朱怡贞没有绕道，而是直接回到福佑路上的装裱店。一进里屋，就对纪中原愤愤地说，该死，他跟踪过我，还摸到了你的底。

这是意料之中的。纪中原笑着说，我们不也跟踪与调查过他？

那不一样。朱怡贞说，他会给我们带来危险。

我们也一样可以给他带去危险。纪中原仍然微笑着，笃定地说，他明白这个道理。

你有点过于相信一个国民党的军统特务了。朱怡贞的语气变得冷峻，她说，请你别忘了皖南事变。

纪中原在一张椅子上坐下，仰面看了朱怡贞好一会儿，忽然说，怡贞，你们曾经是恋人，你们相爱过。

朱怡贞一愣，但马上说，那是过去。

那现在呢？你信任我吗？纪中原说完，仍然一动不动地看着她，一直看到她一点一点地垂下眼帘，再也不说一句话。

这天清晨，纪中原取出一把湘妃竹的折扇交给朱怡贞，让她送到城外的真如寺，回来时已是下午。朱怡贞提一盒真如寺的素生煎，在福佑路上走了不一会儿，就听到了装裱店方向传来的爆炸声。她的心一下子悬到嗓子眼里。等到第二声爆炸响起，她几乎是小跑着奔向家的方向。

朱怡贞是迎面被人抱住的。那人穿着长衫，头戴礼帽，不由分说把她塞进一辆停在路边的黄包车，朱怡贞这才看清楚帽檐下林楠笙的脸。她说，让我下去。

林楠笙就像没听见。他对车夫说，快走。

你放开我。朱怡贞还是不停地挣扎着，不停地说让她下车，直到林楠笙掏出手枪，顶在她腰间，她才一下睁圆了眼睛，瞪着他。他们的呼吸都有点急促，喷在彼此的脸上。

好一会儿，林楠笙收回手枪，在她耳边说，你要镇定。

可是，朱怡贞镇定不下来，眼前老是出现藏在家中的那颗手雷。她记得，那是一颗日军制式的九七式步兵手雷。纪中原在把它放进藏着发报机的那个暗格时曾说过，它的威力足可以把整间屋子炸毁。

他还说，这是为他自己准备的。

林楠笙始终紧搂着朱怡贞的肩膀，一直到进了他的公寓，关上门，才松开手。他告诉朱怡贞，这一天出事的不光是福佑路的装裱店，还有八仙桥的米行、十六铺的茶馆、小东门的当铺，不是被扔了炸弹，就是有人遭乱枪射杀。这些地方应该都是你们的联络点。最后，林楠笙说，问题出在你们的高层。

朱怡贞呆立了好一会儿后，直视着他说，那你怎么会在那儿？

我收到消息76号在福佑路上布控，就赶去通知你。林楠笙说，幸好你没在里面。

朱怡贞再也不说一句话。她在沙发里一直坐到天色黑尽，才忽然站起身往外走。林楠笙一把拉住她问，你去哪儿？朱怡贞不说话。林楠笙用力把她摁进沙发，又说，现在，你哪儿都不能去。朱怡贞咬紧牙齿，拼命想让自己站起来。林楠笙就更加用力地摁住她，说，你这是去送死，他们张着口袋在等你呢。

那就让我去死。朱怡贞忽然爆发出一声尖叫。

三

上海的梅雨季节，空气中潮得都能拧出水来，但更难受的是人，好像有什么东西从骨头深处在一点一点地往外滋长。大病之后的朱怡贞神情憔悴，每天待在林楠笙的公寓里，隔着窗玻璃，她眼中的世界只剩下巨籁达路上那两排法国梧桐。在雨水中，每片叶子都绿得让人揪心。

可是，朱怡贞哪里都去不了。林楠笙的话是对的，只要没把叛徒找出来，她唯一能做的就是隐藏好自己。日本宪兵封锁了离开上海的每条通道，76号的特务们日夜守候在租界的水陆码头。他们对每个准备离开的平民严加盘查，几乎每天都有无辜者因此丧命。

但朱怡贞还是想要离开。一天傍晚，她换上来时穿的那件旗袍，从房间里出来对林楠笙说，我不能再待在这里。

你能去哪儿？林楠笙说，一出去你就有可能被捕。

我不怕。朱怡贞说，我受过训练。

一旦被捕，你的忠诚就会受到质疑。

我们的组织不像你们。朱怡贞说，它只会证明我更忠诚。

那你也用不着去自投罗网。林楠笙说，无谓地活着总比无谓地死去要好。

可我不能活在这里。

我们不是敌人。林楠笙看着她，说，至少我们还是朋友。

朱怡贞一下就沉默了，转身回到房间，关上门，整个晚上都没有出来。

几天后，顾慎言把林楠笙叫到办公室，开门见山地说，你收留了一个女人？

林楠笙低下头，说，是。

她是中共的情报人员。

林楠笙还是低着头，说，让她落进日本人手里，对我们没有好处。但她掌握的情报对我们肯定有用。

她已经是只断线的风筝。林楠笙抬起头，面无表情地说，我有责任保护她。

你是在自毁前程。

我入这一行，不光是为了前程。

顾慎言一愣，说，对抗敌期间的婚恋，戴先生是有明确规定的。

林楠笙再次低下头，说，是。

顾慎言说，你可以让她成为我们的同志。

当晚，林楠笙带着朱怡贞离开公寓。路灯下细雨如丝，他们合打着一把伞，就像一对出门散步的年轻夫妻，朱怡贞的身体裹在一件男式风衣里。他们沿着巨籁达路一直走到霞飞路，再从那里叫了辆车来到苏州河边。对岸就是日本人的军营，林楠笙却始终不说一句话，朱怡贞也没开口问过一个字，只是挽着他的胳膊，沿着河堤走了很久，才钻进一辆停在黑暗中的汽车。

护送他们进入日租界的是个留着仁丹胡子的男人，除了回头看一眼外，他跟林楠笙之间自始至终没说过一个字。汽车在哨卡待检时，林楠笙忽然伸手把朱怡贞搂进怀里，另一只手拉过她的一只手，轻柔而有力地握着，但朱怡贞还是听到了自己的心狂跳不已。

她一直到下了车，看着汽车驶离，才站在雨里冷冷地说，原来你们跟日本人勾勾搭搭是真的。

林楠笙笑着说，中国人里有汉奸，日本人也一样。

说着，他撑开伞，两个人在日侨聚集的平安里街上又走了一会儿，林楠笙把她带进一幢小公寓顶层的阁楼。打开门，他把钥匙放进朱怡贞手里，说这里是他为自己准备的。

那你就不该带我来。朱怡贞说。

林楠笙没说话，只是用眼睛平静地看着她，一直看到两人都再也没话可说。

朱怡贞的房东是个头发花白的中国寡妇，同时也是日本遗孀。三十年前，为了爱情她的日本情人抛妻弃子、背井离乡来到这里与她生活在一起。他们靠行医为生。现在，情人早已成了挂在墙头的一幅遗像，但她并不悲伤，每天除了为他点上三支香、泡一壶铁观音外，整个白天都会坐在窗边的绣桌前。

老寡妇把她所有的思念都化成了绢帛上的一针一线,那种姿态总让朱怡贞回想起自己的母亲。母亲死于淞沪会战的炮火,与她们家的祖宅一起成为灰烬。她此生唯一的心愿就是把女儿嫁入豪门,梦想以此来重振她们日渐衰败的家族。

朱怡贞像是一下迷上这项古老而繁复的手艺,开始每天在老寡妇房里学习刺绣,有时也帮着她缝制和服,到了周末就去街口的报摊,买一份当天的《每日新闻》。那是她跟林楠笙临别前的约定——只要他还安然地活着,每个周末都会在《每日新闻》中缝登一则相同的寻人启事。

除此之外,朱怡贞几乎足不出户。时间让她的皮肤日渐苍白,眼神却变得越发安宁。可是,这样的日子到了秋天就一下子结束。在一个天高云淡的午后,朱怡贞站在报摊前,在《每日新闻》上看到那则熟悉的启事的同时,还看到了另外一则。

那是一句只有她才能读懂的暗语,是组织对她的召唤。

约见朱怡贞的是个戴着黑框眼镜的中年男人。坐在虹口公园的一条长凳上,他说,我姓潘,你可以叫我老潘。

朱怡贞想起了第一次跟纪中原见面。他说我姓纪,你可以叫我老纪。朱怡贞点了点头,问他老纪的尸骨埋在哪里了。

老潘愣了愣,说,革命者马革裹尸,他永远活在我们心中。

朱怡贞低下头去,开始诉说这几个月里的经历。老潘却一摆手,制止了她。朱怡贞说,我有必要向组织上交代清楚。

你从没离开过组织的视线。老潘说,我在这里见你,就充分体现了组织对你的信任。

那你们早该联络我。

我们得先找出叛徒。老潘说,我们付出了很大的代价。

他是谁?

老潘叹了口气,没有回答。他交代给朱怡贞的任务是恢复与军统的情报交换机制。最后,他说,林楠笙这个人值得我们去争取。

朱怡贞不说话,远远地看着草坪对面那几个身穿和服的日本男女。

有什么困难,你可以提出来。

朱怡贞摇了摇头,还是不说话。

我知道你在想什么,我们要把目光放远。老潘说,日本鬼子迟早会滚出中国的。

朱怡贞忽然回过头来,看着他,说,你不怕我被他策反过去吗?

老潘笑了,说,组织上相信你。

朱怡贞回到老寡妇的房间,就像什么事都没发生过。整个下午,她都坐在那张绣桌前穿针引线,一直到傍晚才起身回到她的阁楼,拉起窗帘,直挺挺地躺在床上,睁大眼睛出神地看着黑糊糊的屋脊。

三天后,她跟林楠笙在地地斯咖啡馆见面时,林楠笙的脸上露出一丝无奈的笑容。他说,我们还是回到了老地方。

朱怡贞用勺子在咖啡杯里搅了很久,才说,你瘦了。

林楠笙说,我们开始吧。

朱怡贞点了点头,却忽然有种说不出来的难受。她在用力喝下一大口咖啡后,一下用手捂住嘴巴,看着窗外。

临别之际,朱怡贞从包里掏出那把钥匙,放在桌上。她没有再看林楠笙一眼,起身就往外走,但到门口却一下站住,就像听到有人叫她那样,回过头来。

林楠笙不紧不缓地走上前,拉过她的手,将那把钥匙放进去,说,还是留着它吧,那个地方是灯下黑。朱怡贞看了他一眼,还是推门想走。林楠笙仍然拉着她的手,张了张嘴,却不知道说什么好,于是就笑了笑,说,再见。

现在，朱怡贞每天早出晚归，每个星期跟林楠笙见一次面，除了交换情报，他们几乎不说一句多余的话。朱怡贞变得异常忙碌，她再没时间去老寡妇房间学习刺绣，就自己从旧货行里买了张绣桌，放在阁楼上，一到夜深人静就埋头坐在那里，凝神屏气，穿针引线。朱怡贞绣得那样的专注与忘我，好像这世上除了绣桌上紧绷的这块绢帛，再没有让她倾心的东西。可是，有一天晚上她却像疯了一样，绣着绣着，忽然拿过一把剪刀，几下就把那幅即将完工的"蝶恋花"铰成了碎片。

朱怡贞一头趴在绣桌上，等她再抬起头来时，灯光下，她的眼中蓄满了泪水，但她没有哭出一丝声息。朱怡贞起身，洗了把冷水脸后，就像什么事都没发生过，拿过扫帚仔细把地打扫干净，重新在绣桌上绷上一块绢帛，找出绣样铺在上面，俯身开始一点一点地勾图。

朱怡贞绣的还是那幅"蝶恋花"。

四

汪精卫政府在《中华日报》上公布《渝方蓝衣社上海区组织以及其名单》的当天，顾慎言下令烧毁整个华兴洋行，却没想到酿成了一场灾难。大火从湘湖大厦的顶层向下延伸，很快吞噬了整幢大楼。在一片救火车的警报声中，他长久地站在新世界大饭店一扇临街的窗前，远处大楼上的火焰在他眼睛里不停地跃动。

顾慎言缓慢地回过头来，对垂立在身后的下属们说，你们要记住今天。

这天是1941年的11月28日。军统在上海地区的十个部门、八个行动队、五个情报组全部暴露。顾慎言在接到撤回重庆的命令后，却选择留下来。他对林楠笙说，放弃上海，我们就等于瞎了一只眼睛。

林楠笙小心翼翼地提醒他：留在上海，我们就违背了戴先生的命令。

你想过没有，我们为什么会落到今天的地步？顾慎言看着他，在长叹了一声后，接着说，任何组织一旦把忠于个人或某个集团作为精神支柱，今天的悲剧就在所难免。林楠笙一时不知道说什么好，顾慎言戴上了一直捏在手里的礼帽。他要分别去杭州与南京重新招募人手。他最后对林楠笙说，你的任务就是等我回来。

当天晚上，林楠笙闯进朱怡贞住的阁楼时，身上穿着和平建国军的制服，一条胳膊缠着绷带，挂在脖子上，就像个从陆军医院里溜出来寻欢的年轻军官。

你没把我的衣服都扔掉吧？林楠笙笑着对朱怡贞说，我要在这里住几天。

朱怡贞笑不出。整个傍晚她都坐在绣桌前看那张《中华日报》，而现在，她把目光停在林楠笙那条吊着的胳膊上。

没事。林楠笙继续微笑着，随手扯下绷带，同时环顾着四壁，说，这里比当初更像个家了。

朱怡贞还是不说话。她取出一套原先留在柜子里的睡衣放在床上后，转身坐到绣桌前，哈了哈冷得有点僵硬的手，拿起针线开始往那块绢帛上刺绣。

这是个奇特的夜晚，窗外不时有警笛声远远地传来，屋里却静得只有针线穿过绢帛的声音。

林楠笙在床上躺了会儿，就掀开被子，赤着脚站到地板上。朱怡贞总算第一次开口了，眼睛看着那只绣到一半的蝴蝶，说，你应该撤离,而不是来这里。

总有人得留下来。林楠笙迟疑了一下,走过去,把两只手搭在她肩上,像个按摩师那样揉捏一会儿,他说,你不能坐着到天亮。

朱怡贞轻轻地挣脱他的双手,说,一晚上没事的,明天我就去买床被褥。

林楠笙无声地退回床上,说,是我不该来。

朱怡贞笑了笑,说,好好睡觉吧。

几天后,日本军队接管整个租界,飞机一大早就在低空盘旋,无数的传单像雪片一样撒落,而日租界的大街上却显得异常的冷清与洁净,只有那些裹着绑腿的中国警察在寒风中踱步。快到中午的时候,朱怡贞出去了一趟,但很快又回来。

日本向英美宣战了。一进门,她有点喘息地说,早上他们击沉了停在黄浦江里的派德列尔号炮舰。

说完,她脱掉洋装,换了旗袍,对着镜子飞快地盘起头发。

林楠笙靠在窗边,静静地看着她,说,今天你出得了上海吗?

朱怡贞愣了愣,说出不去也得去。说着,她转身拧了把毛巾,把脸上的妆容擦干净后,又说,抽屉里还有半个面包。

林楠笙在她拉开房门时,拦住她,说,我替你去吧。

朱怡贞一笑,说,这是不可能的。

那让我陪你去。

这也是不可能的。

如果我有通道出城呢?

朱怡贞没再说话,她抬眼认真地看着林楠笙。可是,他们走在街上的样子根本不像急着要出城,更像是一名年轻的军官陪着他的情人在漫步。走到一个电话亭时,林楠笙进去打了个电话,出来继续搂着朱怡贞的腰，去了街边的一家清酒屋。

大街上不时有载满日本士兵的军车驶过，他们通过苏州河进入上海的腹地。

朱怡贞看着桌上的杯盘，说，你要我等到什么时候？

林楠笙不说话。他一口一口地喝酒，一口一口地吃菜，一直等到有辆黑色尼桑轿车在门外停下，才放下筷子起身说，我们走吧。

朱怡贞记得这辆车，也记得坐在驾驶室里那个留着仁丹胡子的日本男人。但是这一次，仁丹胡子在他们钻进车厢后，并没有马上发动汽车，而是用流利的中文对林楠笙说，我们结束了，你说过我们不再见面。

你就不能帮朋友一个忙吗？林楠笙笑着说。

我们不是朋友。仁丹胡子看着车窗外一辆驶过的军车，说，我现在就可以杀了你们两个。

你还是把这当成一次额外的交易吧。林楠笙仍然微笑着，掏出一把小钥匙，从后面塞进他西装的口袋，说，中储银行里有个保险柜，送我们出城，里面的东西就是你的。

仁丹胡子没有动，他插在西装内袋里的右手始终握着一把手枪。

林楠笙拍了拍他的肩膀，继续微笑着，说，小林君，杀人是需要勇气的。

小林大介透过后视镜，盯着林楠笙的脸看了好一会儿，才说，林桑，你穿这身军装，一旦被捕是会被枪毙的。

林楠笙脸上的笑容一点一点凝固。他闭上眼睛，靠在座位里，淡淡地说，开车吧。

小林大介是日本驻沪领事馆的二等秘书，自从第一次跟林楠笙交易情报，他就知道已经失去了自己的祖国，就像他失去生命的妻儿那样。小林大介的妻儿死于一场车祸，肇事者是个醉酒的海军陆战队少尉。几周后，就在那个少尉被当庭释放的晚上，他用手枪抵在自己的颚下，却始终没有扣动扳机。

黑色的尼桑轿车在通过最后一道关卡很远后，停在一条偏僻的小路边。林楠笙并没有开口，他在目送朱怡贞下车后，掏出手枪，顶在小林大介的后脖颈上。

你知道我不怕死。小林大介双手放到方向盘上，平静地说，生命对我早就没有意义。

林楠笙叹了口气，说，下车吧。

小林大介顺从地下车，走到后备厢跟前，自觉地把它打开，然后转身对着黑洞洞的枪口，眼睛看着林楠笙，把身上所有能证明自己身份的东西一样一样掏出来，丢在脚下，连同那把小钥匙。小林大介抬头，最后看了眼阴沉的天空，爬进后备厢，就像睡觉那样闭上眼睛。他在枪声响起的瞬间，看到了自己的妻子与年幼的儿子。

朱怡贞跑回车边时，林楠笙正蹲在地上，把小林大介的钱包、证件、手枪、手表、戒指还有那把小钥匙一样一样捡起来，放进口袋。

你还回来干什么？林楠笙抬头看着她说，如果死的是我，你就走不了了。

他要杀我们，用不着等到出城。

他迟早会下手的。说着，林楠笙起身，把那个小钥匙放进朱怡贞手里，说，收好它，这是你抽屉上的。

朱怡贞马上就明白，银行里根本没有那个保险柜，他现在只是个穷途末路的情报员。迟疑了一下后，朱怡贞拉开副驾驶室的车门，坐进去，看着林楠笙那张越发变得苍白的脸，说，你没必要这么帮我。

不是帮你。林楠笙扭头看着光秃秃的田野，说，我是为我自己。

入夜时分，他们在两条岔路口的破庙前分手。朱怡贞去找她的组织传递情报，林楠笙开车来到太浦河边的堤坝上，夜空中忽然下起了零星的小雪。他打开后备厢,把尸体仔细翻了一遍后,从自己的口袋里掏出小林大介那些钱包、证件、手枪、手表、戒指,一样一样扔进河里。最后,他松开汽车的挡位,用力把它推进河里。

林楠笙又累又饿,回到破庙已是深夜,可朱怡贞并没有等在里面。一直到第二天中午,她才沿着小路远远走来,手里挎着一个包袱,身上的大衣与旗袍也换成了短袄。

朱怡贞把包袱递给林楠笙,里面是两块年糕与一套男人的棉袄。她说,吃了就换上吧,你这一身太招眼了。

当晚,他们在返回上海的途中住进一家客栈,如同一对结婚多年的夫妻,在房间里默默地洗漱,默默地上床。六年来,这是他们第一次并排躺在一个被窝里,彼此都小心翼翼的,就连后来做爱时也是这样。他们都尽量克制着自己的呼吸。事后,林楠笙在她耳边说,告诉我,这六年你是怎么过的?

朱怡贞没有开口。她在黑暗中用力咬紧了自己的牙齿,直到林楠笙用舌头撬开它们,才把一口长长的气吐进他的嘴里。

第二天黎明的时候,朱怡贞忽然说,我有丈夫。

林楠笙一下睁大眼睛,但很快在她眼里找到了答案,说,可他已经死了。

五

日本人在市区的很多街道拉起了铁丝网,并且划出管制区。白天,他们对每个觉得可疑的行人进行盘查,到了晚上就施行宵禁,这反倒使日侨的聚集区呈现出异样的繁华。许多酒家、歌厅、妓院与赌档一到夜里就门庭若市,好像每个人都是过了今天没有明天那样,到处都充斥着及时行乐者们的喧嚣。

林楠笙却显得格外沉静。每天只要朱怡贞不出任务,他们就会一整天都待在小阁楼里,一个刺绣,一个看书,但更多时候是在床上。

可是,这样的日子随着顾慎言返回上海很快结束。他在一家意大利人开的妓院里约见林楠笙,一见面,就指着房间里嵌满四壁的镜子,随口问他见识过这些玩意儿吗?林楠笙摇了摇头。顾慎言笑着说人不风流枉少年,他在法国留学时就去过巴黎的妓院,还爱上了那里的一位金发女郎。那里才是真正活色生香的地方。顾慎言说着,就像在追忆他逝去的青春岁月,眼中闪烁着一种从未有过的光芒。他在沙发上坐下后,长久地注视着杯中那些金黄的液体,感慨地又说,爱情就像一杯美酒,它能让人沉醉,也能给人勇气,让你不顾一切。顾慎言的目光透过酒杯,慢慢移到林楠笙脸上,说,但你也要知道,最美的酒也只能给人片刻的欢愉。

林楠笙心里动了动,垂首说,是。

顾慎言在一口饮尽杯中的酒后,开始下达任务,说他招募的特工正在陆续赶往上海。他要求林楠笙尽快制定出一套全新的联络方式,以防情报员在被捕后牵扯出整个组织。

要吸取失败的教训。顾慎言说,我建议你可以参照一下中共的组织结构。

林楠笙一愣,说,为什么要参照他们?

顾慎言说,中共情报网的体制未必是最科学的,但实践证明,在现在这种形势下肯定是最管用的。

林楠笙说,是。

顾慎言摆了下手,示意他坐下后,重新在自己的杯中倒上酒,开始说起了他将在上海重新铺开的情报网络。

林楠笙赶紧打断他的话,说,先生,你不该把这些告诉一个下属。

那你知道我为什么要把这些告诉你？顾慎言微笑着说，信任有时候就是那么奇怪的东西。他扭头看着林楠笙，又说，你值得我信任吗？

林楠笙一下站起身，在他面前站得笔直，却不知道如何回答才好。

顾慎言仍然微笑着，说，非常时期，我一样得以防不测。

林楠笙说，不会有这一天的。

顾慎言的脸色变得严峻，说，我已经请示总部，如果有这一天，将由你接替我的工作。

离开妓院的一路上，林楠笙心潮起伏，同时也越发觉得后怕。他把许多事情反复想过之后回到家里，朱怡贞已经准备好了晚饭，正坐在灯下静静地等着。

饭吃到一半的时候，林楠笙忽然说，你得尽快离开这里。

朱怡贞愣了愣，继续埋头吃着碗里的饭。

林楠笙又说，这里已经暴露。

朱怡贞这才放下碗，起身关掉电灯后，站到窗前往下看了很久，却没发现任何异常。于是，她重新打开灯，坐下把碗里的饭吃完，把桌子收拾干净后，坐到那张绣桌前，大半个晚上都在绢帛上刺绣。

朱怡贞一直到上了床才开口说话。她在黑暗中看着枕边的男人，喃喃地说，我们是到了该结束的时候了。

林楠笙又像回到了从前，每个星期都跟朱怡贞见面，有时是一次，有时是两次，有时是白天，有时是傍晚，但每次见面都不是为了交换情报。他们跟所有热恋中的男女一样，除了一起吃饭、看电影、泡咖啡馆外，也会在旅馆的房间里做爱。只是，他们的每一次约会都格外的小心，像是在接头，又像是偷情，彼此间充满着一种危险的快感。

春节过后的一天，顾慎言忽然把林楠笙找去，说他要跟中共在上海的负责人见面。

林楠笙说，据我所知，中共的江苏省委已经撤离上海。

他们新四军的办事处还在。顾慎言用不容置疑的语气说，找到他们，要快。

林楠笙连夜闯进朱怡贞的新居。第二天下午，他在城隍庙的九曲桥边等待回复，远远看到朱怡贞出现在人流时，也发现了尾随她而来的便衣。按照特工守则，现在林楠笙唯一能做的事就是转身离开，但他没有。他毫不犹豫地迎上去，在人群中一把搂住朱怡贞，说，跟我来。

两人挤在人群中，飞快地穿过九曲桥，穿过佛堂与后面的香房，从后院的一扇小门离开城隍庙。路线是林楠笙来前就观察好的，这已成为他的本能。可是，这一次他们碰到的是高手。出了巷子，林楠笙只能拉着朱怡贞狂奔起来。

枪声就在这个时候响起。子弹从后面穿透朱怡贞胸口的同时，也钻进林楠笙的脊背。就像一下被绊倒在地，林楠笙脸贴在石板路面上叫了声：贞贞。

朱怡贞看着他，张了张嘴，血从她的口鼻呛了出来。

当晚，一辆黑色轿车缓缓驶进愚园路 101 号的花园大门。顾慎言头戴礼帽，身穿貂皮大衣，跟着一名警卫走进一间书房后，在沙发里坐了很久，才看见丁默邨推门进来。

已经调任交通部长的丁默邨显然是从床上起来，身上紧裹着一条丝绸的睡袍。

顾慎言微笑着说，故人相见，你不请我喝一杯？

丁默邨站着没动，冷冷地看着他，说，据我所知你们已经全线撤出上海。

你们的情报从来都不准确。顾慎言依旧微笑着，起身去酒柜前挑了瓶白兰地，给自己倒上一杯后，看着酒瓶上的标签，说，1935年的干邑，那一年我们应该都在南昌的剿总行营吧？

有话直说吧，在这里就不必套近乎了。

请你帮我去日本人手里捞一个人。

丁默邨在沙发里坐下，说，你现在应该考虑的是怎么从这间屋子里全身而退。

丁部长若要执意挽留，也该先容我用戴先生架设在你处的电台通报一下重庆吧？

丁默邨的脸色变了，好一会儿才说，你要知道日本人那边的事都很难办。

我知道你还兼着特工总部的主任。

你要救的是什么人？

一个下属。

为了一个下属，你深更半夜闯进我家里？

此人现在在仁济医院的急救室里。

我可以帮你让他永远闭嘴。

你们就是这样对待自己同志的？

丁默邨笑了，说，慎言兄，你本质上还是个共产党人。

这一回，轮到顾慎言的脸色变了。他放下酒杯站起来，抬手看了眼腕表后，说，我们的时间不多了。

但我想知道的是你会怎样回报我？

顾慎言想了想，说，我来找你，就是对你的回报。

六

　　林楠笙出院那天忽然下起了阵雨，香港的秋季仍像夏天一样阴晴不定，空气中弥漫着一股浓烈的海腥味。铃木正男军医打着一把雨伞相送，一路上，两个人谁也不说话。他们在这漫长的八个月里已经成为朋友，时常会在伤残军人活动室里下围棋或者喝茶，有时也用英语谈论文学，但更多时候是相互学习中文与日语。

　　经过医院的大门外时，林楠笙看了眼穿着橡胶雨衣站得笔直的卫兵，忽然用日语问：你杀过几个中国人？

　　铃木正男愣了愣，用中文说，我是个医生，我只会救人。

　　林楠笙接过他提着的那个皮箱，说，那好吧，再见。

　　铃木正男把握着的伞交到林楠笙的手里，认真地说，庞桑，你能用自己的两条腿走出来，这是个奇迹。

　　林楠笙笑了笑，转身在铃木正男的注视下上了一辆三轮车，对车夫只说了三个字：众坊街。

　　那是顾慎言留给他的住所，就在这条街373号的二楼，窗口正对着一个广场，一到晚上就聚满着杂耍、算卦与做小买卖的人。林楠笙第一次来这里时，刚刚可以从轮椅里站起来独立行走。左秋明开着一辆车把他拉到楼下，指了指上面的窗口，说，我在车里等你。

　　林楠笙费了很大的劲才爬上二楼，在推开门见到了顾慎言的瞬间，就想到了朱怡贞。考虑了很久后，他还是开口问道：那天跟我接头的人怎么样了？

　　顾慎言躺在一张藤椅里，一手夹着雪茄，一手摇着折扇，盯着他看了好一会儿才说，你不该问这个。

林楠笙低下头去，说，我想知道。

顾慎言想了想，说，忘却就是最好的怀念。

长久的沉默之后，林楠笙抬起头来，说，那让我跟你回上海。

顾慎言摇了摇头，离开藤椅走到窗前，撩开窗帘望着楼下的广场，在发出一声苦笑后，忽然说，你会背叛党国吗？林楠笙吓了一跳。顾慎言却不等他回答，就像在对着那块透明的窗玻璃说，一个叛逆者是永远得不到信任的。

几天前，当他接到总部令他回重庆的电报那一刻，在心里对自己说的就是这句话。顾慎言在安排好上海的一切后，决定由香港绕道广西，再经南宁返回重庆，其实并不是为了来看望这个大难不死的学生。他只是要见一个人，下达一道他们彼此都已等候多年的命令。

顾慎言把林楠笙送到门口时，拿起桌上的钥匙交给他说，你就留在香港吧，我已经替你安排好了。

说完，他像个老人那样扶着门框，看着林楠笙艰难地下楼后，关上门，躺回那张藤椅上。一直躺到将近中午，他才起身打开衣橱，取出一个皮箱，离开这间屋子。

顾慎言来到中环的卜公码头，登上一条渔船，那船就扬帆起航了。

孟安南在船舱里的矮几上摆开酒菜。顾慎言的目光却始终停留在他那张黑瘦的脸上，直到他在两个杯中斟上酒，才说，有十年了吧？

孟安南点了点头，说，时间都快让我忘了自己是谁。

顾慎言当年收留他时，他还是个不到二十岁的小伙子，在驻河内的中国使馆里当实习生。顾慎言在那里当了四年武官，就把他培养成了一名特工，并且给他取名为孟安南。可是，在带他回国的途中，顾慎言却把他留在了香港。现在，孟安南已是《大公报》的时事版编辑，同时也是香港海员工会的理事，而另一个更隐蔽的身份是印度支那共产党员。

这一次，顾慎言交给他的任务是想办法去苏北，进入新四军的核心。他放下酒杯说，现在，你已经具备了条件。

孟安南沉吟片刻，说，延安一直在搞整风运动，这股风早就刮到了苏北。

顾慎言点头，说三九年总部派遣过去的大批人员，现在基本已被清除干净，所以这是一次机会。他看着孟安南的眼睛，说，你要知道，你跟那些人都不同，你在这里的十年已经把自己染红，而且，到了苏北你没有上线，也没有下线，你要做的就是一颗闲棋冷子。说着，他解下手腕上一块没有秒针的梅花牌手表，放在桌上，又说，如果有一天你见到一块同样没有秒针的手表，那就是我派来找你的人。

既然我是一颗闲棋冷子，就不需要有第三个人知道。

如果我们这次是永别呢？顾慎言说，我不想你成为一只断线的风筝。

孟安南低下头，看着桌上的半杯酒，说，自从父母死后，我就是一只断线的风筝。

九宫航运位于维多利亚港口的一侧，表面看是个日本人开的株式会社，实际上它是军统在香港区的一个情报接收站。

林楠笙又干回了老本行，每天提着公文包去那里上班与下班，把接收来的情报经过辨别、分析与归类后，用渔船运到公海，再由美国人设在船上的电台发送出去。出于对他身体的考虑，长官派人在办公室放了张皮制的躺椅，但林楠笙从未使用过。每天，他宁可坐在办公桌前，一直坐到麻木的感觉从脊椎扩散遍全身，就像血液在凝固那样。很多时候，他甚至盼着就这么一头倒在桌上，慢慢地死去。

一次，他去医院复诊时问铃木正男：如果一个人完全没了知觉，那跟死人还有什么区别？

铃木正男说，至少你还能用眼睛看，用脑袋去想事。

只要我还活着，这一天迟早会来的。林楠笙忽然笑了起来，那样子就像个喝多的酒鬼。

现在，很多深夜他都会去那些开在皇后大道的酒廊里，混迹于妓女、赌徒与鸦片贩子之间，喝那种用甘蔗私酿的烧酒。然后，醉醺醺地回家，躺在床上感受头痛欲裂的感觉。这是他唯一还能让自己感受到疼痛的方法。

可是有一天晚上，就在回家的途中，林楠笙发现被人跟踪。那人戴着一顶鸭舌帽，不紧不慢地尾随在他身后，好像故意要让他发现似的。

林楠笙的酒一下就醒了，快步进入一条巷子。那人好像也并不着急，仍然不紧不慢地走着。当林楠笙一下从他身后转出来时，他的脸上丝毫没有惊诧之色。

大吃一惊的人是林楠笙。就在那人缓缓回过身来时，他的眼睛一下直了。

纪中原摘帽子，说，林先生，我们应该不陌生吧。

原来，纪中原并没有死。那天他一发现装裱店被监控，就引爆了第一颗手雷。这是传递暴露信号最彻底的方法。在76号特务冲进来时，他又引爆了第二颗，然后趁乱从炸开的墙洞里逃离。

在把林楠笙请进停在街边的一辆汽车后，他说，我没想活着跑出来。

林楠笙淡淡地说，死是需要勇气的。

我死是因为工作需要，现在活过来，同样是工作的需要。

林楠笙冷笑一声说，你诈死，只是想让她有足够的空间来拉拢我。

但她并没有完整地执行我的命令。纪中原的声音一下变得干涩,扭头看着车窗外空无一人的街道,说,我跟她结婚两年,她从没有一天忘记过你。

那你就不该娶她。

是你们不该有过去。纪中原回过头,他的目光在黑暗中闪烁:我们都是干这行的,你比我更清楚,我们连生命都不属于自己。

沉默了很久后,林楠笙抬起头来,用平缓的声音问,你们把她葬在哪里?

纪中原说,根据我们的情报,那天晚上仁济医院里运出了两口棺材。

什么意思?林楠笙一下睁大眼睛,瞪着他,说,你想暗示我什么?

我只是向你转达我们的一份情报。

林楠笙说,你费那么大劲,就是为了告诉我这些?

纪中原摇了摇头说,我们需要知道日军在广州湾与雷州半岛的动向……这些你能办到。

没有上峰的指令,我不会给你任何情报。

侵略者不会等你上峰的指令。

我是个军人。林楠笙说着,伸手推开车门,想了想,又说,我只服从上峰的命令。

纪中原一把拉住他,用一种逼人的眼神直视着他,说,你的情报能救很多人的命。

七

圣诞之夜,为了庆祝香港停战协定签署一周年,大街上挂满了日本国的国旗与军旗,身穿和服的艺伎替代了挂着白胡子的圣诞老人。到处是肆意寻欢的日本军人。

左秋明步行来到洛克道的英皇旅社,一进门厅就发现这里已经暴露,但他并没有马上离去,而是直接去了电话间,把一张纸条吞进肚子后,拨通一个电话,不等对方接听就一下挂断。他从怀里掏出手枪,拉了下枪栓,放在大衣口袋里,用手紧握着推门出来。

便衣们就在这时围上来。左秋明拔枪击倒两人后,跑到一根柱子后面,把枪顶在自己的太阳穴上。可是,他还来不及扣动扳机,就被一颗子弹击中胸部,猛然跌倒在地。

一个小时后,铃木正男在为他动手术时,手术室的门被粗暴地推开。进来的是个一身戎装的日军中尉。他掏出一本特高课的证件晃了下后,朝铃木军医一躬身,用日语说,麻烦你剖开他的肚子,我们需要的情报应该是被他吞进了胃里。

铃木正男示意护士摘下口罩后,张着双手,说,那会要了他的命。

他的生命不重要。中尉说,重要的是情报。

可我是医生。铃木正男说,我不能这么做。

你首先是帝国的军人。中尉说,你必须服从命令。

铃木正男低头站了会儿,走到手术台前,从护士手里接过手术刀。

中尉有点不耐烦了,上前一把掀开盖在左秋明身上的手术布单说,请你快点。

铃木正男没有理他,而是让护士在左秋明的静脉里又加注了一针麻药后,才一刀划开他的肚子。

两天后,左秋明奇迹般地活了过来,但他却选择了自杀。第三天深夜,等到查房的医生与护士都离开后,他摘掉氧气罩,拔掉插在静脉里的输液管,把双手伸进被子,用力扒开身上的两处伤口。然后,睁着眼睛,静静地躺在黑暗中,在剧痛中让血一点一滴地流干。

他们坐在一家茶楼的大厅里，铃木正男把整件事告诉了林楠笙。铃木正男说完就站起身，表情肃穆地对着林楠笙深鞠一躬后，坐下说，庞桑，我对不起你的朋友。

林楠笙不说话，一直到把杯中滚烫的茶水慢慢地喝干，才放下杯子，说，你搞错了，他不是我的朋友。

我见过他来探望你，不止一次。

你这话会让我被捕的。

我是你的医生，也是你的朋友。铃木正男认真地说，我约你出来只是想告诉你，一个勇士应该得到厚葬，而不是躺在停尸间里。

林楠笙平静地说，铃木，同情你的敌人，就等于背叛你的帝国。

我没有敌人。铃木正男抬头看着林楠笙，说，作为医生，我只有病人。

林楠笙的脸上看不出丝毫表情，他只是不停地喝茶与斟水，离开茶楼后，回到公司继续上班与下班。他把这次跟铃木正男的见面看成了日本人的某种试探，直到几天后在报纸上看到那则认领无名男尸的启事。看着左秋明照片里的遗容，林楠笙忽然变得心潮起伏。

当晚，他求见军统在香港的最高长官。等他把话说完，长官拉开抽屉，取出一叠卷宗，说，你是搞情报分析的，你来判断一下。

卷宗里夹着很多照片，都是左秋明去过的地方与见过的人。林楠笙在其中一张上看到了纪中原的侧脸，心里一下就明白了，但还是说，这能证明什么？

所以我们还需要甄别，这是最后的机会。

他已经是个死人。

但我们要知道他是谁的烈士。长官长叹一声，站起来，走到一个地球仪前，用力转了一下后，又说，如果我没判断错，会有人去给他收尸的。

林楠笙再也不说一句话。他在离开长官的办公室后去了皇后大道的酒吧，在那里不停地喝酒，不停地跟吧女调笑，然后提着半瓶酒，醉醺醺地来到与纪中原见面的那条巷口，就像个无家可归的人，一连五个深夜都醉卧在那里。

第六天的深夜，一辆三轮车在转了一圈后停在他跟前。一身车夫打扮的纪中原把他扶上车后，林楠笙长长地吐出一口气，说，你终于出现了。

纪中原用力蹬着车，说，要是我不出现呢？

林楠笙反问道：你会死心吗？

天快放亮的时候，纪中原带着他过海来到大屿山的一片坟地。站在一座没有墓碑的新坟前，他说，我知道你们是多年的好友。

他什么时候为你们工作的？

他不是为谁工作。纪中原说，他只是在尽一名中国特工的职责。

林楠笙低下头站了会儿后回到船上，始终没说一句话，默默地独自坐在船头，迎着初升的朝阳与海风。一直到登岸后，他回头对纪中原说，从往来的电文上综合分析，日军很快要向广州湾出兵。

那法军的动态呢？

英国人都没守住香港，法国人行吗？说完，林楠笙扭头就走。可是，走了没几步，他又折回来，看着纪中原，犹豫了一下，说，希望你们在上海的人能帮忙查找她的下落⋯⋯

放心。纪中原面无表情地打断他的话，说，她是我们的同志，也是我的妻子。

为了接收林楠笙传送来的情报，纪中原特别开辟了一条专线，由他亲自接收。但是，这样的日子并没有持续多久，忽然一纸调令，林楠笙被召回重庆，出任中美合作所的技术教官。

临行前，林楠笙没有跟任何人道别，也没有联络纪中原，而是一个人孤零零地来到码头，跟随旅客登上邮轮。可是，就在他踏进船舱的瞬间，一眼就见到了纪中原。他身穿着白色的服务生制服，手里托着一盘热毛巾，笑吟吟地上前，说，先生，擦把脸吧。

林楠笙冷冷地说，你想送我去重庆吗？

纪中原还是笑吟吟的，在递上毛巾的同时，交给他一张纸条，说，任何时候，你需要联络我们，就把它登在《中央日报》上。

纸条上是一首《咏梅》的七律，署名：黄山云。

林楠笙靠在船舷上把诗默念了一遍，随手撕成碎片，扔进了海里。他闭上眼睛，就听到了汽笛拉响的声音。

八

重庆的夏天奇热难耐，歌乐山下的军统校场就像个巨大的蒸笼。每天，林楠笙在这里教授学员们联络与通讯、情报的分析与辨别以及行动的技术，有时也会充当那些美国教官们的翻译。他是培训班里唯一的中国教官，却穿着美式的军服，到了晚上就在外国人招待所里，跟那些美国军官一起喝酒与跳舞，用英语吟唱美国的乡村歌曲。

林楠笙似乎变得无忧无虑，甚至忘记了射入脊椎的那颗子弹，随时都会要了他的命。

这天，总部督察室的胡主任忽然来到校场，用车把林楠笙拉到嘉陵江边的一个渡口，两人沿着石阶走了很久，来到一幢民居的二楼。胡主任推开窗户，指着街对面一个小院，说，知道这是什么地方吗？

林楠笙当然知道。顾慎言到了重庆不久就被软禁在此。有人说，这是对他火烧湘湖大厦的惩罚。也有人说,他只是军统为了掩饰上海惨败的一只替罪羊。然而,更多人认为他会有今天的结果,是违背了戴老板的意志所致。

胡主任这时又说,他是你的老师,你为什么不去看望他?

我得避嫌。林楠笙说,这里是重庆。

胡主任笑了,说,顾先生桃李满天下,连戴老板都听过他的课,你有什么嫌好避的?

林楠笙却认真地说,胡主任有什么要吩咐的,请尽管明示。

师生一场,你要多去看望他,多关心他,还要分析与研究他。胡主任说着,脸上的笑容开始消失,两只眼睛透过镜片直视着林楠笙,然后话题一转,说起了顾慎言重建的地下情报网与他上报总部存档的那些文件。经过甄别,文件里提供的大部分人员的名单、组织代码、联络方式都是根本不存在的。胡主任再次直视着林楠笙,说,我们要知道他想干什么?那些活生生的人都去了哪里?

但是,林楠笙仍然不相信,这就是总部调他回重庆最终的目的。他挑了个周末的下午去看望顾慎言。那天,眼看就要下雨,乌云黑压压地聚在嘉陵江上,让人有种喘不过气来的感觉。

顾慎言正坐在廊下的棋盘前打谱,一手握着卷宋版的《忘忧清乐集》,一手执子,见老仆人领着林楠笙进来,脸上就露出了笑容,好像已经等候多时那样,一指棋盘,说,黑子先行。

整个下午,林楠笙都陪着顾慎言在雨声中下围棋,一盘接着一盘地厮杀,一直下到天近黄昏。顾慎言忽然把白子往棋缸里一丢,站起来,对伺立一旁的老仆人说,你去找把伞,送送林教官。

说完,他头也不回地进了屋子。

林楠笙打着伞回到歌乐山的校场时身上已经湿透。第二天,胡主任派车把他拉到总部的督察室,一见面就说,昨天傍晚我一直在这里等你。

林楠笙说，我想那个老仆人会来向你汇报的。

胡主任愣了愣，忽然一笑，说，你还发现了什么？

林楠笙早就发现，除了这幢小楼是个固定监视点外，在街口各设着一个流动观察哨，杂货铺里还隐蔽着几名行动队员。这是军统最高级别的监控，在重庆一般只针对曾家岩50号的八路军办事处。但是，他想了想之后，却说，我相信他要走的话，没有地方留得住他。

胡主任没说话，摘下眼镜，用一块手帕仔细地擦拭了很久。

等到林楠笙再去顾慎言家里，老仆人已经变得知趣，总会找个借口离开，不是出去买菜，就是进屋里收拾房间，留下两个人独处的空间。只是，师生俩同样都闭口不谈上海，也不谈时势与情报。他们就像两个步入暮年的老者，林楠笙每次一来就与他坐在屋檐下或是院中的树阴里，常常对着棋盘一下就是大半天。有时候，林楠笙索性留下来吃晚饭，就像在当年的特训班时。可是，只要一出这扇院门，他就会被一个便衣带进对面的小楼，当着众人的面，脱光身上所有的衣服，等他们把每一件都检查完毕再穿上。然后，去到另一间屋里，关上门，坐在一台录音机前，把顾慎言说过的每一句话复述到磁带上，同时也留下他对这些话的判断与分析。

有一天，林楠笙盯着棋盘忽然说，先生，如果你想离开这里，我会在外面接应。

顾慎言笑了，深吸一口雪茄后，在徐徐吐出的烟雾里说，你要是帮我离开，你就背叛了党国。

我不怕，我是个随时会死的人。林楠笙也跟着笑了笑，抬头看着顾慎言，说，有些事是我必须要做的。

你不觉得这也是对你的一次甄别吗？顾慎言的脸色一下变得冷峻，但在转眼间就笑着一指对面小楼的窗口，又说，如果我猜得没错,那扇窗户里应该站着个会读唇语的人,这会儿正用望远镜看着你的嘴。

林楠笙不动声色,只是执著地盯着他那双深不可测的眼睛,一直看到他长长地吐出一口烟雾,再也不说一句话。

两个人在棋盘上的厮杀却第一次变得惊心动魄。

1943年8月23日,54架日本飞机由武汉出发,对重庆进行了最后一次轰炸。等到那些俯冲而下的飞机扔完炸弹,在一片火光与浓烟中调头离去时,老仆人发现顾慎言早已不见踪影。

傍晚时分,林楠笙被召到这座院子。一进门,胡主任已等在那里。两个人谁也没开口,在几名便衣的引领下,默默地把屋里屋外勘查了一遍后,站在台阶上。

胡主任看着林楠笙,说,他要是去了延安或是南京,我们俩都得完蛋。

只怕他哪儿都不会去。林楠笙的眼睛始终盯在棋盘上摆的那副残局。说着,拿起搁在椅子上的那本《忘忧清乐集》,翻到其中的一页,对照着棋盘看了好一会儿后,扭头对老仆人说,这套棋谱有三本,你去把另外两本都找出来。

老仆人不敢动,抬眼一直看到胡主任示意,才匆忙进屋。

胡主任显然不懂围棋,更看不明白棋谱。他从林楠笙手里接过那本《忘忧清乐集》,说,这是什么?密码的母本吗?

林楠笙眼睛看着棋盘里那些黑白棋子,说,这应该是用棋谱简单加密的莫尔斯码。

说着,他拉过椅子坐下,抓起一把黑子开始往局里填子。

两天后的早上,除了那些残垣断壁,整个重庆已看不出丝毫被轰炸过的痕迹。林楠笙步行来到朝天门码头,挤在人群中往四下看了好一会儿,才掉头走进一家热闹的茶楼。

在一间临江的雅座里,顾慎言穿着一件洁净的白绸长衫,见到林楠笙进来,就微笑着翻起桌上的一个茶杯,往里面倒上茶水后,从怀里掏出一个小银盒,打开,取出一颗药丸,就着茶水吞服下去。然后,他撩起衣袖,看了眼腕上的手表,说,我们大概有半个小时。

林楠笙点了点头,在他对面坐下。

这时,顾慎言笑着又说,看来我还行,我还没有老到要你帮我脱身。

说着,他拿起搁在烟灰缸上的雪茄,愉快地吸了一口后,扭头望向窗外的江面,就像在回顾他的一生那样,笑容很快在他眼睛深处收敛。

二十岁那年,顾慎言远渡重洋去法国留学,在那里加入了旅欧中国少年共产党,回国后进入黄埔军校,曾参加过两次东征与北伐。1927年清党的时候,他在上海做出了他人生中最重要的一次选择——脱离中共,后来跟随戴笠加入力行社。这些履历都记录在军统局的档案里。没有备案的是他在途经广西时,去了南宁的监狱,看望了一个他不该看望的人。那个越南人是他留学法国时的同学,曾用名:阮爱国、李端、胡光、秋翁,现在叫胡志明。顾慎言回到重庆做的第一件事,就是让人把这个情报转达了曾家岩50号。戴老板为此勃然大怒,在办公室里当面第一次斥责他说,你这是背叛党国。

我只是想让他能早日回国组织越南的对日反击,从兵力上牵制住日军,从而减轻我们远征军在缅印战场上的压力。说完这些,顾慎言抬手又看了眼表后,仔细地掐灭雪茄,看着林楠笙,忽然一笑,说,我的一生是失望的一生。

林楠笙沉默了很久,看着他,说,那你可以重新选择。

顾慎言摇了摇头,抿紧嘴巴,把桌上放着的一本《波德莱尔诗选》轻轻推到林楠笙面前,用手在上面轻轻地拍了拍,说,也许它能帮你解脱眼下的困境,可谁能帮助我们那些潜伏在敌后的人呢?

说着,顾慎言露出一丝苦笑,伸手想解下手腕那块表,手指却已不听使唤。林楠笙赶紧起身,帮他解下手表。

顾慎言看着这块没有秒针的梅花牌手表,又说,我本想把它留给你,现在我想明白了,我得放它一条生路。

说完这些,顾慎言已经累得不行,但还是用力把手伸出窗口,把手表扔进江里后,就像完成了最后的心愿那样,靠进椅子里,长长地吐出一口气。血就在这时从他鼻孔里流淌下来,滴落在白色的衣襟上,他却像毫无知觉,任它在胸前化成一片,红得就像春天里盛开的鲜花。

林楠笙忽然想起来了,睁大眼睛,说,你还没告诉我,从仁济医院出来的另一口棺材到底去了哪里?

可是,顾慎言再也不能说话,那颗包裹在糖衣里的药丸已经要了他的命。

一直到胡主任再没耐心守在楼下,带队破门而入时,林楠笙还坐在顾慎言的对面,一动不动地握着手里的茶杯。

两个星期后,林楠笙根据《波德莱尔诗选》里的标注,以《忘忧清乐集》做母本,破译出上海情报网的人员名单与联络方式,因此获总部的嘉奖。事实上,这些从未离开过军统档案室的保险柜,就在顾慎言上报存档的那些文件的字里行间中,那些人员名单被巧妙地隐藏着。

林楠笙在把解密后的文件交到胡主任手里时,说,多一个人知道,这些人就多一分危险。

胡主任摇了摇头,说,最危险的是背叛。

九

第二年春天来临的时候，要不是偶尔还在响彻的空袭警报与那些射向天空的探照灯，真让人怀疑战争已经结束。歌乐山下的外国人招待所彻底沦为了美国军官的夜总会。每个周末，后勤都会用军卡从市区拉来成群花枝招展的女人。她们大多是失业的舞女、流亡的大学生、落魄的姨太太与失去丈夫的军眷们。她们在挂着水晶吊灯的大厅里刺耳地欢笑、跳舞、喝酒，在黑暗中与那些年轻的美国军官寻欢作乐，有时在他们的床上，有时就在敞篷的吉普车里或哪面墙下。然后，带着他们的精液、玻璃丝袜与巧克力，在夜色中被送回寂静的城里。

已经有无数次了，林楠笙在喝到分辨不清怀里的女人那张脸时，总有个突如其来的念头——就这样，让自己静静地、疲惫地死在那些不知是谁的女人身上。可是，第二天早上醒来，他每次都会想起朱怡贞，想起与她一起醒来的那些短暂而寒冷的清晨。

林楠笙就在这样的一个晚上再次邂逅了蓝小姐。她出现在外国人招待所的宴会大厅，身上穿着一条水色的府绸连衣裙，就像那些下等歌厅里的流莺，对每个男人的怀抱都来者不拒。那天晚上，林楠笙变得格外的沉静，靠在吧台的一角，若无其事地看着她，一直看到她醉醺醺地挽着一名美国军官出了大厅。

夜深以后，哨子响了起来。那是召唤女人们离开的讯号。林楠笙是在卡车边上堵住蓝小姐的。他说，我看你不是来出勤的。

蓝小姐脸上的妆容早已褪尽，显得苍白而浮肿。她懒洋洋地瞥了眼林楠笙，好像根本不认识眼前这个男人那样，冷冷地说，你管得着吗?

说完,她把手伸给车上的同伴,使劲登上卡车。

蓝小姐一直到下了卡车,回到租住的那间小屋,在床上坐了好一会儿才起身,往木盆里打满清水,脱光衣服开始濯洗身体。

冰冷刺骨的水让她一下变得清醒。

晨光透过窗棂的缝隙照进来时,蓝小姐仍然蜷坐在水盆里,就像个快要融化的蜡像,埋着脑袋,头发盖住了整个的面孔。可是,经过整个白天的睡眠,到了夜幕降临,蓝小姐变得容光焕发。她在梳妆镜前仔细地化完妆,起身去挂在墙角的一排衣服前挑了件旗袍穿上,又照了照镜子后,吹灭油灯,拿起提包就出门了。

督邮街是重庆最热闹的地方。一到晚上,这里就成了上海的南京路,到处灯火通明,到处车水马龙,到处是操着各地方言的官员与商人,还有穿着各式制服的军人与各个国家的记者。这里,就像是城市的一盘大杂烩,也是蓝小姐每天晚上工作的地方。跟许多的站街女郎一样,她抱着胳膊在人行道上转悠,一边用眼神向路人兜售自己。有时,也夹着香烟,去找那些衣着整洁的男人借火,跟他们讨价还价。

几天后的晚上,林楠笙忽然出现在她面前时,她的眼神一下就结成两道冰凌,说,走开。

别这样。林楠笙说,你跟我走。

我不做你的生意。

林楠笙想了想,一把抓起她的一条胳膊就往停在路边的吉普车里拖。

蓝小姐用力一甩,但没有挣开,就用了招擒拿的手法,还是没有挣脱那只手。她忽然低头,像只母兽那样,一口咬在林楠笙的手背上,一直咬到血顺着手腕染红了他衬衫的袖口。

林楠笙毫无知觉。他用另一只手搂住她的肩膀，在众目睽睽之下，把她使劲搡进车里。

你用不着可怜我。蓝小姐在车里一坐下就变得平静。她从包里掏出一块手帕，对着后视镜擦干净嘴上的血迹后，把它包裹在林楠笙伤口上，却再也不说一句话。她抱着胳膊一支接着一支地抽烟。

林楠笙同样一言不发，直到把车停在中央银行高级职员的宿舍前，拉着她上了楼，进了房间。他打开灯，说，你要做就做我一个人的生意。

这里是顾慎言生前为自己准备的其中一个窠。他人还没到重庆时就让人用重金租下，却从没启用过。好像早知林楠笙会有这一天，他在下棋的时候说，房间的钥匙就寄存在嘉陵宾馆的总台。

蓝小姐的目光沿着四壁游走了一圈后，慢慢走进卧房，打开床头灯，随手把包往衣架上一挂后像变了个人。她解开衣服的扣子，很快把自己脱光，然后扭头看了眼站在门边的林楠笙，说，你还等什么？

林楠笙站在门边，有点迟疑地说，其实，我不是为了这个。

蓝小姐抿嘴笑了笑，上前拉住他的两只手，一直把他拉到床上。他们的做爱到后来更像是在搏斗。事后，蓝小姐伸手关掉床头灯，直挺挺地躺在黑暗中躺了很久，她忽然说，你要是真的可怜我，就帮我回到上海去。

军统上海站全线撤离时，蓝小姐奉命赶到吴淞口，上了船才被告知，他们将要去的地方是重庆。

蓝小姐一下睁大眼睛，说，那我孩子怎么办？我不能把他扔在上海。

负责撤离的是个掌柜模样的中年人。他摇了摇头，说，以你的级别是不能带家眷的。

那我留下，我哪儿都不去。

负责人又摇了摇头，说，我的任务是把你们送到重庆，一个不多，一个不少。

蓝小姐回头看了看坐在船舱里的男人与女人。他们都是同事与战友，虽然很多人是第一次聚首，可这时每个人都抬头看着她。

蓝小姐转身走出船舱，一直走到驾驶室，对船老大说，把船靠岸。

船老大没有看她，而是望着她身后的负责人。

你要下船，我只能把你的尸体带回去。负责人用一把手枪指着蓝小姐，说，这是上面的命令。

蓝小姐没说话，盯着他黑洞洞的枪口，一直看到他垂下枪口，接着又垂下眼帘。

负责人叹了口气，又说，还是服从命令吧，别为难自己了，也别为难我。

好在到上海的邮路从未中断过。蓝小姐一到重庆就被安排在外设的稽查处，每天的工作就是检查往来沦陷区的信件与邮包。刚开始的时候，每个月她都会给保姆的家里写好几封信，薪水不够就变卖了身上的首饰给他们汇钱，求他们要像对待自己的孩子那样抚养她的儿子。可是有一天，督察室的人忽然来找她谈话，拿出厚厚的一叠信件与汇票，说，你的孩子才六岁，你的保姆认字吗？

这里每个星期都遭轰炸，蓝小姐说，我只是要让他们知道，我还活着。

过了没几天，蓝小姐被调离稽查处，也被迫搬出了总部的宿舍。她去电话局当了一名接线员，每个月的薪水连飞涨的物价都应付不了。

保姆就在这个时候让人写信来，说她的儿子到了该上学的年龄。

这天晚上,蓝小姐离开电话局的集体宿舍。她在街上走了很久后,闯进一家外国人聚集的酒廊,直到第二天早上在一张陌生的床上醒来,她才记起睡在身边的男人是个加拿大的机械师。

蓝小姐就是在一天深夜决定潜回上海的。天空中,空袭警报在刺耳地响,飞机的轰鸣由远而近,停电后的大街上一片漆黑,早已跑得空无一人,她却像根木头那样站在一座石牌楼前。

爆炸声响起来了,地动山摇,火光冲天。蓝小姐却站得纹丝不动。

督察室的便衣再次出现在她面前时,他们带来了她花重金托人订购的船票,还有一副手铐。蓝小姐说,你们知道,在上海我还有一个儿子要养活。

你也知道,擅自返回沦陷区就有投敌的嫌疑。

蓝小姐被带回总部的禁闭室,整整关了一年多才得以释放。

这些事,蓝小姐从没对林楠笙说起过,林楠笙也从来不问。每个周末,他一下班就离开校场,回到央行的那套宿舍,就像个体贴而本分的丈夫,吃完饭,有时候还会帮着一起洗碗。这是林楠笙最为宁静的一段日子。

可是一天傍晚,蓝小姐在饭后点燃一支烛蜡,坐着,默默地盯着烛火看了很久,说今天是她儿子八岁的生日。说完,她低下头,目光也随之变得幽暗,又说她一直以为是孩子离不开母亲,现在才明白,事实上,更多时候是当妈的离不开自己的孩子。

那天晚上,很长一段时间里林楠笙都没说话。洗完澡后,他站在窗前,看着街对面那家还没打烊的杂货店。这时,蓝小姐悄无声息地走过来,从后面抱住他,把下巴架在他的肩膀上,说,那里新来了一个伙计。说完,慢慢把脸移到他背部,紧贴在那里,又说,知道吗,我迟早会拖累到你。

林楠笙始终不说话,仍然一动不动地看着那家灯光暗淡的杂货店。

几个星期后,《中央日报》上刊登了一首署名为黄山云的《咏梅》七律诗。过了没几天,警备司令部的一辆吉普车驶进中美合作所的大门,拉着林楠笙去了浮图关下的一幢别墅。

一进客厅,一名西装革履的中年人就笑着迎上来,说他是受八路军办事处的委派,代表香港的纪先生来跟林楠笙见面。说着,他伸出手掌,又说,这首诗,我们已经等了很久。

林楠笙点了点头,站着,有点迟疑地说,我想请你们帮忙……送一个人离开重庆。

去哪里?

上海。

中年人想了想,说,以你现在的能力,你自己完全可以办到。

如果我可以,我不会来找你们。林楠笙在一张沙发里坐下后,接着说,你可以把这看成是我提的条件。

中年人笑了,在另一张沙发里坐下,说,共产党人不做交易。

有情报就一定有交易,林楠笙说,没有交易,我们之间也不会有香港的纪先生。

中年人又笑了,说,我们干革命靠的是信仰。

罗马不是一天能建成的。林楠笙扭头看着他眼睛,说,你们要理解一个刚刚做出了选择的人。

十

庆祝抗战胜利的欢呼声还没有散尽,惩处汉奸的行动已经开始。上海的街头日夜都能听到警车拉着警笛呼啸而过。许多人从家里被揪出来,可往往人还没到监狱,他们的家产已经被瓜分,他们的妻女同样也会被瓜分。

胜利者从来都是用掠夺来欢庆他们的胜利。

林楠笙人还没到上海,他的公寓已经准备妥当,就在静安寺边上的爱丁堡大厦。这是他的学生与同僚们送给他的一份薄礼,为了祝贺他荣任上海肃奸委员会的帮办。但是,他更重要的任务是协助长官筹建中美合作所上海办事处。

前来虹桥接机的是他特训班上的学生,现在已是忠义救国军的一名队长。他把林楠笙请上车,并没有直接驶向爱丁堡大厦,而是去了华懋饭店的小宴会厅。那里有一场为他接风的晚宴,林楠笙却在步入八角厅的瞬间想起了蓝小姐。

晚宴过后,林楠笙在众人的簇拥下出来,仍然没回爱丁堡公寓,而是沿着南京路一直往前走。他对坚持要送他的学生说,这里我比你熟,你让我一个人走走。

林楠笙在上海的街头整整逛了一夜。天亮时分,他坐上一辆黄包车穿过苏州河桥,来到曾与朱怡贞同居的那幢小楼前,站在马路对面仰头长久地看着阁楼上那个窗口。

现在,林楠笙每天除了工作、应酬与睡觉外,把闲暇的时间都花在查阅日伪遗留的档案上,连仁济医院里的病历都没放过,却就是没有找到1942年春节期间关于朱怡贞的任何记录,也没有他自己的。

一个月后,林楠笙第一次跟上海的组织接头。这是早在重庆就定下的时间与地点。他推开春申旅社的一扇房门,就见到一个戴着黑框眼镜的男人坐在茶几边,微笑着看着他,说,你来晚了。

林楠笙关上门,说,我得确保我们彼此的安全。

我姓潘。那人起身,伸出手说,你可以叫我老潘。

林楠笙握住老潘的手,说,我认识你,你曾经是朱怡贞的上线。

老潘一愣，还不等他开口，林楠笙就笑了笑，说，当初我跟踪过她。

过去的事不谈了。老潘给他倒了杯水后，就说起了在重庆的和谈，说起了国军对伪军的整编。他长叹一声道：协议签订了，这战幕只怕还是拉不下来。

林楠笙却轻描淡写地说，政治斗争嘛，就是老人们举着酒杯交谈甚欢，孩子们在桌子底下大打出手。

情报工作也一样。老潘话题一转就开始布置工作，从他们的传送线路到交接方式到备用方案，以及情报传递中的各种可能发生的意外与处理，他一一交代完后，又向林楠笙伸出手，笑着说，从今天起，我们就是串在一根绳上的两只蚂蚱。

但是，林楠笙坐着并没有告辞的意思。他抬头看着老潘，说，你得告诉我朱怡贞的情况。

老潘皱紧眉头，眯起眼睛，就像在脑海翻找这么个人，想了很久，才说，如果她还活着，现在应该在苏北的根据地。说完，他看着林楠笙，又说，我只知道这些，也只能告诉你这些。

其实，朱怡贞这个时候就在上海，就住在浙江中路一套带阁楼的公寓里。跟她住在一起的人是孟安南，现在已改名黎广文，在法国图片社里当编辑。每天，他提着公文包出门上班，朱怡贞就上到阁楼。这里已经成为她的绣房，到处挂满了各色的丝线与绣品，而在窗台下的暗格里还放着一台发报机。

除了黎太太，朱怡贞另一个更隐秘的身份是孟安南的报务员。他们在离开苏北根据地的前夜第一次见面，就在阜宁城外的一间茅屋里。隔着一盏马灯，孟安南用一种审查似的眼神看了她好一会儿，说，你熟悉上海，也有过假扮夫妻的经验，你是最合适的人选。见朱怡贞低着脑袋久久不语，他接着又说，当然，你也可以拒绝，我能理解你的心情。

我服从命令。朱怡贞抬起头说。

那好。孟安南合上手里的卷宗,说,你回去准备一下,明天出发。

是。朱怡贞起身,走到门口忽然回身,说,我想知道,我是谁的妻子。

孟安南说,我。

朱怡贞最后看了他一眼,离开茅屋,沿着一条漆黑的小路走到村头时,再也没有力气挪动一步。她靠着一口枯井的井台,一点一点地坐到地上,胸口那个曾被子弹贯穿的地方又开始隐隐作痛。

中弹后的朱怡贞至今都不知道是怎样离开上海的。等她醒来时,已在嘉兴的一家德国诊所里。看护她的是个年迈的犹太女人。她是诊所的女主人,也是这里唯一的护士。此后的三个多月里,朱怡贞不止一次问过她:是谁把我送来的?年迈的犹太护士每次都是摇晃着她那颗灰白的头颅,用流利的中文说,是上帝,我的孩子。

于是,伤愈之后的朱怡贞成了诊所里第二名护士。直到盛夏的一天深夜,她悄悄离开诊所,搭乘一艘运纱的航船由十六铺码头登岸,重新回到上海,就像个寻亲不遇而落魄的女人,每天混居在闸北最下等的旅馆里,跟那些逃难者、算命的、拐骗的、做小买卖的一起。朱怡贞把身上所有的钱都花在了刊登寻人启事上,那是她唯一联络组织的方式。

终于,在一个多月的等待与寻找之后,朱怡贞在兆丰公园的后门见到了老潘。

可是一见面,老潘却说,根据组织原则,你不应该到处找我,你已经失踪半年多了。

我不是找你,我找的是组织。朱怡贞看着马路对面的一个报亭说。

根据组织原则,我也不应该来见你。说着,老潘叹了口气,掏出几张法币塞进她手里,又说,改天我们换个地方再见面吧。

两天后,他们再次见面时,老潘静静地听她说完这半年里的经历,把一个牛皮纸信封放在她面前,说,这些钱你拿着,离开上海后,找个地方好好安顿下来。

我不要钱。朱怡贞低下头说,我干这一行也不是为了钱。

可你也知道这一行是有制度的,你断线的时间太久了。老潘说,这半年多里,通过各个渠道找你,但找不到一点线索。

所以你们就怀疑我背叛了组织。

如果你背叛了组织,今天你见到的就不是我了。

锄奸队吗?朱怡贞直视着他镜片后面的眼睛,一字一句地说,任务失败,使命终止,身份暴露,必须撤回老家,这是我来上海前组织上给我的命令。

老潘低下头,沉默了很久后,说,我可以安排你回去,但到了根据地你会受到严格的审查。

审查才会证明我的清白。

说不定会要了你的命。

朱怡贞愣了愣,说,我不怕,我已经死过一次了。

老潘再也不说一句话。半个月后,朱怡贞一到根据地就被关押,在一间由柴房改建成的审讯室里,她对审查她的两名新四军干部说,我什么都不能告诉你们,这是组织原则,除非你们是我的直线上级。

你不要顽固不化,这是一场运动,我们是在抢救你。

朱怡贞摇了摇头,转脸看着从窗口透进来的那缕阳光,再也不说一句话。她一直被关到第二年的春天才得以释放。前来迎接她的上级一个箭步握住她的手,张了好一会儿的嘴,却一个字都没吐出来,就像关了这么久的人是他。

朱怡贞出奇的沉静,只是有点虚弱。她嗓音沙哑地说,首长,我可以归队了吗?

上级使劲一点头,说,我就是来接你归队的。说完,他看着朱怡贞,又说,这没什么,为了革命,受点委屈算不了什么。

十一

林楠笙把蓝小姐母子俩接进爱丁堡大厦那天,特意请来红房子的厨师,在家里做了一桌法式大餐。然后,温情脉脉地看着她说,我记得你喜欢吃煎牛排。

蓝小姐没有说话,低头看着桌上的蘑菇汤,很久才拿起汤匙,一口一口,喝得特别的慢,特别的小心翼翼。自从重庆的八路军办事处把她秘密送回上海,一夜间,她像又变了个人。每天除了准时接送上学的儿子,她还买菜、做饭、养花、收拾房间,到了晚上就捂在被子里一面织毛衣,一面教儿子上海话与英语。蓝小姐的儿子在保姆家里住了三年,已经沾染上满口的苏北话,就像个刚刚从江北逃荒过来的野小子。

这天,吃完最后一道甜点时,他对林楠笙说,我还要。

蓝小姐说,子璐,你要记得,说话前先要叫人。

于是,她儿子就对林楠笙咧了咧嘴,叫了声:叔叔。

林楠笙笑着说,你得叫我爸爸。

蓝小姐一下抬起眼睛,发现林楠笙正扭头看着她。

子璐却在这时用带着苏北口音的上海话说,我爸爸早就死了。

夜深人静之后,蓝小姐替儿子掖好被子,关了床头灯,悄无声息地下床,摸黑去到林楠笙的房间。一钻进被子,就拉过他的一条手臂,枕在自己头下,长长地吐出一口气后,说,在上海,你知道他们怎么称呼我这样的女人？不等林楠笙回答，她接着说，破鞋、野鸡、拖油瓶、扫帚星……

我订好了教堂，林楠笙打断她，说，就下个礼拜天。

还是退了吧，我这样的人能进教堂吗？

我请了杜先生做我们的证婚人。

我不会嫁给你的。蓝小姐伸手在黑暗中摸索着林楠笙的脸，说，你别忘了，离开重庆那一刻，我就成了局里的通缉犯。

那些都已经过去，林楠笙说，现在我有能力保护你。

就在军统改组为保密局不久，林楠笙被任命为上海区的情报专员兼市政府的调查室主任，同时还兼着东方通讯社的社长，全面负责上海地区的党政与军事情报的收集与分析工作，并直接对南京的总部负责。

蓝小姐在沉默了片刻后，又长长地吐出一口气，把脸埋进林楠笙怀里，说，你应该找个好女人，生一个你们的孩子。

林楠笙一下想起了朱怡贞，伸手抱住蓝小姐，忽然在她耳边无声地一笑说，说不定是我拖累你，我是个哪天睡下去就会醒不过来的人。

那我每年都去给你扫墓，每天都会给你上香，蓝小姐认真地说，直到我死。

可是，比他们俩死得更早的人竟然是子璐。就在几个月后的一天夜里，福熙路上的金都大戏院门口发生了一件震惊全国的宪警火并案。三个宪兵在戏院门口打了一个警察后，事态很快发展成了群殴。大批的警察从警局赶来增援，宪兵团也出动了两辆卡车，全副武装的宪兵们封锁了现场的各个路口。

那天是星期天，戏院里正在放映《龙凤花烛》。枪声响成一片时，保姆带着子璐跟随惊恐不已的观众一起拥向出口。就在跑下台阶时，远处飞来的流弹击中了保姆,同时也击中了子璐。许多市民在惨叫声中倒地。

一连三天,蓝小姐把自己反锁在房间里,不吃不喝,也不声不响,就像当年得知丈夫阵亡时一样,她的脸上看不到一丝泪痕。第四天,她打开房门出来,没看林楠笙一眼,而是坐到餐桌前,一口气就喝干了碗里的薄粥,几乎吃光了桌上所有的点心。然后,又回到房里,躺在床上开始沉沉地入睡。

第五天是公祭的日子,地点在中央殡仪馆,内政部与国防部的专员们将会悉数到场。蓝小姐一大早起床,仔细地修剪指甲、洗澡、洗头、吹风、盘发、化妆。最后,她换上一条素色的旗袍,找出一顶带面纱的帽子戴上,径直去了书房,拉开林楠笙的抽屉,取出他那把勃朗宁手枪,熟练地检查完毕,一下就把子弹推进枪膛。

五天来,蓝小姐这才第一次正眼看着林楠笙。她说,我说过,我迟早会拖累你的。

我不怕。林楠笙同样看着她,说,但我不能让你去送死。

他战死在下关时,我对自己说,我要为他报仇,我还要为了儿子活着。蓝小姐平静地说,现在,我只想去死。

说着,她就往外走,却被林楠笙一把抱住。蓝小姐没有挣扎,而是扭头看着窗台上的一盆盆景。

林楠笙伸手撩起她的面纱,把她的脸拨过来,让她看着他的眼睛说,你不能为我活着吗?

蓝小姐的眼里有了些许微妙的变化,却在转瞬间把枪顶在林楠笙的颌下,说,别想阻挠我,我会开枪的。

林楠笙仍然抱着她,嗓音却越发干涩地说,你活着,至少每年能为他们扫墓,每天能为他们上香。

朱怡贞的核心工作是把孟安南收集来的情报发回苏北根据地。有时，也接收根据地的指令，把它们的密码写在纸上或者干脆刺进绣品里，这完全取决于指令的等级。再把它们送到西马桥弄的吴越绣庄，由那里分配到各条线上。

中共代表团撤离上海后，她接收指令的次数越发频繁，几乎每个星期都要去一两趟绣庄。这天，她一离开绣庄就觉得被人跟踪，在绕了很大一个圈子后，发现其实是自己多疑了。可是，就在她回到家里，刚换上居家服，敲门声响了起来。

朱怡贞打开门一眼看到了林楠笙。他身穿灰色的华达呢长衫，头戴礼帽，手里还拿着一份报纸，站在门口就像回家那样，伸手摘下帽子，连同报纸一起递给朱怡贞，说，我还是找到你了。

朱怡贞呆立在那里，直到林楠笙进屋，仍然紧咬着嘴唇。

林楠笙环顾四壁，最后把目光停留在墙头那张结婚照上，说，这是你的新上级？

朱怡贞愣了愣，说，他是我丈夫，我结婚了。

林楠笙又看了眼照片里的男人，说，他至少大你十岁。

朱怡贞到了这时才发现手里还拿着他的礼帽与报纸，就把它们放在桌上，顺势在一边的椅子上坐下，扭头看着洁净的地板，说，你带来的人呢？让他们都上来吧。

原来你早知道我在上海。林楠笙默默地在桌子对面坐下，盯着她看了很久，才垂下眼帘说，你应该让我知道，你还活着。

我能让你知道吗？朱怡贞淡淡地说，如果你不是来抓我的，还是请走吧。

可我有很多话要对你说。林楠笙坐着没动，抓过桌上的礼帽在手里把玩了一会儿，又说，你怎么不问问我是怎么找到你的？

朱怡贞纹丝不动地坐着，一颗心却在瞬间跳到了嗓子眼。

事实上，林楠笙是从一块绣品上发现朱怡贞的。两个月前，保密局的行动队在辛庄破获了一个中共交通站，在收缴来的大量物品中，林楠笙看到一幅蝶恋花的刺绣，一下就想起了在阁楼上与朱怡贞同居的日子。只是，他不动声色，独自花了将近半个月的时间，几乎找遍了上海所有的刺绣作坊，最后才在吴越绣庄再次见到那些他熟悉的针法、用色与构图。此后的几个星期里，只要一有空，他就会坐在绣庄对面的茶楼里，泡上一壶安吉白片，一边跟茶客们下棋，一边透过窗口留意每个进出绣庄的女人。

但是，他并没有告诉朱怡贞这些，也没有说起纪中原。他只是在长久的沉默之后，叹了口气，说，只要活着就比什么都好。说完，林楠笙戴上帽子，起身走到门口，忽然又站住了，说，放心吧，我不会再来了。

朱怡贞还是坐着没动，平静地看着他，那目光黑得几乎看不到一点眼睛的光亮。她一直要坐到林楠笙的脚步声在楼梯上消失，才如同一个泄了气的皮球，瘫坐在椅子里。然而，朱怡贞很快就跳起来，几步跑到窗口，看着林楠笙背影消失在街口后，去卧房换掉身上的居家服，抱着一脸盆的洗漱用品匆匆地出门、下楼、穿过马路，去了对面的一家浴室。

她从前门买了票进去，不一会儿从后门出来时，手里抱着的脸盆已经不在。

朱怡贞去的地方是法国图片社。一见面，孟安南在一间堆放杂物的房间里严厉地说，我跟你说过，你不能来这里。

可是，情况紧急。朱怡贞飞快地说完刚刚发生的一切后，又说，我可以肯定，从绣庄出来他就跟踪了我。

你跟他是什么关系？

现在不是讨论这些的时候，你得下令，马上清空绣庄。

要出事的话，现在已经来不及了。孟安南不假思索地说，我看过你的审查材料，为什么你从没提到过林楠笙这个人？

我能提吗？提了我就是国民党的特务，我早就不在这个人世了。朱怡贞说，当初我接到的命令是通过情报交换的机会，拉拢与策反他。

孟安南想了想，说，如果我判断没错的话，他之所以上门来找你，就是为了传递一个信息，绣庄已经存在暴露的可能。

朱怡贞睁大眼睛，好一会儿，才说，这不可能，他是个特务。

在我们的圈子里谁不是特务？孟安南想了想，说，现在你回家去转移电台，然后到备用地点等我。

我还能回去吗？

你能出来，就一定能回去。孟安南忽然笑了。他笑着说，如果他要钓大鱼，首先会抓你去逼供，然后在家里布控，守株待兔，他不会选择平白无故先来惊动你。

你好像很了解他们的抓捕程序。

那当然。孟安南说，不了解他们，我们怎么去战胜他们？

也许他是想敲山震虎，然后观察我们。

孟安南又笑了，说，前线的仗都打到这份儿上了，他们还会有这个耐心吗？

几天后的深夜，在他们备用的小屋里，朱怡贞仰面躺在床上说，我建议向老家发报，请他们查证林楠笙的身份。

孟安南在地板上翻了个身，说，作为一名情报员，你不应该有这样的好奇心。

这不是好奇心，朱怡贞说，这关系到我们今后的工作，还有我们的安全。

可你能确保查证的过程一定安全吗？那些环节上就不会有敌人

安插的内线？孟安南叹了口气后，缓慢地又说，你要知道，我们在上海的情报人员不光只有华东局的，还有延安方面的，还有江苏特委与共产国际的，你要查证一个不在一条线上的人，就会有并线的可能，就会给双方带来暴露的危险。

朱怡贞再也无话可说。她在黑暗中闭上眼睛，可往事却又一次扑面而来。

长久的沉默之后，孟安南忽然又说，这个人的身份对你就这么重要吗？

十二

林楠笙在他的专员办公室里见到老潘时，几乎不敢相信自己的眼睛。等到押送的卫兵退下后，他紧皱着双眉，说，你在玩什么把戏？

老潘笑了笑，说，只有这样，我才能见到你。

原来，老潘在三天前的一次搜查中意外被捕。按照惯例，像这样进来的疑犯就算没人保释，在关押上一段日子后也会被释放，可他却在上刑后的不久开始招供。老潘一边捂着嘴巴咳嗽，一边对预审员说，我要见你们的最高长官。

预审员有点不高兴了，但还是朝站在门口的守卫递了个眼色。守卫很快请来一个少校军官。

老潘却摇了摇头，说，我要见的是最高长官。

少校显然是个见多识广的人。他半个屁股靠在审讯桌上，朝一边的打手抬了抬下巴，打手上前就是两个嘴巴。

老潘没有吭声，弯腰捡起眼镜重新戴上后，抬起手使劲地抹去嘴角的血迹。他用一种恶狠狠的眼神看着少校，说，我姓潘，我的名字叫潘新民，代号食指。

少校眼睛亮了，说，往下说。

老潘又摇了摇头，说，够了，你把这几个字往上报吧。

少校有点疑惑，拿起审讯记录，把那几个字又看了一遍。这一回，他没有鲁莽，而是拿审讯记录去了情报科。等到这张审讯记录出现在林楠笙的办公桌上，已经是两天之后了。

林楠笙摇了摇头，对老潘说，你应该清楚，像你这样被抓进来的，只要找不到证据，用不了几天就会被释放。

可我没时间去等那几天。老潘的脸上已经看不到一丝笑容，他对林楠笙说，现在，你仔细听好了。

说着，他开始向林楠笙下达命令，一道接着一道，直到全部说完，才长长地吐出一口气，用力咳嗽起来。

林楠笙半晌都没说话，而是坐在办公桌后面一动不动地看着他。

老潘又笑了，说，开始执行吧。

林楠笙还是紧盯着他的眼睛，说，如果我失败了呢？

那我一辈子都会背着这个叛徒的罪名。老潘仍然微笑着说。

我不会为了你的名声去做任何事，林楠笙冷冷地说，我也不会在乎你的死活。

我知道，老潘说，对于一个情报员来说，生命不重要，名誉同样也不重要，重要的是任务。

你还有一件事没告诉我，林楠笙站起来，说，我收到情报后怎么送出去？

三天没我的消息，我的报务员就会销毁密码本，自动撤离上海。老潘仰起脸看着他，说，现在，已经三天过去了。

林楠笙再也没说一句话。他最后看了老潘一眼，走过去拉开门，让卫兵进来把他带走后就直接去了档案室，在那里找出许多文件，一直埋头看到下班才离开保密局大楼。

这天晚上,林楠笙回到家里已是深夜。他没有惊动蓝小姐,悄悄地洗漱,悄悄地上床。第二天吃完早餐,他放下手里的筷子,看着蓝小姐,说,你得帮我个忙。

蓝小姐点了点头说,说吧。

但是,林楠笙并没有开口,而是掏出一张纸条,展开,交到蓝小姐手里,等她看完才说,没问题吧?

蓝小姐拿过火柴,划着,点燃纸条后,扔进烟缸,抬眼看着他,说,你收留我,就是为了这一天?

林楠笙摇了摇头,说,如果还有别的办法,我绝不会让你去。

蓝小姐说,放心吧。

林楠笙说,你可以问我的。

我不用问你。蓝小姐忽然露出一个笑容,说,从你送我离开重庆那一刻,我就知道你是什么人了。

林楠笙上班后的第一件事就是去了站长的办公室。一见面,他递上审讯记录,说,这个人你应该有印象吧?

站长看了眼,说名字没听说过,不过这个代号他知道,在1940年前后是中共上海情报网里的一支梭子。

此人就关在我们的地下室里。林楠笙说,不过,我去查了以往的档案,有关食指这个代号,有很多不同的描述,其中一份里还说他是个女人。

是不是食指不重要,站长说,重要的是他能给我们提供什么。

林楠笙笑了,说,他口口声声要见这里的最高长官。

站长也笑了,抬手看了眼表,说,那就去见见吧,十点钟我还要去一趟警备司令部,有个例会。

可是，审讯开始不久，站长就让呆立一边的副官去把他的会议推了。他就像个已经入戏的听众，完全被老潘说的话吸引。老潘显得有点疲惫，不停地要水喝，不停地咳嗽，从他在满洲出生开始，整整大半天，就像在回顾他的人生，说了很多人、很多事与很多地方。

快到中午的时候，站长有点不耐烦了，打断他，说，潘先生，你还是说些能帮得上你也能帮得上我们的情况吧。

老潘点了点头，用力地咳了一声后，说出了两个地址与两个信箱的编号后，就闭紧了嘴巴。

站长说，我们要的是大鱼，这种小虾米我们兴趣不大。

老潘笑了，抬头看着四壁，说，在这种地方怎么审得出大鱼来，在这里只有小虾米。

站长想了想，按响桌子上的电铃，让卫兵进来把老潘带下去后，扭头吩咐预审科长去华懋饭店准备两个房间，从行动队多抽调人手，整个楼层执行二级警戒。他说，他要摆谱，我们就陪他摆这个谱。

预审科长应声离去后，站长来到隔壁的监听室，看着林楠笙问，你怎么看？

林楠笙说，我还是想不通，他这么资深的特工，怎么可以这么轻易就出卖了自己的下属。

再资深的特工也是人，站长笑着说，你别忘了顾顺章。

还是派行动队先去摸摸那两个地方，信箱可以让我们在邮局的人盯着。林楠笙说，对这种小虾米，我们尽量不要打草惊蛇，说不定这是他发出的遇险信号。

站长点了点头，说，让行动队去布置吧。

下午的审讯看上去更像是场谈判，在华懋饭店的一间豪华套房里，所有的电扇都已经打开。林楠笙坐在站长的一侧，除了偶尔喝一口杯中的咖啡，始终一言不发地盯着老潘镜片后面那双眼睛。

但是，老潘好像只对站长一人感兴趣，隔着条桌不断地咳嗽，不断地提出他的要求。

可你用什么来交换这些要求呢？换上便装的站长如同一个老练的商人。

老潘略微低了低头，说，今天星期几了？

站长说，今天是八月二十七号，礼拜五。

今晚九点二十五分，百乐门舞厅外左侧的柱子前，我有一次接头。老潘说完，长长地吐出一口气，第一次环视着条桌对面的三位审讯者，最后把目光停在林楠笙脸上，说，我们的合作今晚就能见分晓。

来人是谁？预审科长不由得问道。

华东局派往宁沪两地的联络人，老潘说，我将跟他做工作上的对接。

房间里一下变得静谧，就连书记员也抬起了头。林楠笙却闭上了眼睛，如同在辨别这些话的真伪那样。

这时，站长忽然站起来，看着屋里所有的人，说，诸位，今晚九点半以前，大家就在这里陪着潘先生吧。

我要这么多男人陪着干吗？老潘也跟着站了起来，看着众人，毫不客气地说，还是找个女人来陪我吧。

然而，到了晚上的九点二十五分，就在林楠笙离开华懋饭店的同时，老潘刚站到百乐门舞厅外左侧的水泥柱前，就被迎面飞来的第二颗子弹射穿额头。第一颗子弹贴着他的发梢射进了后面的墙壁。老潘没有动，而是仰起脸，迎着枪声传来的方向，直到枪声再次响起。

蹲点的便衣们一下子有点乱套，纷纷掏出手枪。负责现场的行动队长从一辆车里跳出来，指着街对面大楼的天台，大喊一声：还愣着干吗？上面！

行动队的便衣们迅速包围了大楼。他们从正门冲进来时，在灯光暗淡的楼道里与蓝小姐相遇。她穿着一套深色的夏装,手里握着林楠笙那支勃朗宁。在一阵短暂的对射过后,蓝小姐提着空枪退回天台。她看了眼从两面包抄上来的便衣,举枪顶在自己的太阳穴上,一直退到天台的栏杆前,就像忽然中弹那样,一头就倒栽出去,嘭的一声摔死在楼下的大街上。

半个小时后,警务处的干探赶来,在天台的水箱里捞起一支毛瑟98K步枪,里面还剩三发没射完的子弹。昨晚,林楠笙从黑市的军火贩子手里买来这支枪后,就把它藏在这幢大楼天台一角的隔热砖下,然后对着手表,勘察好进出的路线,把它们标注在那张纸上。为了这次刺杀,他在最短的时间里做了最完善的准备。可是,事情还是出了意外。原本十点后才上锁的后门,这天晚上竟被看门人莫名其妙地提前了。蓝小姐把步枪扔进水箱后跑下天台,顺着楼梯一直跑到后门,才发现今晚将是她人生中的最后一个夜晚。

转念间,她在黑暗中忽然感到了一种让人揪心的惆怅。

十三

林楠笙在一家旅馆的房间里等到半夜,就已预感到事情的结果。一下子,他像被抽干了血那样倒在床上,一动不动地睁着眼瞪到天明,无力地蜷缩着身体,如同死了一样。

可是,当他午后走进丹桂戏园时,已经恢复了常态,只是两只眼睛里布满了血丝。

林楠笙在二楼的一间包厢里等到台上的戏开演,才在一片喧天的锣鼓声中见到茶房挑起门帘。来人竟然是南京国防部作战厅的荣将军。两个人同时愣了愣,他们曾在很多场合不止见过一次。林楠笙却一下就明白了，这是一场值得为之付出生命的约会。

荣将军把手插进裤袋，里面应该是一把子弹上膛的手枪。

林楠笙淡淡地说，如果这是一个圈套，你杀了我也无济于事。

荣将军的脸上没有表情，他拉开一把椅子坐下后，看了眼摊在桌上的那张报纸。上面是老潘的死讯，还配着一张现场的大幅照片。

林楠笙说，老潘已经遇难，我是接替他的人。

荣将军说，他应该知道，我不会相信任何人。

他之所以选择在公众场合赴死，就是为了让你能从报纸上看到他的死讯。林楠笙扭头看着他，说，你也应该知道，如果他活着，是绝不允许任何人来见你的。

荣将军没有再说话，坐直身体看着楼下舞台上的演出。

于是，林楠笙在喝了口茶水后开始从老潘的意外被捕说起，一直说到他离开华懋饭店前的那一刻。为了能见我一面，他出卖了自己；为了让人相信他的变节，他甚至不惜牺牲掉两条下线。林楠笙说到这里，一下就想起了蓝小姐。他看着荣将军，说，你必须相信我，我也必须要完成他交代的任务。

荣将军始终一言不发，眼睛盯着舞台上的演出，一支接着一支地抽烟。

我应该已经暴露，林楠笙顿了顿，又说，我们的时间不多了。

荣将军掐灭烟头后，又从烟盒里抽出一支烟，划着火柴点上，深深地吸了一口，透过吐出来的烟雾，定睛看着林楠笙，说，老潘应该告诉你最关键的一件事。

林楠笙愣了愣，在脑子里把老潘曾说过的那些话重新过了一遍后，说，你们是同乡，你们曾一起在十九路军共事过，在上海一起抵抗日军……他在老家时的名字叫刘宗铭。

荣将军摇了摇头，说，我想他一定会对你说，在得知他死讯的情况下，我还能出现在这间包厢里，就足以证明我要传递的情报比我们的生命更重要。

说完，荣将军掐灭香烟，起身头也不回地挑帘离去。

林楠笙呆坐在包厢里，半响都没缓过神来，直到起身准备离去，看见荣将军遗留在桌上的那包香烟与火柴，才长长地吐出一口气。

傍晚时分，根据写在火柴盒里的地址，林楠笙来到安福义庄的殓房，在一具即将火化的尸体身上找出一个油纸包后，直接就去了朱怡贞那个备用的家。

敲开门，朱怡贞的脸色一下子就白了，说，你真是阴魂不散。

只要让我找到你，我就不会再让你离开我的视野。话说到一半时，林楠笙就已经后悔。他又一次想起了蓝小姐，胸口像被什么堵住了，立即低下头去。林楠笙再次抬头看着朱怡贞时，他说，我需要你的电台，还有密码。

做梦。朱怡贞正在做晚饭，身上还系着一条围裙。她头也不回就进了厨房。

林楠笙跟着走到厨房门口，从口袋里掏出那个油纸包，看着她的侧脸，说，这是国防部刚刚核准的辽沈地区的兵力布署与增兵长春的计划。

朱怡贞一愣，扭头，说，你到底是什么人？

我是你们当年费尽心机想让我成为的人。林楠笙说着，走过去，把那个油纸包递到她面前，又说，为了这个，老潘死了，我的妻子现在生死不明，你必须得把它发出去。

可是，朱怡贞没有看他，也没有看那个油纸包。她慢慢放下手里切菜的刀，解开围裙，随手搁在台板上，默默地走出厨房，走到窗前看着昏暗的天空。忽然间，她是那么想流泪，那么想嘶喊。

孟安南回到家时天色已经黑尽。他的脸上丝毫没有突兀的表情，坐在餐桌边吃完碗里的饭,继续听林楠笙讲完后,去厨房里漱了好一会儿的口,才出来,说,我相信这些都是真的,但我得向组织汇报,还得查证。孟安南看着林楠笙说,这是程序。

林楠笙点了点头,说,那我要等到什么时候?

等到我回来的时候。说着,孟安南拿起提包就匆匆地出门。

林楠笙坐在那张餐桌边一直等到第二天中午,就在他全身都开始变得僵硬时,孟安南开门进来。他看了看坐在桌子另一头的朱怡贞,对林楠笙说,我们只对上了食指的身份,1941年他随新四军办事处撤回苏北,1942年去了延安抗大学习后,不排除会被重新派回上海的可能,但我找不到一点关于你的信息,你得给我时间。

它不会给我们时间。林楠笙一举手里的油纸包,说,你们必须得把它发出去。

孟安南又看了看朱怡贞,一点头,说,照他说的做吧,发华东局,请转西柏坡。

可是……

没有可是,上级会甄别情报的真伪。孟安南说着,接过林楠笙手里的油纸包,递到朱怡贞手上,又说,快去,这是命令。

朱怡贞离开后,林楠笙长长地吐出一口气,靠进椅背里,看着孟安南想说句什么,却最终没有开口。

孟安南笑了笑,看了眼桌上的剩菜,转身从柜子里拿出半瓶洋酒,说,喝点酒,睡一觉。

林楠笙顺从地点了点头,接过酒杯,一饮而尽后,说,你就不怕这是个圈套吗?

我只是做了该做的。孟安南说着,忽然一笑,摇了摇脑袋,看着林楠笙,却更像是在对自己说,信任有时候就是那么奇怪的东西。

林楠笙一愣,一下睁大了他那双布满血丝的眼睛。他记得,就在那家意大利人开的妓院里,顾慎言曾说过一模一样的话。

将近中秋前的一天深夜,林楠笙终于离开上海。他在朱怡贞家的客厅里整整住了半个月。这是孟安南再三叮嘱的:你已经遭保密局秘密通缉,只要不出这扇门,你在上海就是安全的。

林楠笙笑了笑,他深知在那两份情报没有最终被确认前,他在哪儿都安全不了。他又开始喝酒,先是让朱怡贞去街上两瓶两瓶地买,白天坐在窗前喝,晚上躺在客厅的地板上睡不着,就盘坐在黑暗中喝。后来,朱怡贞索性让酱园的伙计扛了一坛绍兴酒上来,说,我们买不起更好的酒。

林楠笙头也不抬地说,没关系。

然而有一天,就在朱怡贞离开家门后不久,林楠笙放下酒杯去了他们的房里,快速地检查了整个房间。最后,他在一个上锁的箱子底发现了一块没有秒针的梅花牌手表。

第二天,朱怡贞去屋顶晾完衣服回来,刚坐到绣桌前,林楠笙忽然说,你们是对假夫妻。

朱怡贞愣了愣,挺起背,说,你不再缅怀你妻子了?

林楠笙像被针猛然扎了一下,但他还是说,你了解他是什么人吗?

朱怡贞一动不动地看着窗台上的阳光,说,她长得漂亮吗?

许多话,林楠笙一直想说,但他最终没有吐露一个字,而是紧闭着嘴,起身去厨房的酒坛里舀了杯酒,出来,一口喝掉半杯后,又去厨房把杯子加满。

可是,那坛酒还没有喝到见底,确认林楠笙身份的电报就来了。朱怡贞在抄收电文的瞬间,竟然有种热泪盈眶的感觉。她匆忙跑上楼,看着林楠笙,好一会儿,才吐出一句话:老家来电……在召唤你回去。

林楠笙坐在窗前没有出声，也没有抬眼。他拿过放在窗台上的酒杯，慢慢地把里面的半杯绍兴酒喝干。

两天后，孟安南亲自开了警车一直把他送到江苏地界时，天色已经发白。他把车停在路边，看了看手表，说，我们来早了。说着，他从怀里掏出一把手枪，又说，拿着，路上防身用。说完，他补充说道，但愿你这一路上都用不着它。

林楠笙接过手枪，熟练地检查完弹夹，一把将子弹推上膛后，就把它顶在了孟安南的太阳穴上。

孟安南愣了愣，说，前面有驻军，枪声会惊动他们的。

林楠笙用另一只手从怀里摸出那块没有秒针的手表，说，你是顾慎言放出去的一只鹞子？

孟安南点了点头，说，我知道你是他的学生，但你不知道我是他收养的义子。说着，他伸手拿过那块手表，看着它，又说，只是我们都选择了自己的路。

接着，他在枪口下告诉林楠笙，自从跟随顾慎言由越南来到香港，他踏上中国这块土地快有十六年了，顶着一个军统特工的名头，却从没为他们干过一件事。相反，他每天在做的，正是他父母未竟的事业。

孟安南的父母曾经都是胡志明的追随者，他们一起留学法国，在那里认识了顾慎言。可是，在他十岁那年，他们双双死于西贡法国人的监狱。那时，孟安南的名字叫阮志中。

说完这些，他扭头让枪口顶到了额头的位置，看着林楠笙说，到了根据地，你可以去华东局的政治处，那里有我的档案，里面有我全部的历史。

但事实上，林楠笙并没有到达根据地。在穿越封锁线时，他乘坐的舢板被碉堡里射出的子弹击沉,护送他的交通员中弹身亡。林楠笙在水里游到精疲力竭,醒来时发现自己已躺在一条航船的甲板上。

救他的是个下乡收租的米行老板。他把林楠笙载回上海郊外的一个小镇,站在三江汇流的码头上,他说,坐船再往东去就是大上海了,往南是浙江省,江苏在北面。

林楠笙说,那这是什么地方?

米行老板说,这个地方叫斜塘镇。

十四

上海解放的消息是从一队溃败的国军士兵嘴里传开的。他们在抢劫了镇上的米行、肉铺、糕饼店与成衣铺后,叫嚷了几句要上山去打游击,就匆匆离开镇子,消失在水网如织的平原尽头。斜塘镇很快恢复了平静,几乎跟以往的日子没有什么分别。林楠笙每天照常去圣类思中学上班。现在,他已是那里最受欢迎的历史兼英文教师,就像许多流落到这个镇子上的男人与女人们一样,他们都把这个地方当成自己的家乡。

这天,校长忽然闯进他的课堂,说,工作组的同志来了,在办公室等你呢。

来找林楠笙的是两个年纪比他学生大不了多少的年轻人,穿着黄军装,戴着黄军帽。他们是来重新登记户籍的。一见面,其中的一个就说,姓名。

林秋明。

出生年月。

1912年11月19日。

籍贯？

浙江富阳。

怎么到这里的？

逃难。

现在解放了，为什么不回家乡？

老家没人了。林楠笙说，1937年轰炸时，家就没了。

年轻的军人放缓口气，说，婚姻状况。

林楠笙看了看办公室里的老师们，垂下眼帘，说，丧偶。

事实上，这一年多来不是没人给他做媒，战争留在天底下最多的就是孤儿寡母。林楠笙却都一一谢绝了。他对每个人都说同样的一句话——这样挺好的，我就不去拖累人家了。

斜塘镇的人都觉得林老师是眼界高，看不上那些没文化的女人。可是，只有林楠笙自己心里清楚，他在这个世界上的日子不多了。他的身体在夏天已经感觉不到炎热，到了冬天同样感觉不到寒冷。

这年元旦前的一天，没风没雪，天却冷得出奇，家中的水缸里都结上了厚厚的冰层。林楠笙爬上竹梯，帮着门房刚把一盏红灯笼挂在校门口，就看见一辆军用吉普扬着一路尘土驶来。

两个小时后，这辆车载着林楠笙同样一路尘土地离开斜塘镇，在路上整整走了半天，开进上海市区时已是华灯初上的入夜时分。

林楠笙在上海市公安局的一间办公室里见到纪中原时，淡淡地说，你何必费这么大劲找我来呢？

纪中原穿着黄呢制服，可怎么看仍像是当年的篆印师。他笑着说，我们找你快两年了。

说着，他从柜子里取出一盒卷宗，说他1948年底从香港回来接手老潘的工作，就开始秘密寻找林楠笙。他不相信像林楠笙这样一个特工会死在过封锁线的时候。

林楠笙说，你就不能当我真的死了吗？

纪中原摇了摇头，打开那盒卷宗，让林楠笙自己看。这些都是下面报上来的材料，都是他在斜塘镇上的一举一动。原来，早在半年前林楠笙就已经被监控。检举他的是镇上的一个保长。他曾是保密局培养的外围人员，曾在上海远远地见过林楠笙一面。只是，当地的公安部门坚信，一名大特务躲在一个小镇上，背后一定藏着一个大阴谋。他们要放长线，钓大鱼。

这些材料最近才转到我手上。纪中原说，我们需要你回来。

林楠笙说，我被监视了半年都没觉察出来，我已经不是一名特工了。

但我们不会忘记你的贡献，纪中原说，你不该待在小镇上当一名教师。

我本来就是一名教师，我的理想就是当一名教师。林楠笙扭头看着壁炉里还在燃烧的炭火，眼前又出现了朱怡贞穿着校服时的模样。那时，她留着一头童花状的头发。

如果这是命令呢？纪中原说着，起身去办公桌上拿过一份任命书，交到林楠笙手里，说，革命成功了，我们的战斗远没有结束。说完，他郑重地看着林楠笙，又说，这是组织上对你的信任。

现在，林楠笙每天的工作就是整理当年遗留下来的档案，从中找出那些早已中断的线索，最终找到那个人，确定与指认出他们的身份。林楠笙又开始喝酒，下班回到家里，第一件事就是倒一杯烈酒，一口一口，一直喝到昏昏沉沉。

这是他唯一还能让自己入睡的方式。

五月的一天，比天气更热的是民众为志愿军募捐的热情。上海的街头到处是抗美援朝保家卫国的标语与口号，林楠笙却在挤电车时忽然倒下。

等他醒来时已经动弹不了。漆黑的病房没有声音，也没有其他的病人，就像躺在自己的坟墓里，这是他无数次预想过的结局。林楠笙在黑暗中静静地回顾他的一生，发现在这世上，他既没有朋友，也没有亲人，唯一剩下的就是脑子里那些回忆。

第三天一早，纪中原来探望了他以后，在回办公室的途中走进一家店铺，拿起柜台上的电话，拨了一个号码，说，给我接静安区委。

下午，朱怡贞捧着一纸袋苹果走进病房。这是他们在他重回上海后的第一次见面，尽管彼此都知道，他们上班的地方只隔着几个街区。朱怡贞在静安区委工作，一直住在市府的单身宿舍里。有很多次，在喝了再多的酒都无法入睡的夜里，林楠笙都会一个人从家里出来，步行到她的宿舍楼前，站上一会儿，看一眼那扇亮着灯光的窗口，然后回家继续喝酒。

朱怡贞坐在病床前一声不响地削完一个苹果，一片一片地喂进他嘴里。

你丈夫呢？你们为什么不是一起来？林楠笙看着她手里的水果刀，忽然一笑说，说不定这是最后一面了。

朱怡贞没有回答，只是垂下眼帘，同样看着手里那把水果刀。

上海解放不久，孟安南就向组织提交报告，要求回国参加胡志明领导的抗法战争。但是，得到的答复却是随三野开赴福建前线的命令。临别的前夜，他对朱怡贞说，你不嫁给我没关系，你总得让我知道原因吧。

朱怡贞平静地注视着他那双深陷的眼睛，很久才说，我有一个死而复生的丈夫，我还有一个生死不明的爱人，你说我能嫁给你吗？

孟安南再也不说一句话，看着朱怡贞扭头进了房间，轻轻地关上房门。整整一夜,他就坐在朱怡贞房门口,靠在自己的行军包上,一直到天亮才起身,悄无声息地离开。

朱怡贞的神情始终有点恍惚。她在折起水果刀时,忽然无端地一笑,抬眼看着林楠笙,说,我们真傻。

林楠笙想坐起来,可是肌肉不听他的使唤。他只能直挺挺地看着眼前的女人,想了想,说,还好,我还是见到了你。

邮　差

一

徐德林死于非命的时候，儿子仲良正在学校的小礼堂排练《哈姆雷特》。

连着半个多月，校剧团的同学们一到晚上就站在昏暗的舞台上长吁短叹、慷慨陈词。仲良扮演的是瑞典王子福丁布拉斯，由于戏份少，他从图书馆里找来一本《哈姆雷特》的原著，靠在舞台的一根柱子前，一字一句地默念着。仲良不喜欢演戏，他喜欢的是英语。

要在上海滩出人头地，首先得会一口流利的英文。这是留洋归来的教导长对学生们常说的一句话，他有时候也兼授英语与白话文写作。不过，仲良想得没那么深远，他只想在毕业后能进洋行当名职员，每天穿着西装、打着领带，把头发梳得锃亮，这对于一个邮差的儿子来说就是出人头地。可到了第二天黄昏，仲良一下子意识到自己的梦想破灭了。

教会学校的食堂同时也是学生们的礼拜堂，正中的墙上挂着漆黑的十字架。就在大家坐在餐桌前合手支着下巴做餐前祷告时，校工领着一个穿灰布短袄的男人进来，匆匆地走到仲良跟前。

仲良认出那是静安邮政所的门房周三，然而，脑子里浮现的却是父亲那张苍白的脸。等他跟着周三出了校门，上了等在那里的黄包车赶到家，看到的是父亲直挺挺躺在门板上的尸体。徐德林穿着一件这辈子都没人见他穿过的缎面长衫，脸上还施着一层淡薄的脂粉。他就像个睡着的戏子。

按照巡捕房的说法，徐德林死于抢劫，原因是北边过来的流民实在太多，现在的租界再也不像过去那样太平了。可次日的《上海泰晤士报》一个好事的记者却认为另有隐情，抢劫不同于绑架，谁会为了抢劫一个邮差而在绑架他两天之后再把他杀死？报纸为了配合这篇文章，还在边上登了一张照片——一个面目不清的男人敞着邮差的制服歪倒在一个带花岗岩台阶的门洞里。

仲良一眼认出那个地方是小德肋撒堂的大门口。多年来，徐德林每个礼拜天都会去那里做弥撒，有时候也会带着儿子。他进忏悔室的时候，让儿子去门口，就坐在那些花岗岩的台阶上。仲良还记得父亲有一次从里面出来后，站在台阶上忽然拉起他的手，认真地对他说，要记住，在上帝面前，人生而平等。

可是，没有人知道徐德林什么时候入的教，但他在教堂里的样子比任何一个天主徒都要虔诚。有段时期，在外面忙了一天回到家里，吃完喝完了，对面电车场上下班的铃铛都摇过了，他还躺不下去，非要蹬着那辆破自行车去教堂，说他的主在等他，他要去忏悔。

徐嫂终于在一天的晚上忍不住了，坐在床沿上冷冷地看着他说，你的主又不是野鸡。徐德林一下没听清楚，手把着门闩扭头看着妻子。徐嫂就对着他的眼睛又说，只有野鸡才在半夜里等你。

徐德林听明白了，没吭声，只是深深地看了她一眼后，轻轻地拉开门走出去，反身又把门小心翼翼地带上。

徐德林在外面有女人，而且不止一个，这在静安邮政所里是公开的秘密。租界里住着那么多海员的妻子、有钱人的姨太太以及他们包养的舞女，邮差把信送到这些人家里，有机会也把自己送上她们的床。寂寞的女人需要慰藉，而邮差更需要钱来贴补家用，光靠那点薪水，徐德林根本无法把儿子送进寄宿制的教会学校。

为了儿子，徐嫂忍耐着。忍耐让一个女人的目光变得深不可测。

小德肋撒堂的布朗神父主持了葬礼前的弥撒，就在万国殡仪馆一间窄小的偏厅里。这个满脸皱纹的英国人来中国传道已有三十年，在上海也待了近十年，却怎么也学不会这里的吴侬软语。他捧着《圣经》用一口地道的天津话念了段《马太福音》后，眯起灰蓝的眼睛，盯着躺在棺材里的尸体看了一会儿，伸手在胸口画了个十字，缓缓地吐出两个字：阿门。

教友们围着棺材开始吟唱赞美曲。徐嫂忽然一把抓住儿子的胳膊，睁大眼睛瞪着里面那些表情肃穆的女人，身体虽在发抖，但还是拼命地咬紧了牙关。徐嫂坚信丈夫暴死街头跟此刻这些浅声低唱的女人有关。

徐德林死得很惨，虽然皮肉上看不出丝毫伤痕，可在擦洗尸体的时候，入殓师发现他的两个睾丸都碎裂了，挂在裤裆里就像一个没有熟透的柿子，而且十个脚指头上有九个脚指甲不见了，但真正要了他性命的是后脑勺上那个洞。

入殓师找来两块抹布才把这个窟窿填满，然后使劲撬开徐德林的嘴，按照习俗把一枚铜钱放进去。入殓师的眼睛又一次直了。他回头看看像木头一样呆立着的徐嫂，犹豫了一下，说，你得让人买副门腔去。徐嫂如同聋了。入殓师站起来，一边擦着两只手，一边又说，舌头都没了，你让他到了下面怎么去喊冤？

徐嫂自始至终没有掉过一滴泪，也没号过一嗓子，她只是咬紧了牙齿。一直到两个穿白衣的殡葬工进来盖上棺盖，推走，她忽然扭头扑向神父，一下跪倒在地，双手紧抓住他长袍的下摆，用凄厉的声音叫道：巡捕房不管，你们的主也不管，你们叫我怎么办？叫我的儿子怎么办？

布朗神父仰头长吐一口气，连着在胸口画了两个十字后，把手放在徐嫂头上，闭上眼睛说，让他在天国安息吧。

事实上，布朗神父是第一个发现徐德林尸体的人。那天早上，他跟往常一样拉开教堂的大门，拿着扫帚刚跨出去就见到了歪在一边的徐德林。神父起初还以为是个一夜未醒的醉鬼，就说了声天亮了。可等凑过去看清徐德林的脸，他的嘴一下张开了，赶紧扭头朝四周张望。四周空空荡荡，是天色将亮未亮的时候，电线杆上的路灯却已经熄灭。

布朗神父用他灰蓝色的眼睛又把马路扫视了一阵后，慢慢蹲下去，伸手在徐德林鼻子底下试了试。上过神学院的人都是半个医生，他飞快地把徐德林的尸体检查了一遍，起身跑下台阶，跑到马路对面，敲开一扇紧闭的门。布朗神父多少是有点慌张的，急促地说，快去巡捕房，去叫他们来。

当巡捕蹬着自行车赶来，小德肋撒堂的门洞前已围满了人。每个看过尸体后脑勺那个窟窿的街坊都认为这就是传说中的"开天窗"，跟"种荷花"一样，是沪上的帮派内部在执行家法。布朗神父一言不发，他一动不动地站在尸体旁，就像一尊黑色的雕塑守在天堂门口。一直到巡捕用一条白色的床单裹着尸体抬走，他的目光才落到那个角落。

一个巡捕随着他的目光也看了眼，说还好，地上没血迹。说完，他转身朝台阶下的围观者挥了挥手说，散吧，都散了吧，不要轧闹猛了。

二

除夕之夜，徐嫂摘掉插在头发上的那朵白花，举着一壶烫好的酒，把桌上的三个酒杯依次斟满后坐下，对着自己面前这杯酒呆看了好一会儿才拿起来，抿了一小口，慢慢仰起脖子，像个男人似的把酒一饮而尽。

仲良用一种诧异的眼神看着她。在他印象里母亲是滴酒不沾的，他的父亲也一样。

徐嫂放下酒杯说，今天是你爸断七的日子。

仲良没做声，目光从她脸上移到墙上，那里挂着父亲的遗像。徐德林在电灯光的阴影里展露着电影明星般的微笑。

徐嫂顺着儿子的目光，看着照片里的丈夫，又说，妈想回老家，你跟妈一起回去吧。

仲良扭头，看到母亲的脸上有种表情转瞬即逝。

在这里我养不活你。徐嫂说着，拿起一边的酒壶给自己的杯里满上，但她没有去碰酒杯，而是低下脑袋，像是对着杯中的黄酒说起了她那个仲良从没去过的老家的小镇：那里有条河，河上有座桥，她的家就在桥畔的银杏树下，隔壁开着家竹篾铺。徐嫂说，我十八岁跟你爸来上海，我以为这辈子都不会回去了。

仲良从没见过母亲如此唠叨。他忽然说，我去能干什么？

学份手艺。徐嫂总算抬起头来，看着儿子，犹豫了一下，接着说，我给你找了个师傅，是个篾匠。

仲良说，我要念书，还有两年我就毕业了。

徐嫂说，你得养活自己。

仲良不说话了，他在母亲的脸上又看到些许微妙的变化。

好一会儿，徐嫂叹了口气，又说，你长大了，你要懂事。

整个晚上仲良再也没说过一句话，他蜷缩在阁楼上的被窝里，听着寒风贴着屋顶刮过，风中还有远处传来的声声爆竹声。

第二天，仲良一起床就见到一个身穿长衫、头戴礼帽的男人敲门进来。他的脸上挂着浅淡的笑容,一手提着糕点,一手摘下礼帽,站在屋里彬彬有礼地对着徐嫂躬了躬身,然后朝仲良点了点头,温和地说,仲良吧?

徐嫂说,你是谁?

我是老徐的朋友,我姓潘。说着,潘先生把糕点与礼帽一起放在桌上,走到遗像前深深地鞠了三个躬后,慢慢转过身来,脸上的微笑不见了,他说,我来看看你们,给你们拜个年。

徐嫂说,可我们不认识你。

潘先生轻轻叹了口气,说,认识的未必是真朋友。说着,他从口袋里掏出一个纸包放在桌上,看着仲良,又说,这是你下学期的学费,为你爸,你要好好念书。

仲良站着没动,他在潘先生右手的中指上看到一块淡淡的墨痕,就觉得他应该是学校里的教员,或是报馆里的编辑。只有每天拿笔的人才会在中指间留下这样的痕迹。仲良不相信父亲会有这样的朋友。他说,我不要你的钱。

潘先生问,为什么?

仲良反问,你为什么要给我钱?

因为你需要。潘先生说着在一张凳子上坐下,想了好一会儿,仰脸看着站在眼前的这对母子,说杀死老徐的凶手是日本人,他死在虹口的日本特务机关里。潘先生还说老徐在死前经受了严刑拷打,他是自己咬断的舌头,因为他怕会说出不该说的话。母子俩惊呆了,一直等他讲完,还愣在那里,目不转睛地看着他。潘先生等了会儿,不见母子俩出声,就又说,这就是事情的真相,你们有权知道真相。

说完,他还是不见母子俩有动静,就拿起桌上的礼帽起身准备离去。

仲良忽然说,他只是个邮差,他有什么话比他的命更重要?

他是个邮差。潘先生回过头来，说，他还是个不想当亡国奴的中国人。

徐嫂从十六铺码头下船，搭乘一条货轮回了老家。在那里，有一场简单的婚礼等待着她。她要去嫁给那个篾匠，去做他两个女儿的后妈。临行前，徐嫂考虑了很久，决定还是换上那件新做的棉袄。她站在门口回望着儿子，哀求说，送送妈吧。

仲良无动于衷地坐在八仙桌前，对着一张报纸练书法。

那妈走了，妈会来看你的。徐嫂说完，拎起地上的两个包裹，可还是放心不下，说，仲良，你要好好念书，别像你爸。

仲良连眼皮都没动一下，一笔一画写得认真而专注。一直到报纸上写满了密密麻麻的字，才轻轻地搁下毛笔，拉开门走了出去。

这一天，仲良在马路上整整走了一天。他穿街走巷，像邮差那样，把父亲生前投递的每条街道都踏遍之后，来到静安邮政所的门房。

此时已是入夜时分，仲良站在那间昏暗的屋子里，低着脑袋对周三说，求你了，你说过让我有事来找你的。

周三手里举着饭碗，说，你是块读书的料，你别把自己糟蹋了。

仲良不说话，还是低着脑袋，固执地站在他跟前。

僵持了片刻后，周三叹了口气，把碗里的饭粒都拨进嘴，反复嚼着，含糊地说，你会后悔的。

仲良一摇头，说，没什么好后悔的。

三

静安邮政所的大门通常是在静安寺的钟声里准时开启。那些穿着黄色卡其布制服的邮差们,蹬着他们的自行车蜂拥而出,很快又四散而去,就像一群放飞的鸽子。

仲良就在这些人中间。他的自行车是用那笔学费买的。这是邮政所里的规矩,要当名邮差,首先得自己去备辆自行车。因为,那是一笔不小的财产,更因为邮政所是不会为了一个邮差而过多破费的。

仲良把两个黄色的帆布邮袋挂在自行车的后座上,他每天的工作就是把这里面的信件送到该到的地方,再把沿途邮筒里的信件带回来,交进收发室的窗口。通过那里,信件会像雪片一样飞往全国乃至世界各地。

上班的第一天,所长按照惯例对他说这是项平凡的工作,只要手脚齐全,只要认字、认路,谁都可以当一个邮差,但这也是一项了不起的工作,它牵连着每家每户。所长说,家书抵万金,有时候一封信就是一片天。

仲良点了点头,心底忽然有种难言的悲凉,觉得自己的一生都将与这套黄色的制服为伴。但同事们很快发现,这个年轻人一点都不像他死去的父亲。他太清高,太孤傲,这样的人根本不应该属于这里。

每天早上,大家聚在收发室门口等邮件,女人是免不了要说起的一个话题。邮差一天到晚要遇到那么多的人,要在那么多人的家门前来来去去,总有几扇门会为他们半开半闭,也总有一些女人会对他们半推半就。仲良受不了的是他们做完后还能说得这样绘声绘色,说得这样厚颜无耻,好像天底下的女人都是摊在邮差砧板上的肉。仲良觉得恶心,他常常会在这个时候踱进周三的门房里,默默地靠在他的桌沿上。

周三已经观察他很久了。这天,他笑着说,你不像你老子。

仲良说，我为什么要像他？

周三又笑了笑，拉开抽屉取出一封信，说，顺路捎一下吧。

仲良接过信，一眼就看出写信的人临过黄庭坚的帖，但是信封上没有收信人的姓名，只写着一行地址：巨籁达路四明公寓203号。

这种事情父亲生前让他不止做过一次。那些信封上从来没有名字，有时候连地址都没有。父亲只告诉他送到哪里。仲良问过一次：为什么让我送？你才是邮差。

徐德林很不耐烦地说，让你送就送，这么多废话干什么？

现在，仲良总算明白了。他把信封伸到周三面前，说，你们是一伙的。

周三还是笑呵呵的，手往收发室的门口一指，说，我们都是一伙的，我们都在这口锅里混饭吃。

仲良说，我会去告发你的。

你向谁去告发？所长？周三慢慢收敛起脸上的笑容，垂眼看着面前的桌子，说，你不想帮这个忙就把信放下吧。说着，他拿起桌上的茶缸，喝了一口后，像是什么事情都没发生一样，说起晚上做的一个梦，那蛇有这么粗。他一边比画着，一边掏出钱，对仲良说，见蛇必发，这是个吉兆，你回来时替我带张彩票。

仲良是在巨籁达路四明公寓203号的门外第一次见到苏丽娜。

显然，她刚午睡起来，头发蓬松，穿着条雪纺的无袖睡裙。两个人隔着门口没说一句话。仲良递上那封信，她接过去看了眼，又抬眼看了眼仲良，就轻轻地把门掩上，但她脸上那种慵懒而淡漠的表情给仲良留下了深刻的印象。

苏丽娜并没有去拆那封信，因为她知道里面除了一张白纸之外什么都没有。她只是把耳朵贴在门板上，听着邮差一步一步走下楼梯后,才慢慢走到阳台上。

夏天的阳光刺眼地照着阳台,也照在楼下马路两侧的法国梧桐上。可是,她没有看到邮差离去的背影,只是听见一串自行车的铃声从那些茂密的枝叶间响过。

苏丽娜若有所思地回到房间,坐进藤椅里,拿过茶几上的烟盒,抽出一支,点上后,随手把那封信举到打火机的火苗上,然后,看着它在一团火焰中化作灰烬。

两个小时后,苏丽娜坐在一家咖啡馆里,就像个到处消磨时间的摩登女郎,慢慢品着咖啡,翻着画报,时而百无聊赖地望着窗外的马路。当她看到潘先生出现在人群中时,伸手招来侍者,付钱离去。

苏丽娜远远地跟着潘先生,看他走进一幢写字楼,她就拐进小巷,从写字楼的后门进去。两人在走廊相遇,就像两个陌生人一样一前一后沿着楼梯往上走,一直走到楼顶的天台上。潘先生说,说说你那边的情况。

苏丽娜说,俞鸿均已经明确暗示她了,上海一旦沦陷,就让她作为市长随员去南京。

潘先生点了点头,说,那你就随他去南京。

如果他不带我去呢?

你是他太太,你有办法让他带上你。

苏丽娜闭嘴了,转头望着远处海关钟楼的塔尖。

潘先生说,记住你的任务。

苏丽娜转过头来,说,你放心,我知道该做什么。

潘先生吐出一口气,从口袋里掏出烟盒,一人一支,点上抽了起来。

苏丽娜回到家时已近黄昏。她一开门就见丈夫周楚康坐在电风扇下,一个身穿白色亚麻衬衫、手拿折扇的男人站在他跟前,正俯下身在他耳边说着什么。见她进来,男人不慌不忙地直起身点了点头,叫了声周太太。

苏丽娜记得这张脸曾出现在她的婚礼上,好像是周楚康党校里的同学。一直等到那人告辞后,才问了声:这是谁啊?鬼鬼祟祟的。

周楚康就像没听见,转身拉上窗帘,打开灯后,他问:下午你去哪了?

喝了杯咖啡,看了场电影。苏丽娜说着转身走向厨房,周楚康却从后面抱住她。

周楚康显得急切而亢奋,就像他们在东亚旅馆的房间里第一次做爱,按在床上,衣服都顾不上褪尽就急不可待地做了一次。

苏丽娜枕在他怀里流了会汗后,起身把自己脱光。就在她要去卫生间时,周楚康伸手一把拉住她,没说话,只是轻轻地把她拉进怀里,让两具汗津津的身体紧贴在一起。

周楚康忽然说,我要走了。苏丽娜人没动,心里却转了一下。周楚康的手沿着她身体的曲线滑过,又说,今晚就走。

苏丽娜仰起脸,说,上海还在。

就是要让它在。周楚康说着,一下堵住她的嘴,吻得就像生离死别那样,缠绵而让人心碎。

两人谁也没说话,默默地在床上又做了一次后,周楚康翻身倒在一边,长长地吐出一口气,说,我今晚就走,去八十八师师部,任作战科长。

为什么?苏丽娜睁大眼睛,看着他。

我本来就是陆军中校。周楚康笑了,抹了把她脸上的汗,说,我在日本学的就是步兵指挥,现在总算能派上用场了。苏丽娜没说话,伸手关了床头灯,像个小孩那样偎在他身边,两只手牢牢抓着他的一条胳膊,听他说怎么去找了八十八师的参谋长陈素农。他是我师兄。周楚康说，我对他说，如果不让我归队，我会在谈判桌上用双手把那个日本领事掐死。

说完，周楚康在黑暗中轻轻推开她的双手，起床去了卫生间。他在哗哗的水声中对苏丽娜喊：把我橱里的军装拿出来。

苏丽娜躺在床上没动，也没出声，默默地看着他赤条条出来，打开灯，打开衣橱，一件一件穿上后，站在镜子前端详着自己的军容。苏丽娜忽然跳下床，冲过去抱住他。周楚康顺应着她的拥抱，把脸埋进她的头发中，好久才在她耳边说，但愿这次能让你怀上。

苏丽娜没动，也没出声，只是紧紧地抱着他，抱得自己都快喘不上气来了。

四

淞沪会战在日本海军陆战队登陆后的第二天打响。

这场战役打了三个月，租界里的邮路也就断了整整三个月。仲良却很忙，他不分昼夜地把周三交给他的东西送到指定的地点，有时也把一些东西带回来。通常是半包香烟、一支旧钢笔或是几张过期的彩票。

这天，周三把一盒人丹交到他手里时，仲良忽然说，你们有那么多人，你们能救他的。

周三愣了愣，问，谁？

仲良没说话，看着他。

周三好一会儿才说，我们救过，可日本人下手太快。

仲良垂下眼睛，接过人丹转身走出门房。

周三隔着窗户叫住他，记住，不是你们，是我们。

仲良就像没听见，蹬上自行车头也不回地离去。

大街上到处都是难民与伤员，飞机从人们头顶掠过，朝着枪声最密集的方向俯冲而去，从苏州河畔传来的爆炸声震得每块玻璃都在咣咣作响。

仲良把人丹交到一家绸布庄的伙计手里后，绕道来到巨籁路上的四明公寓，蹑手蹑脚地上楼，在203室的门缝里塞进一个信封。这封信上没有名字，也没有地址，里面只有一首雪莱的诗，有时是拜伦的。这是仲良最喜欢的两个诗人。他总觉得自己的爱情就该像他们的诗歌那样华丽而忧伤。

仲良就像贼一样，每天在苏丽娜的门缝里塞一首情诗。然后，退到大街上，透过那些法国梧桐的枯枝往上看一眼。阳台上晾着一件翠色的旗袍与一些女人的内衣。昨天是一条印花的床单，前天是两条丝绸的衬裙，却从来没有在这个阳台上见过苏丽娜。

有一天，在跟周三下棋的时候，仲良犹豫了很久，说，今天我路过四明公寓了。

周三把"車"往前一挺，说，将。

仲良说，她叫什么名字？

周三一下抬起头来，他的眼中有种难以言说的光芒一闪而灭。周三说，你没活路了。

仲良低头看着棋盘，知道许多事情他不该问，也不会有人告诉他，但他还是想说，你让我替你们做事，你总该让我知道你们是什么人吧。

周三紧抿着嘴唇，到棋盘上的棋子重新摆好后，才缓缓地开口说，该知道的时候，会让你知道。

什么时候？仲良固执地盯着棋盘上那些棋子。

周三说，下棋。

但仲良还是知道了他每天都在想念的女人叫苏丽娜。

上海沦陷没几天,邮路通了,无数的信件装在麻袋里运进租界。所长像是松了口气,对着所有的邮差深深地一鞠躬,说,这几天大家要多辛苦了。

仲良就是在投递的时候见到那些信的,装在牛皮纸的信封里,一共七封,都是寄往巨籁达路四明公寓203号的,收信人叫苏丽娜。仲良拿着那些信站在四明公寓的门口,犹豫了好一会儿,没有进去,而是转身蹬着自行车飞快地走了。

当天晚上,仲良回到家里顾不上做饭,烧开一壶水,就着蒸汽把这些信的封口小心地拆开。水在炉子上沸腾,仲良的心却一点一点凉下去。原来她结婚了,原来她的丈夫是个军官,他随部队从上海退到南京,再从南京退到武汉。他一直在跟日本人打仗。他是那么的热爱这个国家,那么的想念他的妻子。

壶中的水烧干了,炉子里的火熄灭了。仲良呆坐在黑暗中,就像坐在一个无底的深渊里。

第二天,他敲开四明公寓203室的大门,把那些信交到苏丽娜手里时,苏丽娜说,你等一下。

说着,苏丽娜转身去了屋里,拿着一叠信封出来,递到他面前,没说话,只是看着他。她的目光还是那样的淡漠,懒洋洋的。仲良觉得无地自容,扭头就跑下楼梯,一口气冲到大街上。

巨籁达路上忽然拥过一群游行的日本士兵,他们在这凛冽的寒风中似乎一点都不觉得冷,身上只穿着一件白衬衫,额头扎了条白布带,就像一群示威者那样举着拳头,喊着谁也听不懂的口号。紧随在他们两侧的是租界里的各国军警,一个个全副武装,睁大眼睛,死死地盯着这些手无寸铁的日本士兵。仲良驻足在路边,下意识地抬了抬头,他看到苏丽娜正倚在阳台的栏杆上,身上裹了条披肩,一手夹着烟,一手拿着那些信,用一种若有所思的眼神俯视着大街。

五

春天快结束的时候,仲良很多晚上都在周三的门房里下棋,一边听他讲授那些作为特工必备的技能。周三就像个老师,把密写、化装、跟踪与反跟踪一样一样都传授给了他,并且对他说,你会比你老子更出色。

仲良叹了口气,说,你是想让我死得比他更惨。

那你就更要专心跟我学。周三说,这些本事在关键时候会救你的命。

仲良问,你也是这样教他的?

周三摇了摇头说,是他教我的,是他把我带进了这个行当。

仲良闭嘴了。他在周三的脸上看到一种难言的表情——他那两只眼睛里黑洞洞的,里面看不到一点光芒,就像骷髅上的两个窟窿。

有时候,周三也会带他去听场戏、泡澡堂,去日本人开的小酒馆里喝上两盅。周三说,干我们这行的,站到哪里就得像那里的人。

仲良好奇地看着他问,你怎么不问问我,为什么心甘情愿跟你干这行?

周三不假思索地说,为了你的子孙后代。

那天晚上,两个人喝完酒,周三带着他来到四马路上,指着一家日本妓院,问他去过没有?仲良摇了摇头,心想他这辈子都不可能去这种地方。周三却拉住他说,那得去试试。

仲良一下挣开他的手,睁大眼睛瞪着他。

周三笑了，说，你是邮差，你就得像个邮差。

仲良说，可我不是嫖客。

周三的脸沉下去，说，需要你是嫖客的时候，你就得是一个嫖客。

仲良没理他，扭头就走。

周三又拉住他，盯着他的眼睛看了会儿，一指街对面的馄饨摊，说，那你去吃碗馄饨。

说完，他两手一背，就像个老嫖客一样，转身哼着小曲摇摇晃晃地进了妓院。

仲良一碗馄饨吃得都糊了，总算见他出来了，还是背着双手，哼着小曲，样子比嫖客更无耻。周三在仲良对面坐下，自顾自叫了碗馄饨，吃了一半，一抹嘴巴，站起来说，走吧。

仲良走在路上，忽然说，这就是你的革命？

周三不吱声，一直等回到邮政所的门房里，插上门，拉上窗帘，他才像换了个人，从耳朵眼里挖出一个小纸团，展开，划着火柴烤了烤，仔细地把上面显出来的字看了两遍。

仲良一直盯着他看，等他又划了根火柴烧掉纸条后，迟疑地问，你是去接头？

周三还是没理他，转身走到水盆边细心地洗干净双手后，才冷冷地说，这本该是你的工作。

仲良一愣，说，那你为什么不说清楚？

说清楚了还叫地下工作吗？周三扭过头来，忽然咧嘴一笑，说，妓院是个好地方，不要嫌它脏。说着，他慢慢地走过来，想了想，又说，等你到我这把年纪就会明白了，有时候只有在女人身上你才能证明自己还活着。

仲良的第一个女人叫秀芬。周三把她带到仲良家里，说这是他从乡下逃难来的亲戚，日本人要在那里造炮楼，就烧了她的村庄、杀了全村的人，她是唯一逃出来的活口。周三对仲良说，让她给你洗洗衣服、烧烧饭吧，你得有人照顾。

仲良说，还是让她照顾你吧。

什么话？周三看了一眼这个叫秀芬的女人，说，我都能当人家爷爷了。

周三说完就走了。

秀芬孤零零地站在屋子中央，不敢看仲良，只顾抱紧了手里的包袱，好像里面藏着比她性命更宝贵的东西。

仲良坐着看了她很久，一句话都没说，站起身，拉开门就去了邮政所的门房。他死死地盯着周三那双暗淡无光的眼睛，问，你老实回答我，她到底是什么人？

周三神态平静，不慌不忙地摆开棋盘，在一头坐下，说，我说过了，她是个苦命的人。

仲良站着没动，说，我不相信你说的。

周三笑了，但笑容一闪即逝。他抬头看着仲良，说，她真是个苦命的人。

周三是在下棋的时候说出了实情，他根本不认识秀芬的父母，只知道他们都死了，她的男人是松江支队的政委，两人成亲还没满月，脑袋就让日本宪兵砍了下来，至今仍挂在松江县城的城门洞里。周三严肃地说，就当是给你的任务，你要好好对她。仲良没说话，一盘一盘地跟他下棋，一直到周三连着打了个好几个哈欠，催他该回家了：现在你是有家室的人了。

可是，仲良并没有回家，他不由自主地沿着愚园路一直逛到巨籁达路，站在马路对面望着四明公寓二楼的阳台。此时，那个窗口的灯光已经熄灭，马路上只有一个缠着红头巾的印度巡捕远远地走去。仲良望着那个黑洞洞的窗户，尽管他知道苏丽娜早已不知去向，现在203室里住的是一对年迈的犹太夫妇。

仲良连着两个晚上都蜷缩在火车站的候客大厅里。第三天黄昏，他提着半只陆稿荐的酱鸭回到家里，发现屋子不仅被收拾得干干净净，许多家具都移了地方，整个空间看上去宽敞了，也亮堂了。

秀芬默默地接过他提着的酱鸭，把饭菜一样一样端上桌。仲良忍不住问她哪来的钱去买菜？秀芬像个丫头一样站在一边，低着脑袋说她把耳环当了。

仲良抬头往她耳朵上看一眼，发现这个女人的眉宇间还是透着几分清秀的，就说了声：吃饭吧。

两个人这顿饭吃得都很拘谨，整个过程谁也没说一句话，屋子里只有碗筷碰撞的声音。

入夜后，仲良俯在八仙桌上练字，临了一张又一张，他把屋里能找出来的旧报纸都涂满了，才搁下笔，好像根本不存在秀芬这个人，后来拉开门走了出去。

可仲良哪儿都没去，就坐在离家不远的马路口，等到两边的小贩都收摊了，他拍拍屁股站起来，朝着空无一人的街上望了又望。

仲良进了门也不开灯，脱掉衣服就钻进被子里。他直挺挺地躺在床上，才觉得自己有点喘不过气来。

秀芬就躺在他的一侧，同样直挺挺的，既没动，也没出声。等到仲良犹豫不决地摸索过来时，她还是没动，也没出声。她只是在仲良不知适从时伸手帮了他一把。事后，又用那只手把他轻轻推开，在黑暗中慢慢地坐起身，爬下床。

秀芬在厨房里洗了很久才回到床上躺下。仲良发现她的身体凉得就像一具尸体。

六

仲良就像变了个人似的。他变得合群了，随俗了，开始跟别的邮差一起谈论女人了，更喜欢在下班后随着大家一起去喝酒，一起去任何一个用不着回家的地方。这些，周三都看在眼里，但他在仲良的眼睛深处还看到了一种男人的阴郁。这天，大家挤在收发室窗口起哄时，周三凑过来，拍着仲良的肩让大家看，说这小子是越来越像他老子了，连说话的腔调都像。仲良没理他。现在，他讨厌周三说的每一句话，但对他的眼神从不违背。周三不动声色地说，路过泰顺茶庄记得进去问一声，有茶叶末子的话就给他捎上半斤。

那意思就是有情报要从茶庄这条渠道出去，让他们提前做好准备。

仲良是从茶庄出来后发觉被人跟踪的。他骑上车钻进一条小巷，再从另一条小巷绕出来时，就看见苏丽娜站在巷口的电线杆旁。她穿着一条印度绸的旗袍，外面罩了件米色的风衣。这是她第二次开口对仲良说话。她说，我要见潘先生。

仲良看着她，这个时候任何表示都是违反守则的。仲良只能看着她。

告诉你上线，就说布谷鸟在歌唱。说完，苏丽娜仰起脸走了。她的高跟鞋踩在水门汀上的声音清晰可辨。

傍晚，仲良把这两句话转达给周三时，周三摊开那包茶叶末子，一个劲地唠叨，说要是放在年前，这价钱能买上二两碧螺春了。

两天后，周三交给仲良一沓钱与一个地址。

在一间窄小的屋子里，仲良再次见到苏丽娜，她身上光鲜的衣服与房间里简陋的陈设格格不入。仲良把钱放在桌上,站着说,需要见面时,潘先生会跟你联络。

我现在就需要见面。苏丽娜也站着,说,我在这个鬼地方已经等了一年两个月零九天。

仲良怔了怔,说,你去找份工作。

上哪去找?苏丽娜一指窗外的大街,那里有成群的人在排队领救济。苏丽娜说,有工作,他们会每天排在这里领两个面包?

这是上级给你的指示。仲良说,就这么两句。

苏丽娜怔了怔,支着桌子慢慢地坐下,说,你走吧。

仲良走到门口,想了想,回过身来,忽然说,从战区来的信都扣在日本人的特高课里。

苏丽娜一下抬起了头。这话潘先生同样说过,就在他们最后那次见面时。潘先生带给她一个消息,八十八师在长沙会战中被打散了,两万人的一支部队剩下不到八百人。潘先生说,你应该阻止他上前线的,他留在后方对我们更有价值。

你能阻止一个男人去报效他的国家吗?苏丽娜纹丝不动地盯着银幕,好一会儿才像是喃喃自语地说,如果他死了,我应该收到阵亡通知的。

从战区来的每一封信都扣在特高课里。潘先生说,你得离开四明公寓。

有必要吗?苏丽娜说,租界住着那么多军官家属,她们的男人都在跟日本人打仗。

你跟她们一样吗?按照惯例,日本方面会监视与调查每一个与抗日有关的人,包括他们的家眷。潘先生说,我不希望任何影响到组织的事情发生。

如果他回来了找不到我怎么办?

你的任务已经终结。

可我已经嫁给了他,我是他的妻子。

你首先是名战士。潘先生说,你现在的任务是就地隐藏。

苏丽娜呆坐在座位上,直到电影结束,她才发现潘先生早已离去,却没发觉自己那些凝结在脸颊上的泪痕。

百乐门舞厅里的场面盛况空前,由舞女们掀起的募捐义舞如火如荼。当仲良西服革履、头发锃亮地出现在人群中时,苏丽娜有点不敢相信自己的眼睛。此时,她已经是这里正当红的舞女。

两个人在一首忧伤的爵士乐中跳到一半时,苏丽娜说,你不该是个邮差。仲良没说话,只是小心翼翼地搂着她的腰。苏丽娜又说,你更不应该来这里。

我是代表潘先生来的。仲良说,他向你问好。

苏丽娜的眼神一下变得黑白分明,好一会儿才露出一丝苦笑,说,看来你这几年干得很出色。

仲良说,潘先生希望你当选这一届的舞林皇后。

苏丽娜发出一声冷笑,说,他不需要我就地隐藏了?

他要你去接近一个人,获取他的信任。仲良说,潘先生说你会明白的,他还说,我们做出的任何牺牲都是有价值的。

苏丽娜一言不发,她忽然把头靠在仲良肩上,随着他的步子,就像一条随波逐流的船。

仲良屏着呼吸,说,你要是不接受这个任务,我会替你向上说明。

苏丽娜还是不说话,直到一曲结束,她才在一片掌声中说,那人是谁?

仲良说,资料我明天给你。

苏丽娜点了点头,挎着他的一条手臂走到募捐箱前,忽然动人地一笑，说，先生，为抗日献份心吧。

仲良轻轻拨开她的手，头也不回地挤出人群。

第二天，仲良把一张男人的照片交到她手里。苏丽娜一下就记起了周楚康离开上海前的傍晚，那个穿着白色的亚麻衬衫、手摇折扇的男人。苏丽娜记得他当时叫了声：周太太。

秦兆宽，1929年毕业于东京帝国大学政治系，1931年回国，1935年汪精卫出任外交部部长，他受聘为其日文翻译员，现在刚被任命为汪伪政府上海事务联络官。此人在租界里的公开身份是大华洋行总经理，负责与日本方面的情报交流，还是极司菲尔路七十六号的座上客。仲良像背书一样说完，看着苏丽娜，又说，从今天起，我就是你的交通员，我负责你与上级的全部联系。

苏丽娜没说话，而是划着火柴，把照片点燃。

仲良犹豫了一下，说，那我们就开始了。

苏丽娜点了下头，站起来淡淡地说，我约了裁缝，要去试衣服。

苏丽娜当选舞林皇后的夜晚，百乐门里名流云集。大华洋行的总经理作为嘉宾应邀而来。秦兆宽在为苏丽娜加冕之后，笑着说，周太太，想不到会在这里见到你。

苏丽娜显得窘迫而无奈，只顾低头嗅着手里那束鲜花。

整个晚上，苏丽娜脸上的表情与欢闹的场面格格不入，在陪着秦兆宽共舞一曲时，她还是忍不住，问他有没有楚康的消息。秦兆宽摇了摇头。苏丽娜说，你认识的人多，能不能帮忙打听一下？

秦兆宽想了想，叹了口气，说，在乱世中找一个人无异于大海捞针。

苏丽娜再也不说话，回到席间一口一口地喝酒，一杯一杯地喝酒。秦兆宽坐在她对面，抽着雪茄，优雅而沉静地看着她，一直到曲终人散，才搀扶着她，从百乐门的后门离开，开车把她送回家。

秦兆宽站在她那间漆黑的屋子前，叹了口气，说，你不该住在这种地方。

苏丽娜没理他，步伐踉跄地进屋，重重地关上门，连灯都没开，一头倒在床上，很久才号啕大哭起来。

几个月后，苏丽娜在搬进秦兆宽为她准备的寓所当天，把一份没有封面的《良友》画报丢在窗台上。这是计划进展顺利的暗号。到了黄昏时，仲良从窗前经过看到画报，胸口像被重重地击了一拳，他的脸色一下变得惨白。

这天，秦兆宽带着苏丽娜出席日本情报官仲村信夫家的晚宴。在车上，苏丽娜看着他说，你是做生意的，你跟日本人掺和什么？

秦兆宽笑了，说，你就这么讨厌日本人？

不是讨厌，是恨。苏丽娜看着车窗外的街景，说，不是他们，我也不会沦落到今天。

秦兆宽脸上的笑容消失了，双手把着方向盘再也不说一句话，直到进了仲村信夫官邸的门厅，他一把拉起苏丽娜的手，对迎上来的日本情报官介绍说，这是我的未婚妻。

穿着宽大和服的仲村信夫就像个日本老农民，他朝略显无措的苏丽娜鞠了个躬后，笑着对秦兆宽说了一串日语。

在回来的车上，秦兆宽笑着说，仲村说你是他见过的最漂亮的女人，他还说很羡慕我们中国的男人。

苏丽娜冷冷地说，我不是你的未婚妻。

今晚之后就是了。秦兆宽说，我要娶你。

苏丽娜低下头，轻声说，我也不会做你的姨太太。

为什么？秦兆宽沉吟了一下后，又说，等他还有意义吗？

苏丽娜摇了摇头，说，我谁也不等。

秦兆宽叹了口气,伸出一条胳膊搂住她,把她的脑袋一直搂到自己肩头。秦兆宽在车转过一个弯后,忽然说,我会等。

七

"皖南事变"后的一天,仲良受命把一对前往苏北的夫妻从吴淞口送上船,赶回家已是第二天的晚上。可是,秀芬不在。这是从没发生过的事。秀芬每天都会坐在窗前的案板旁绣枕套,绣满三十对就用床单包着,送到西摩路上百顺来被服庄。在仲良眼里,上海对于这个女人来说就是菜市场与西摩路上的被服庄。

仲良在床上躺到后半夜才听见开门声。他起身打开灯。秀芬穿着一条他从没见过的旧旗袍,站在昏暗的灯光里,脸上化着很浓的妆,就像一个私娼低着脑袋站在马路边。她的胳肢窝里还夹着一个花布的坤包。

仲良什么话都没说,只是看着她。秀芬同样不说话,低头进了厨房,洗了很久才出来。她始终没有看仲良一眼,上了床就像睡着了。

第二天,秀芬一睁眼就见仲良坐在床头。他显然一夜未眠,此时正笨拙地把一支拆开的手枪拼装起来。

马牌撸子?这是高级货。仲良一直到把枪安装完毕,推上子弹,才看着秀芬说,你藏得真好,我翻遍了厨房才找到它。

秀芬一把夺过枪,下床去了厨房。她的声音从厨房里传出来,你要迟到了。

仲良坐在床沿没动,低着脑袋看着自己的两条大腿。

上班去吧。秀芬从厨房里出来,拿过那顶黄色的帽子递到他手里。

仲良抬头看着她,说,你总该说点什么吧。

没什么好说的。秀芬叹了口气后，顿了顿，说，出去买张报纸你就知道了。

报纸上标题最醒目的新闻是发生在昨夜的枪击案，死者系苏皖来沪的茶叶商人，地点在四马路上的一家酒楼门前。

仲良一甩手把那张报纸扔在周三面前，直视着他。周三拿着报纸看了好一会儿，抬起头来问，什么茶叶商人？周三笑着说，胡说八道。

她到底是什么人？

汉奸。周三指着报纸上的照片，说，这还用说吗？

我说的是秀芬。仲良一把将报纸捋在地上，说，是你把她带进我家的。

周三又笑了，说，她是你女人。

仲良慢慢地坐下，盯着他伸出四个指头，说，四年了，我跟了你四年，你就不能对我说一句实话？

周三却站了起来，板着脸说，那你就该明白，不该你知道的，我一个字都不会说。

但仲良还是知道了，就在这天的晚饭过后。秀芬没像往常那样忙着起身收拾碗筷，她坐在桌子的一端，看着仲良，缓缓地说她是抗日除奸队的队员，昨天晚上她与同志们用三颗子弹除掉了一个苏北新四军的叛徒，那人先是被重庆方面收买，现在又想去投靠南京。他像条狗一样死在街上。秀芬面无表情地说，这就是叛徒的下场。

仲良一句话都不说，他只是看着秀芬搁在桌上的那双手。

这是个特殊的夜晚，两年来秀芬第一次在床上主动贴着他，并伸手抚摸他。仲良却没有一点反应，他的双手始终枕在脑后，一动不动地瞪着漆黑的床顶。

秀芬叹了口气，抽回手，同时也缩回身体。她在黑暗中说，我不该让你知道这些,我违反了组织原则。

仲良隔了很久才说,我是在想,有一天你会不会朝我开枪?

会的。秀芬毫不犹豫地说,如果你出卖组织的话。

这年入秋后的一个深夜,周三戴着一顶毡帽离开邮政所的门房后再也没有回来。于是,传言接踵而至。有人说他买彩票发了财,回老家当地主去了。也有人说他是诱拐了一个小妓女,临走前还把老相好的细软席卷一空。不过,大部分邮差都认为他是死了,而且是死在哪个妓女的床上,让人连夜扔进了黄浦江里。这样的事情在上海滩时有发生。仲良却一下想起了惨死的父亲。他顾不上那些要送的信,蹬着自行车就回到家里,一进门对秀芬说,我们得走,去你老家住几天。

秀芬停下手里的针线,问他出什么事了?仲良说周三失踪了。说完,他打开柜子动手收拾两个人的衣物。秀芬坐着没动,说,没有接到指令,你哪儿都不能去。

他要是被捕了呢?

被捕不等于叛变,他要是叛变,你也已经走不了了。秀芬说着站起身来,把仲良拿出来的衣物一件一件放回柜子里,然后转身对他说,如果真的被捕,他会给你留下暗号的。

他要是来不及留呢?

秀芬起身,拉起他的一只胳膊,一直把他拉到门边,说,就当什么事都没发生过,继续送你的信去。

仲良看着她的脸,她的眼神在很多时候让仲良觉得她根本就不像个女人。

三天后的傍晚,潘先生在一家旅馆的房间里约见了仲良。一见面,潘先生并没有提周三,而是掏出一份简报让他先看看。简报上的消息都是外国的，英、美与荷兰殖民地政府都宣布了禁止向日本运输战略物资，特别是钢材与石油；罗斯福总统也在美国下令，让舰队进驻珍珠港……潘先生耐心地等他一字一句都看完了，才说，从现在起，你接替老周的工作，你的代号叫鲶鱼。

说着，他把一个银制的十字架放在仲良面前。

仲良不出声，拿起十字架仔细看着。这样的十字架，他在父亲生前也看到过，就挂在他的脖子上。仲良抬头看着潘先生，问，老周怎么了？

这是组织上对你的信任。潘先生握住仲良的一只手，认真地说，这些年我一直在观察你，我相信你会胜任。

仲良还是要问，他死了？

潘先生这才点了点头，走到窗边，撩开窗帘的一角，望着外面华灯初上的大街，说周三淹死在黄浦江里，尸体是昨天早上被一个渔民发现的，打捞上来后就一直放在乐济堂的停尸房里，可我们现在还不能去认领。潘先生转过身来，对他说，你相信他会淹死在黄浦江里吗？

仲良低下脑袋又一次想到了父亲。他说，那我去给他收尸。

潘先生摇了摇头，说，不行。

为什么？

你的身份不允许。

我只是个邮差。

现在不是了。潘先生说，你现在是我们跟远东情报部门之间的联络员。

但是，仲良每天还是骑着自行车走街串巷，把收集来的情报破译、分类，然后再把它们派送到各个需要的交通点。这些曾经都是周三的工作。仲良变得更忙了，白天干不完，常常到了夜里还要出去，就像他父亲当年。情报比生命更重要，因为有时它能挽救更多的生命。这是潘先生临别之时握着他的手说的话。潘先生还说，你要跟小德肋撒堂里的神父交朋友，他是远东情报站在上海的联络人，但你要知道什么该说，什么不该说。

仲良总算知道父亲是怎么成为教徒的了。他在小德肋撒堂的忏悔室把那个银制的十字架递进去，很久，才听见布朗神父说，愿上帝保佑你，我的孩子。

有一天，仲良在走出忏悔室时对布朗神父说，请你帮我收集国民革命军第八十八师的情况。

布朗神父说，这种情报不在我们的交换范围。

你就不能帮我个忙吗？仲良说，我想知道。

这是苏丽娜密写在一封投稿信里的内容，她请仲良帮她这个忙。现在，苏丽娜变得像个文学女青年，每天把自己关在秦兆宽的公寓里，一副商女不知亡国恨的模样。她写诗歌也写散文，然后装上信封，投进邮筒。这些稿件在被送往报馆前，最先到达邮差的手里。仲良破译她从秦兆宽身上得来的情报，同时，也读到了一个女人惨淡的心声。

苏丽娜有时也会挽着秦兆宽的胳膊，陪他去出席各种应酬。他们经常去的地方是极司菲尔路的七十六号，偶尔也会在虹口的日本海军俱乐部里喝喝清酒。秦兆宽说过，他一闻到清酒的味道，就会想起待在日本的那十几年。有一次，他清酒喝多了，搂着苏丽娜在她耳边说，知道吗？我第一次见你是在你的婚礼上，当时我一直问自己，为什么我不是那个新郎？

秦兆宽是个温柔而深情的男人。苏丽娜看得出，他已经把自己当成了妻子。除了去南京公干，几乎每个晚上都会回到她的床上。

秦兆宽就是床上忽然说起鹿儿岛的。他从仲村信夫官邸的宴席上回来，一上床就说原来仲村还有个儿子，在海军当飞行员，连着一个多月了，他们都在鹿儿岛练投弹。秦兆宽说不知道这些日本人又要炸什么地方。苏丽娜随口问他鹿儿岛是什么地方？秦兆宽说那是个好地方，在日本的最南边。说完，他翻上来，压在苏丽娜身上，又说，如果你嫁给我，我们就去鹿儿岛度蜜月。

苏丽娜垂下眼睛，说，如果我再嫁人，我一定要去伦敦度蜜月。

现在的伦敦还不如上海呢。秦兆宽说，那里都快炸成废墟了。

第二天，苏丽娜把这个情况密写在稿件上，扔进邮筒。又过了一天，当仲良受命把这一情况转告给布朗神父时，神父第一次领着他去了楼上的卧室。

布朗神父的卧室就像个书房。他从一大堆旅游地图里找出一张，一指，说这就是鹿儿岛，我去过那里。接着，他又把香港、新加坡、菲律宾、印尼的旅游地图一张一张找出来，一边笑着说收集这些东西几乎花掉了他大半辈子的时间。神父把所有的地图都对比了一遍后，直起腰对仲良说，你说哪个更像呢？

仲良把手里翻了好一会儿的一本《美国交通地图》递给他，指着其中的一页，说，这个就很像。

布朗神父看了眼，眼睛一下直了，说了句英语：This is Honolulu, is America.

八

日本偷袭珍珠港的当天，租界就被占领。全副武装的日本士兵从四面八方蜂拥而至，到处是军靴踩着水泥马路的声音。他们用铁丝网封锁了街道，然后开始挨家挨户抓人。他们把住在洋房里的外国人都赶到街上，再用卡车成群结队地拉进设在龙华的集中营。

布朗神父也在这些人中间，但他被关进了苏州河畔的那幢十三层的桥楼里。现在，那里是日本宪兵的司令部，是关押反日分子与间谍嫌疑人的地方。布朗神父连《圣经》都来不及拿上，就被两个日本兵拖出教堂。神父一个劲地说他是神职人员，他受上帝与罗马教廷的保护。日本士兵当场给了他一个耳光，说，八格。

一个星期后的礼拜天，仲良受命去跟新来的德国神父接头，发现那是个满头金发的中年人。他对仲良说他叫克鲁格。他还说现在的租界里除了日本人，只有拿德国护照的人才可以自由活动。他要求仲良像信任他的前任一样地信任他。仲良只是点了点头，什么话也没说。因为来之前潘先生再三叮嘱过：这种时候谁也不能相信，尤其是一个德国人。

但是，克鲁格神父显得有点急切。圣诞节的午后，天上飘着零星的雪花，他在教堂门口的大街上拦住仲良；一边画着十字，一边说，看在上帝的分上，你已经两个礼拜没来忏悔了。

当天晚上，仲良跪在小德肋撒堂的忏悔室里，对克鲁格说，你不用急着找我，这不合规矩。克鲁格说就在下午的3时15分，香港总督杨慕琦宣布投降，日本方面受降的是酒井隆中将。仲良说，这算不上情报，外面到处都在广播。

接下来会是新加坡，会是菲律宾。克鲁格说，我需要日本在东亚的任何信息，现在他们是我们共同的敌人。

给你什么情报由我的上级决定。仲良说，但你也要知道，我们需要什么。

我知道。克鲁格在黑暗中叹了口气，忽然说昨天他受教会委托去看望了布朗神父，现在教会正通过意大利政府在与日本方面交涉，如果不出意外的话，明年春天他就会回到罗马。克鲁格说，布朗神父向你问候。见仲良没出声,克鲁格又说,布朗神父告诉我,他是你父亲的朋友,他对你负有一份责任。

仲良一笑,说,对于一个关在日本宪兵司令部的人来说,他有点高估自己了。

可我能做到。克鲁格说,如果你愿意,我有能力送你去美国,当然是在战争结束后。

仲良又一笑,说,那等我们都活到战争结束后再说吧。

布朗神父一直认为你会成为一名优秀特工,我相信他的眼光。克鲁格说,你要抓住改变命运的机会。

我只是个邮差。

You can be a gentleman, Mr Xu.

仲良沉吟了一下,站起身,也说了句英语:In this cage, you just call me a catfish. Pastor.

几天后,仲良在一家报馆的照排车间里见到了潘先生,当他详细说完了跟克鲁格的这次见面后,潘先生点了点头,说,帝国主义就是帝国主义,他们任何时候都不会忘记收买与拉拢。

仲良说,我信不过这个克鲁格。

他也一样信不过我们,这是对你的考验。潘先生笑着把手搭在他的肩头,说,情报工作就是你中有我,我中有你,但我们一定要清醒,要知道自己在做什么。

这天下午,潘先生在隆隆的机器声中第一次说了很多话。他从欧洲谈到亚洲,从国际形势谈到国内形势,从上海谈到南京,又从重庆谈到延安。最后,他对仲良得出结论——日本鬼子把战线拉得越长,他们离灭亡就越近。

潘先生的眼神是坚定的,语气是不容置疑的。可就在临近春节的一天傍晚,他忽然敲开了仲良家的门。

这是潘先生第二次来到仲良家里。他穿着一身黄色的邮差制服，进了门也不说话，只是朝仲良点了下头。仲良让秀芬去外面转转。潘先生扭头看了眼关上的门，慢慢走到桌前，在秀芬常坐的位置坐下，说，给我盛碗饭，我一天没吃东西了。

原来，他负责的情报网在一天里面遭受了严重的破坏，日本宪兵正在全市大搜捕。潘先生放下碗筷，接过仲良递上的一杯水说，组织里出了叛徒。仲良问是谁？潘先生摇了摇头，没往下说。他慢慢把一整杯水都喝完了，才认真地看着仲良，让他仔细听好了，从现在起停止一切活动，包括与苏丽娜的联系。仲良又问，为什么？

潘先生说，不要问为什么，你的任务就是等待。

可仲良还是要问，等到什么时候？

潘先生想了想，说，组织上很快会派人跟你联络的。

说完，潘先生起身走了，消失在夜色里，仲良却始终没有等来组织上的联络人。两个多月过去了，租界里每天都有枪声响起，不是有人被日本行刑队枪毙，就是有人被中国特工暗杀。仲良像个垂暮的老人，一到晚上就坐在家里那张八仙桌前练书法。秀芬如果不出去执行任务，就坐在对面陪着他，一边绣着她的枕套。有一天深夜，仲良忽然停下笔，抬头望着秀芬，说，组织上是不是不信任我？他们怎么还不来联络我？

秀芬说，你要相信组织。说完，她抬头想了想，又说，干我们这行要沉得住气。

但仲良还是沉不住气。他拿着一封伪造的退稿信冒雨敲开了苏丽娜的家门，一见面就问，为什么没有人跟我联络？

苏丽娜手把着门，平静地看着他，说，你问我，我问谁去？

仲良愣了愣，再也不知道说什么好，就在他准备转身离开时，苏丽娜却松开手，说了两个字：进来。仲良迟疑了一下，低头看了看自己湿透的衣服。苏丽娜面无表情地又说了四个字：进来说吧。

苏丽娜在客厅的一张摇椅里坐下，看着站在她跟前的邮差，淡淡地说，在没有找出叛徒前，我想不会有人来联络你的。

你们信不过我？

这是常识，每个没有被捕的人都会被怀疑。苏丽娜忽然叹了口气，说，他们更有理由怀疑我。

为什么？

苏丽娜惨淡地一笑，没说话，扭头看着窗外这场越下越大的雷阵雨。

秦兆宽就在这个时候突然回家，他看了眼浑身尽湿的邮差，笑着对苏丽娜说，我们家里总算有了位客人。

苏丽娜没理他，等到仲良离去后，才从摇椅里起身，若无其事地说那是以前给她送信的邮差，五六年了，他一点都没变。苏丽娜说，我一眼就认出他来了。

秦兆宽笑着说，你告诉我这些干什么。

因为有人心里在问。苏丽娜俏皮地横了他一眼，然后走到窗前，看着外面的滂沱大雨。

苏丽娜的眼神是一点一点凝结起来的。她忽然长长地吐出一口气，像是感到了冷那样，伸手抱紧自己。

一个邮差也值得你感伤？秦兆宽不知何时已站在她身边。

我感伤了吗？苏丽娜抬眼看着他，好一会儿才垂下眼睑，说，我为什么不感伤？

秦兆宽用一根手指抬起她的下巴，说，你在想他。

苏丽娜扭头又看向窗外，说，我是想我自己。

秦兆宽再也不出声了，他一直犹豫到晚上，忽然在枕边对苏丽娜说楚康还活着，还在国军的八十八师里，他现在是264旅的参谋室主任，在云贵一带跟日本人打仗。秦兆宽一口气说完，侧脸看着床头灯下的女人。

苏丽娜纹丝不动地说，你告诉我这些干什么？

秦兆宽说，我告诉你是因为你问过我。

九

布朗神父从宪兵司令部的一个窗口跳下来时，苏州河上正在鸣放礼炮。这天是1942年的4月29日，驻守上海的日军都在庆祝他们天皇的41岁诞辰。布朗神父却选择了在这天结束自己的生命。他对情报官仲村信夫说，我告诉你想知道的一切，但你要保证让我回到罗马。仲村信夫一口答应。为了显示日本皇军所谓的慷慨与仁慈，他还特意让人准备了一顿纯正的英式午茶。神父却不以为意，他只要求能洗个澡，换一件干净的衬衫。神父说，上帝不允许我臭得像头猪一样享用这样好的午茶。

仲村信夫点了点头，让卫兵把神父带到楼上的军官浴室去。这时，助手提醒他应该防范犯人自杀。仲村信夫笑着说天主教的神父可能会杀人，但绝不会自杀。他还教导助手，要征服敌人光用皮鞭与子弹是不够的，还得了解他们的历史与文化。仲村情报官从来都坚信，自杀这种勇气与光荣只属于他们大和民族的武士。

布朗神父就是从军官浴室的窗口跳下去的，在他把布满伤痕的身体清洗干净之后，连祷告都没有做就一丝不挂地爬上窗台。布朗神父闭上眼睛，张开双臂，就像凭空掉下的十字架，他赤裸裸地摔死在水泥马路上。

几天后，当仲良把一封教会的信件送进小德肋撒堂时，克鲁格神父站在神坛前告诉了他这个消息。神父用一种无助的眼神仰望着墙头高挂的圣女像,说自杀对于一个天主教徒来说是永不翻身的罪孽。仲良站在那里,又一次想到了他的父亲。他淡然一笑,对克鲁格神父说,这没什么,他只是为了一个信仰,放弃了另一个信仰。

克鲁格神父吃惊地看着他,就像看到了魔鬼,在胸口画了个十字后,说,我的上帝。

仲良在心里发出一声冷笑,扭头离去。他听见克鲁格神父的声音从身后远远传来:信上帝,得永生。

邮政督察员入驻静安邮政所已是第二年夏天。一大早,两个日本宪兵用一辆三轮摩托载着督察员驶进大铁门,整个邮政所一下子变得寂静无声。督察员并没有下车,而是站在车斗里,用黑框眼镜后面的眼睛在每张脸上扫视了一遍之后,以流利的中文对大家说,我是伊藤近二,请多多关照。

说完,伊藤一个躬足足鞠了有半分钟后才直起身,跨下车斗,笔直地走进所长的办公室。

所长沉着脸,一甩手,跟着也进去了。到了黄昏的时候,他还是沉着脸,在大门口拦住仲良,要请他去喝两杯。仲良诧异地看着所长,这个古板而克制的男人,平日里连废话都不会跟邮差多说半句,更谈不上喝酒,但这个傍晚他喝了很多酒,也说了很多话,每一句都让仲良感到触目惊心。

所长坐在小酒馆里,等到菜上齐了,亲手为仲良斟上酒。仲良不安地说,所长,有话你尽管说。

所长点了点头,让他明天一上班就辞职。仲良的眼睛一下睁大了,问他为什么。所长说,你还不知道为什么?

仲良说,我怎么知道?

所长说，你是什么人？你父亲是什么人？还有那个周三，你们自己最清楚。

他们都是死人了。仲良说，我是个送信的邮差。

所长摇了摇头，说他宣统二年就入行吃邮政这碗饭了，我见的人比你送的信要多得多。说着，他用手往大街上一指，说，租界里三教九流，到处都有不要命的人，可我不管你们是重庆的，是南京的，还是延安的，你们干什么都不能连累了别人。

仲良说，所长，你喝多了。

所长一摆手，说，我都能看出来的这点名堂，你以为那个伊藤近二会看不出来？你听他那口中国话说的，就该知道他不光是个邮政督察员。所长意味深长地看着仲良，又说，我是为你好，也为大家好，你应该比我知道得多，日本人为了一袋面粉会杀光一条街的人。

仲良一句话都说不出来了，他的脸开始发白，但还能笑，还能举着杯子喝酒，可这酒却变得一点酒味都没了。

临别的时候，所长在大街上拍了拍仲良的肩，说，用不着担心，我要告发你用不着等到今天，更不会请你喝这顿酒。所长借着酒劲说，我也是中国人，我的老家在湖北，日本人刨了我的祖坟，拆了我家的祠堂，就因为听说我家祖上当过两任道光年间的巡抚。

所长眼里的泪光在路灯下闪烁，但仲良不为所动。他站在大街上，看到所长的背影消失在街角，然后匆忙赶回家里，一坐下就把这事告诉了秀芬。

你知道规矩的。秀芬不等他讲完就说。

可我连鸡都没杀过。仲良看着她的女人，那眼神就像无辜的孩子。

秀芬想了想，站起来，说，我去吧。

仲良说，让我想想。

秀芬说,夜长梦多。

仲良不说话了,伸手把秀芬拉回凳子上。这天晚上,他在床上一直想到后半夜,把秀芬摇醒,说他想好了。秀芬睡眼蒙眬地说,那天亮带我去邮政所,我先认认脸去。

仲良说,算了。

秀芬一下就清醒起来,说,又不用你动手。

还是算了吧。仲良翻了个身,说,现在我只是个邮差。

可是,仲良很快就被静安邮政所辞退。原因是他丢三落四,尤其那些日本侨民的信件,不是无缘无故地失踪,就是被张冠李戴地送错。但接到投诉的伊藤近二一点都没生气,他坐在办公桌后面笑眯眯地看着仲良,问他作为一个邮差为什么不能好好地送信。仲良显得有点紧张,还有那么一点羞愧之色。伊藤近二接着又问他是不是不愿意为日本人服务?仲良摇了摇头,他已经意识到以这种方式来结束邮差生涯是个不可饶恕的错误。伊藤近二微笑着站起来,走到他面前,盯着他的眼睛说,为什么你想让我开除你?

还用问吗?他是想卷铺盖走人。所长忽然说,外面想当邮差的人有的是。

紧张的气氛一下有所冲淡。伊藤近二扭头狠狠瞪着所长。

所长同样扭头瞪着仲良,又说,还要我教你吗?财务科的门开着,结账,走人。

伊藤近二的脸色在仲良走后变得铁青。他盯着所长,问他,你害怕什么?

怕?所长笑了笑,说,我有什么好怕的?

那你去把他留下来,我要他继续当这里的邮差。

那不行,我们不能让一粒屎坏了一锅粥。

现在这里不是你说了算。

丢了信就得卷铺盖走人，这是邮政局的规矩。

伊藤近二冷冷地一笑，说，那你是不知道宪兵队的规矩。

所长的脸一下发白了，喃喃地说，督察员，你为了一个邮差要送我去宪兵队？

伊藤近二愣了愣，没说话，一直到所长躬身退出办公室，他还直挺挺地站在那里，看着挂在墙上的《中国地图》。这个在上海生活了二十年的日本特工，早在三轮摩托驶进静安邮政所那一刻就已心灰意冷。他因酒后散布战争失败言论而遭撤职。长官部给他的最后指令是对悲观论者最好的惩处——留在这片中国土地上，直到这场战争胜利那天。

伊藤近二知道，自己的一生将在对故乡名古屋的思念中度过。

十

仲良卖掉自行车在西摩路的街拐角摆了个烟摊，每天蹲在那里，像个疲倦而呆滞的乞丐。他很快学会了抽烟，而且越抽越凶，常常是一天要抽掉一包，到了晚上还抽掉大半包。秀芬看着他始终不闻不问，只顾埋头绣她的那些枕套。

一天晚上，仲良忽然对她说，我要加入你们的除奸队。

秀芬说，你连鸡都没杀过。

你们需要通信员，也需要有人望风。仲良说，我不能像条狗一样整天蹲在街上。

秀芬看了他一眼，再也没开口。许多事哪怕对最亲的人都不能说，这是组织原则。秀芬每次都在菜场口电线杆的游医广告上接受指令，然后到指定的地点领取弹药，分配任务。大家分工合作，完成后就四散而去。除奸队员之间几乎都是用眼神来交流的,他们有时候连话都不会多说半句。

公共租界更名为上海特别市第一区那天,是这年里气温最高的一天。大街上挂满了青天白日满地红的旗帜,四处都是巡逻的日本宪兵与警备队的便衣。仲良被驱赶到一个远离大街的巷口,苏丽娜就是这时出现在他面前。沿着一双纤细的脚腕,仲良一点一点抬头,他看到苏丽娜的脸在灼人的阳光下白得耀眼。

仲良笑了笑,说,我现在成了卖烟的。

苏丽娜没说话,扔下几张储备券后,拿了包"三炮台"就上了等在一边的黄包车。

此后的很多日子里,苏丽娜都会在路过西摩路时停下来买包烟。给的钱时少时多,但已足够让仲良维持家里的生计,她却从不说一句话。

有一天,仲良终于开口了。他看着马路上驶过的汽车,面无表情地说,到此为止吧,你不用再可怜我了。

苏丽娜仔细看了他一眼,还是没说话,扔下钱,拿上烟就走。

两个月过去了,苏丽娜再也没有在西摩路口出现过,直到有一天傍晚。苏丽娜又忽然站在了烟摊前,说她手里有南京刚制订的冬季清乡计划,是全面针对苏中根据地的。仲良夹着烟,抬头看着她。苏丽娜说,我们不能让情报烂在手里。

仲良说,我们还是情报员吗?

这关系到成千上万人的性命。苏丽娜像是在下达命令,你一定要想法送出去。

我有办法就不用蹲在这里了。

你不是孩子了。苏丽娜俯下身,从烟摊上拿起一包烟,看着仲良的眼睛说,这点委屈算不了什么。

当天晚上，仲良换了身衣服来到小德肋撒堂。他一动不动地跪在神坛前，一直到克鲁格神父出来，才抬起头来，说，请你帮我这一次。

上帝会帮助每一头迷途的羔羊。克鲁格神父微笑着说，我的孩子。

我有情报。仲良说，关于江北的。

克鲁格神父沉吟了一下，说，那你来错地方了。

我知道你是有渠道的，我要把情报送出去。

你还不明白吗？克鲁格神父说，你的组织抛弃你了。

这关系到很多人的性命。

这也会让你丢了性命。克鲁格神父蹲下来，看着他说，你比我更清楚，如果你的情报有问题，你们的组织还会要了我的命。

怕死的人是不配当一个情报员的。仲良说完，站起来就走。

克鲁格神父却笑了，看着他走到大门口，才叫住他。克鲁格神父的要求是让仲良说出情报的来源，他再考虑是不是帮这个忙。仲良摇了摇头，望着烛光中的圣像说，就算这里是日本人的宪兵队，他也不会说出情报来源的。然后他又说，你应该知道这一行的规矩。

克鲁格神父叹了口气，说忙他可以帮，但仲良必须答应他，你也知道我是干什么的。克鲁格神父说，我不会免费为你服务。

仲良盯着他那双蓝色的眼睛说，神父，别忘了我们至少还有一个共同的敌人。

克鲁格神父又笑了，伸手搂住仲良的肩膀，邀请他去楼上的书房里喝杯咖啡，为了他们还有一个共同的敌人。

克鲁格神父就是在喝着咖啡的时候提议的，他希望跟仲良合作。克鲁格神父说，我知道你们不是为了钱，我也不会再问情报的出处，可为了你的国家，也为我们能早一天打赢这场战争，我们都需要有朋友。

仲良想了想，说，等我先证实你把情报送到后再说吧。

克鲁格神父笑了，说，你要信任我。

仲良像是又成了一个邮差，他把苏丽娜从秦兆宽身上获取的情报送到小德肋撒堂，再由克鲁格神父把它们分类，从各个渠道送往它们该去的地方。仲良特别强调，要在每份转交的情报上都标上他跟苏丽娜的代号。仲良坚信，组织总有一天会来联络他们。

可是，事情忽然发生了变化。一天仲良回到家里，见桌子上不仅摆着鱼，摆着肉，还有一整只切好的白斩鸡，就不解地看着秀芬，问今天是什么日子？秀芬没说话，抿着嘴从柜子里取出一瓶酒，把桌上的两个酒杯都倒满。原来，秀芬是个很会喝酒的女人。仲良一口都没下咽，她已经仰着脖子干掉了两杯。仲良的脸色变了，问她出什么事了？秀芬没有回答，而是笑了笑往他的碗里夹了块鸡腿，说，我提前把年过了。

仲良一直到两个人把整瓶酒都喝完了，才又看着秀芬，说，告诉我，他们给了你什么任务？

任务就是任务。秀芬说着，起身开始收拾桌子。

仲良就看着她在屋里来回地忙，整个晚上再也没说过话。

在他们上床之后，秀芬却冷不丁地开口了。秀芬在被窝里说，知道吗？在他脑袋被砍下那一刻，我就是个死人了。

仲良愣了愣，等明白过来，秀芬已经贴上来。她的身体滚烫如火，嘴里喷着酒气，脸上却是一片冰凉。

第二天早上，仲良还是一言不发，看着秀芬从床下拖出一只崭新的帆布拎箱，打开柜子，把他的衣物一样一样放进去，合上，扣上带子，放到他脚边。秀芬从抽屉里拿出一沓钱，拉起他的手，放进去，看着他的眼睛说，马上就走，离开上海。仲良站着，同样看着她的眼睛。秀芬忽然一笑，说，只要活着，我会来找你。

你上哪里找我？

你去哪里，我就到哪里找你。

说完，秀芬咬紧嘴唇再也没吐露一个字。她是用眼神把仲良一步一步推出门去，一直看着他出了石库门，才靠着门框上仰起脸，望着天空中飘零的雪花。

事实上，秀芬并不知道她要执行的是什么任务。昨天下午，当她按照告示上的暗语来到接头地点时，大家都到了。四个人围在一张桌子前，上级是个留着一抹小胡子的中年人，他从口袋里掏出一沓钱，分了三份，放在每个人面前，大家就明白是怎么回事了。

有个码头工人打扮的除奸队员忽然问，为什么是我们三个？

是四个。小胡子说，还有我。

那人又问，为什么是我们四个？

小胡子说，因为我们都是视死如归的战士。

那人看了眼秀芬，还是要问，为什么还有女同志？

你怎么这么多为什么？小胡子有点不耐烦了，说，我们是革命战士，我们男女平等。

那人再也不开口了，低下头紧紧地攥着那些钱。

大家一直到出发前才知道，他们的任务是刺杀仲村信夫。这个被日本军部封为"东亚之鹰"的情报专家即将回国述职，大华洋行的总经理要为这个多年的朋友与同行饯行，地点就在华懋饭店的十楼。那里是远东的第一楼，也是日本特务与南京汉奸们的欢场，莺歌燕舞、耳鬓厮磨中常常伴随着刀光剑影。

饭店门外就是夜色中的南京路。此时，雪停了，风止了，忽然来了几个铲雪的清洁工。他们的口袋里除了手枪，还装着一颗小蜡丸。小胡子在把小蜡丸交到大家手里时，说，同志们，我们不怕牺牲，我们今天的牺牲，就是为了明天的胜利。

华懋饭店的玻璃大转门里忽然走出一群人，站在一边的门童摘下戴着的帽子。这是个暗号。秀芬知道他们等待的一刻来临了。她扔下手里的铲子，飞快地穿过马路，一手掏出手枪，一手把蜡丸塞进嘴里。

一身戎装的仲村信夫显然已经酒足饭饱，就在他走下台阶，与夫人一起向秦兆宽与苏丽娜躬身告别时，枪声响起。四把手枪从三个方向射击出的子弹，打中了仲村信夫与站在一边的日本使馆武官，也打中了秦兆宽。三个人几乎同时倒在雪地上，四周的保镖这才意识到发生了什么，纷纷掏枪射击。

秀芬一口气射掉了弹匣里七发子弹后，转身就跑。路线是事先设计好的，秀芬沿着南京路的人行道跑了没几步，腰部就像被人打了一拳，一头栽倒在地。

枪声还在响彻，秀芬却看到自己的血在路灯下是黑色的。她用力咬破嘴里的蜡丸，静静地躺在雪地里，静静地倾听着整个世界远去的声音。

十一

仲良并没有离开上海，他住进了靠近虹口公园的一幢楼房里。这里是日本侨民的集居地，是苏丽娜在他们答应了克鲁格的请求后租下的，楼下的街对面开着一家清园酒屋，一到深夜就有个酒鬼在那里发疯似的吟唱日本民谣。苏丽娜第一次把仲良带来时，靠在窗台上说最危险的地方也是最安全的。说着，她将一把钥匙放进仲良的手里，回头望着楼下的大街，又说，但愿我们都用不上。

厨房里有食物罐头，房间的壁橱里挂着男人与女人的衣服，就是墙头没有照片。这里更像是一对野鸳鸯的温暖窝。

听了一夜的日本民谣后，仲良再也待不下去。他在衣柜里挑了身花呢西装与一件旧大衣换上，就像个赶着去上班的洋行小职员。可一到苏州河桥下，他马上改变主意了。那里到处是排队待检的平民，平日里的警察也换成了持枪的日本宪兵。仲良在路边买了份日文报纸后，若无其事地回到屋里。

仲良是在报纸上看到秀芬的。两男一女，三张照片，他们的脸都被镁光灯照得雪白。秀芬仰面躺在地上，她睁着双眼，那目光既平静又迷茫。

第二天傍晚，苏丽娜抱着一个首饰盒开门进来时，仲良手里还捏着那张报纸。他用血红的眼睛望着苏丽娜，好久才问她怎么了？出什么事了？

苏丽娜在陆军医院的病房守护了两天两夜。秦兆宽胸口中弹，手术之后，他的手上吊着盐水，鼻孔里插着氧气管，但精神却特别的好。等前来探望的人都离开后，他让苏丽娜摘下他手上那枚戴了多年的戒指，让她带着戒指去四马路上一家日本人开的当铺，去找那里的老板原田先生。秦兆宽接着说，见到戒指他会给你一个盒子，你一定要照我的话去做。秦兆宽一口气说完，无力地闭上眼睛。苏丽娜抓着他的一只手说，我哪儿都不去，就陪着你。

秦兆宽摇了摇头，说，我不能让你陪我一块死。

苏丽娜说，你会好起来的。

秦兆宽摇了摇头，睁开眼睛看着面前的女人，忽然露出一个笑容，说，你们不该杀仲村。

苏丽娜的眼睛一下睁大了，瞪着他，却吐不出一个字来。

秦兆宽的目光平静而温柔。他抽出手，伸到苏丽娜的脸上，停在那里说，傻丫头，我不知道你是什么人，怎么会把那么多情报透给你？我们从来没有同床异梦过。秦兆宽说着，手一下滑落到床上，脸上的笑容也随即消失。他认真地看着苏丽娜，说日本人应该在调查那晚在场的每个中国人了，他们一定认为我挨的这两枪是苦肉计。

苏丽娜盯着他的眼睛，问，你到底是什么人？

笑容又在秦兆宽的脸上浮起。他说，你的男人。说完，他又说，可惜，我等不到娶你的那天了。

这是秦兆宽留在世上的最后一句话。苏丽娜离开后，他出神地望着天花板，一直到眼中的光芒像烛火那样燃尽。等到医生与护士拥进病房，他们掀开被子，看到鲜红的血水早已浸透他胸口的绷带。秦兆宽虽躺在血泊中，却更像是躺在鲜花丛中那样的安详与满足。

苏丽娜在四马路上找到那家叫原田质屋的日本当铺，当她把那枚戒指交给老板原田先生时，这个年迈的日本男人沉默了片刻，朝她深深地鞠了个躬后，转身去里屋捧出一个漆封的首饰盒，双手交给苏丽娜。

首饰盒里除了一些金条与美钞外，还有一封信，上面是秦兆宽的笔迹，写着：呈十六铺码头隆鑫货仓陈泰泞启。

苏丽娜看着原田先生，以为他还会说什么，可他只是摇了摇头，再次弯下腰，做了请的手势，恭敬地把苏丽娜一直送到店铺门外。然后他招来一辆黄包车，一直目送苏丽娜在人流中消失。

苏丽娜在快到家门口时，忽然改变了主意，对车夫说，别停，一直走。

车夫扭头奇怪地看着她说，小姐，一直走就是黄浦江了。苏丽娜没吭声，她扭过头去，用眼睛的余光看着那些正进入她家院门的便衣们。

苏丽娜把今天发生的事又想了一遍后,掐灭烟头,取出那封信交给仲良,说,我想知道里面是什么。

仲良点了点头,站起身去厨房里点上煤油炉,煮开半壶水,就着水蒸气熟练地把信封打开后,看到里面是一张已经泛黄的名片,还有一枚搪瓷的青天白日胸徽。名片上印着:中国国民党中央执行委员会调查统计局党务调查科秦兆宽。

这一夜,两个人靠着榻榻米,身上裹着被子,却没有睡觉。他们抽光屋里所有的烟,也喝光了屋里所有的水。第二天一早,苏丽娜洗了把脸就去了十六铺码头的隆鑫货仓。

陈泰泞是个秃头的男人,看上去既卑微又委琐。他孤独地坐在货仓的一张账桌后面,可一接过苏丽娜手中的信,眼神就不一样了,尤其是在撕开信封看到那张名片后,他把那枚徽章紧攥手里,站起来叫了声苏小姐。苏丽娜一愣,说,你见过我?

陈泰泞摇了摇头,摊开手掌,说,我见过它。

两年前,秦兆宽在下达命令时,把这枚徽章与那张泛黄的名片一起放在他面前,说如果再看到这两样东西,你一定要把我的女人送出上海。陈泰泞点了点头,说是。秦兆宽盯着他的眼睛,说,哪怕你死了,也要确保她的安全。

陈泰泞笑了,说,长官,你多虑了。

秦兆宽马上也跟着笑了,再也不说什么,两个人同时看着汽笛声声的黄浦江。陈泰泞记得那天的江面上残阳如血。

当苏丽娜从陈泰泞口中得知秦兆宽已死的消息,她用力一摇头,说,不可能,他是看着我走的。

陈泰泞并没有分辩,他坐下去,冷冷地说,我会安排你尽快离开。

我哪儿也不去。苏丽娜说完,转身就走。

苏小姐。陈泰泞一把拉住她,但马上又小心翼翼地松开手,支着账桌,目光阴沉地直视着她,说,不要让秦先生再为你担心了。

苏丽娜在离开货仓的一路上眼里闪着泪光,许多往事像寒风一样扑面而来,让人摇摇欲坠。可是,当她带着仲良再次面对陈泰泞时,她的脸上已看不出丝毫表情。她把那盒金条与美钞放在陈泰泞面前打开,说,就当他向你买张船票。

陈泰泞摇了摇头,说,我的任务是送你一个人离开。

苏丽娜说,留在这里等于让他等死。

那我管不了。陈泰泞说,上海每天都在死人。

那好。苏丽娜啪的一声合上红木盒,说,你还是送我们两个去宪兵队吧。

十二

每年清明过后,斜塘镇上都会举行一场盛大的庙会,就算日本兵来的这几年也不例外。长街的两头架着机枪,来自四乡八里的乡亲们照样把庙里的菩萨用轿子请出来。巡游从早上一直持续到傍晚,在一片锣鼓笙箫中,唯一缺少的是冲天而起的爆竹。日本人是绝对禁止在任何时间任何场合燃放爆竹的。爆竹一响,他们架着的机枪也会跟着响起来。

仲良的烟纸店就开在长街的尽头。坐在柜台里可以看到他想象过的那座桥,桥下的银杏树刚刚开始萌芽。这里曾是他母亲的家,现在成了他的烟纸店,除了卖香烟、火柴还兼售糖果与草纸。苏丽娜有时也从乡下收购一些土鸡与鸡蛋,主要卖给日本军营里的司务长。

有一次，仲良跟着日本司务长把鸡蛋送进军营，回来说其实里面的鬼子都是高丽拉来的壮丁。苏丽娜正蹲在灶口烧水，她笑着说难道你想策反他们？可话一出口，她脸上的笑容就消失了。苏丽娜不由自主地想起了周楚康，想起了她接受的第一个任务，就是不惜代价地去接近他，从他身上获取情报，最终把他拉拢过来，让他成为我们的同志，成为我们的情报人员。潘先生布置这些任务时，苏丽娜刚满二十一岁，离她在圣玛丽公学院的毕业典礼还有两天。

在离开上海的货船上，苏丽娜第一次在仲良耳边说起了她的身世，说起了她死在袁世凯狱中的父母，说起了她经历的那两个男人。他们躺在船舱狭窄的夹层间，就像挤在一口暗无天日的棺材里，紧挨着他们的是船主偷运的烟土。苏丽娜说完这些就泣不成声，她沉浸在自己的往事中，好像一点都没感觉到仲良已经把她搂进怀里。苏丽娜紧紧抓住仲良后背上的衣服，就像一个落水者紧抱着一块门板。

可是，当仲良用嘴唇摸索着找到她的嘴唇时，她一下清醒过来，别过脑袋，在黑暗中闭紧了眼睛。苏丽娜变得像具尸体一样僵硬，好像连呼吸都停止了。

货船在长江对岸的一个码头靠岸，这是陈泰泞护送的最后一站。他站在岸上，朝一个方向指了指，说，往北走就是你们的地盘了。

苏丽娜点了点头，看着他登船离去后，捋下戴着的一个手镯，往仲良手里一塞，说，我们各奔东西吧。

你去哪儿？

苏丽娜没回答，最后看了一眼仲良，扭头沿着一条积雪的小路进了镇子，在一家客栈投宿后就开始发烧。苏丽娜在客栈的床上躺了三天三夜，她把自己的一生从头到尾又回想了一遍，得出的结论是——这个世界上再也没有她的容身之地了。

仲良在第四天的上午敲开了客栈的房门。他站在门口，望着形容憔悴的苏丽娜。仲良一句话都没说，就那样一动不动地看着她。他的眼里布满了一个男人的沧桑与焦虑。

事实上，仲良一直守在客栈对面的茶馆里。苏丽娜在床上躺了三天，他就在茶馆的窗口坐了三天。这三天里，仲良的眼睛没有离开客栈的大门。

几天后，一对神情疲惫的男女出现在一个叫斜塘的小镇上。他们沿着河边的长街走到一座桥畔，站在那棵苍老的银杏树下。仲良看了会儿对面的竹篾铺后，拉起苏丽娜的手走了进去。

徐嫂一眼就认出了儿子。她从坐着的一张小凳站起来，手里还握着一把竹刀。徐嫂张了嘴，眼睛就湿润了。但在看到儿子身后站着的苏丽娜时，她的目光慢慢凝固起来，扭头对咧着嘴、露着满口黑牙的老篾匠说，你看，他比他那个爸要有出息。

老篾匠是个机灵的男人，他什么话都不说，在围裙上擦了擦那两只大手，很快去街上拎回了一块猪肉。

吃饭的时候，老篾匠就像认识仲良好多年了似的，大侄子长、大侄子短地说个不停，从他死去的外公，一直说到他外婆下葬。都是我一手操办的。老篾匠说，我就像是他们的半个儿子。

徐嫂始终一言不发，不急不缓地吃干净碗里的饭后，起身去了前面的店堂。仲良知道母亲这是有话要说，就跟了出去。站在母亲跟前，看着她像剥皮一样把一条竹篾从竹子上剖下来。徐嫂没有抬头，不温不火地说，她是哪家的姨太太？还是你勾搭来的舞小姐？

她是我太太。仲良平静地说，是你的儿媳妇。

徐嫂抬起脸，看着儿子，同时，也看到了站在里屋门边的苏丽娜。徐嫂的眼睛在两个人的脸上跳跃，忽然站了起来，说，把婚事办了吧，办了踏实。

说完，她把手里的竹刀往地上一丢，掸了掸衣襟进了里屋。

仲良却怎么也想不通，到了新婚之夜他还在问苏丽娜，她怎么知道我们没结婚呢？

苏丽娜没回答，她在烛光下凝望着这个比自己小了整整七岁的男人，说，如果哪天你后悔了，你一定要跟我说。

仲良摇了摇头，隔了很久，他捧起苏丽娜的脸，问她，知道为什么我们会有今天吗？他不等苏丽娜回答，马上又说，因为你，我才走上了这条路。

苏丽娜说，没有我，也会有别的女人跟你结婚。

不是这个。仲良想了想，说，如果没有见到你，我想我这辈子都会是上海街头的一个邮差。

可现在你什么都不是了。苏丽娜说。

我成了你的丈夫。仲良笑了，伸手把她拉进怀里，好像生怕她会离去那样，用力地抱紧她。

仲良在他的新婚之夜，又想起了他在四明公寓203室门外第一次见到苏丽娜的情景。她穿着一条无袖的雪纺睡裙，手把在门框上，脸上的表情慵懒而淡漠。

日本投降的消息一传来，老篾匠第一个反应就是从竹篾铺里跑过来，对仲良说，你得进点烟花爆竹，镇上八年没人放过一声鞭炮了。

可是，仲良第二天跑遍了整个县城都没找到卖烟花的铺子，整个县城的人都在忙着打倒汉奸，他只能背着半口袋的藕粉回来。也就在这一天，一连的国军士兵来到镇上接收了日本人的军营。连长是个军容讲究的年轻人，一扎下营，就把镇上的乡亲们都召集到老银杏树下。连长站在桥阶上，像个热血青年举着拳头对大家说我们打赢了这场战争，现在是我们重建家园的时候了。乡亲们你看看我，我看看你，谁也没有跟着他把拳头举起来。连长有点失望，垂下手臂继续说他的军队是政府的军队，他的士兵就是大家的亲兄弟。他让镇上的乡亲们今后有什么要帮忙的，尽管到军营里找他，如果他的士兵中有谁在镇上捣乱，也尽管来军营里找他，他一定会严惩不贷。为此，连长让士兵在长街的两头设了两个信箱，让乡亲们有什么倡议、意见，如果不方便当面说，就尽管写在信里面，但更主要的是要检举那些窝藏的汉奸。连长说完这些，又对新任保长说，请老先生给大伙指定一个信使吧。

新保长捋着下巴上那一小撮花白的小胡子，有点犹豫不决。他说大家还是自愿报名吧，谁报名，镇上每个号头贴他半个大洋。乡亲们还是你看看我，我看看你。仲良在人群中忽然说，我来吧，我当过邮差。

可是，仲良才领了一块大洋，他的使命就结束了。原因是根本没有人给连长写信。倒是年轻的连长每天都来街上巡视，身后跟着一个更年轻的马弁。他好像特别喜欢在仲良的烟纸店里歇脚，几乎每次都要进来靠着柜台站一会儿，有时也会买上一包烟，一边抽，一边没话找话地跟苏丽娜聊会儿天。

连长说他曾是南华大学历史系的学生，投笔从戎后参加过湖南芷江的雪峰山战役。他的理想是留在学校里当一名历史教师，是日本鬼子逼他穿上了这身军装。连长每次说话时看着苏丽娜的眼神，都会让仲良想起当年的自己。

有一次，连长说起在行军经过广西时，苏丽娜忍不住问他有没有听说过八十八师？连长想了想说不只听说，还碰到过，他们后来去了缅甸打鬼子。连长问，你有亲人在那里？

苏丽娜摇了摇头，点上一支烟，坐在柜台里一口一口慢慢地吞吐着。

连长看着她抽烟的姿势,忽然说,你根本不像这个镇上的人。

苏丽娜笑了,问他,那你说我像哪里的人?

连长看着她苍白而纤细的手指,摇了摇头,说,你绝不是这镇上的人。

我的婆家在这里。苏丽娜笑着说。

那你娘家在哪里?

苏丽娜想了想,说,上海。

连长点了点头,见仲良从里屋出来,就又朝他点了点头,带着马弁走了。

仲良望着连长上桥的背影,说,他喜欢上你了。

在我眼里他还是个孩子。

在你的眼里我也是个孩子。

曾经是。苏丽娜看着他,说,现在你是我丈夫。

仲良笑了。这是他们最为安宁的一段日子。可是,这样的日子并不长久。有一天,连长穿着一身崭新的少校制服走进铺子。他刚刚被提拔为营长,他的士兵正在镇外的荒地里开挖战壕、建造碉堡。

营长买了一包"三炮台",但主要是有话要说。他让苏丽娜有多远就走多远,留在这里只能陪着他们当炮灰。苏丽娜说,知道要当炮灰,你们还打?

营长笑了笑,说,当兵的就是打仗嘛。

那也要知道为什么打。仲良第一次在营长与他妻子说话时插嘴。

营长愣了愣,盯着他看了会儿,然后对着苏丽娜说,趁早走吧。

说完,营长又看了眼仲良,拿起柜台上的香烟转身离去。

半个月后,营长与他的士兵全部阵亡,随他们一起毁灭的还有斜塘这座小镇。长街上的大火整整烧了三天三夜,一直到把整条街道烧成灰烬,天上才下起瓢泼大雨。老篾匠与徐嫂一起葬身火海,他们说什么都不肯跟随仲良去上海,更不愿跟老篾匠的两个女儿去乡下。他们要守着他们的产业,他们的家园。老篾匠笑呵呵地对仲良说,日本人他都见识过了,他还怕中国人吗?他们一直把仲良夫妇送上船。老篾匠挥着手说,仗打完了就回来,我和你妈等着你们。

徐嫂始终一言不发,她看着儿子的目光就像在诀别。

十三

从长江防线上溃败下来的国军潮水般涌入上海,但大街上一点都看不出大战在即的景象,倒更像是末日来临前的狂欢。每个人都想要把口袋里的钱花光那样,到处是排队抢购的男人与女人。

仲良带着苏丽娜回到电车场对面的家里,发现他的屋里男女老少挤着十来口人。他们都是隔壁邻居从苏北逃难来的亲戚。他们看着仲良,连挪一下屁股的意思都没有。

邻居皱着眉头告诉仲良,这屋子先是让宪兵队封了,后来又给了一个替日本人办事的小汉奸,抗战一胜利,汉奸关进提篮桥的监狱不久,就搬来了个忠义救国军的小队长。邻居说这是他花了八十个大洋从那个小队长手里买过来的。说着,他让老婆去屋里把房产证、地契、收据都拿出来,一样一样摊给仲良看。最后,邻居看看仲良,又看看苏丽娜,说,要不这样,我把楼下的杂物间腾出来,你们先住下来再说。

仲良说,可这里是我的家。

你没看外头的形势?邻居笑了笑,说,这天下都不知道是谁的呢。

当天晚上,苏丽娜挽着仲良的手臂,两个人沿着南京路一直逛到外滩。他们像一对热恋中的情侣,在黄浦江边的水泥凳子上一直坐到快宵禁时,才起身回到那间没有电灯的小屋里。上床后,两个人还是不说一句话。他们相拥而卧,闭着眼睛,却谁也没有入睡。他们在黑暗的屋子里听了一夜城市各种各样的声音。

两天后,仲良来到静安邮政所,他见到的第一个人竟然是伊藤近二。现在的伊藤成了邮政所的门房。他扶了扶眼镜,微笑着对仲良说他已经改名字了,他现在的名字叫尤可常。仲良看着他那张越发干瘦的脸,说,你应该在战俘营里。

尤可常还是笑呵呵的,说早在1944年他就是反战同盟的成员了,我为你们的国家多少是做过一点事的,不然你们怎么会放过我呢?说着,他跟所有负责的门房一样,把仲良领到所长的办公室前,敲了敲门后,恭恭敬敬地做了个请的手势。

可是,当仲良对所长说他还想回来当一个邮差时,所长诧异地盯着他看了好一会儿,说,你早该有房有车、出门有跟班了,你是抗日的功臣。仲良笑了笑,说他什么都不是,他现在只想找份工作养家糊口。所长点了点头,长长地吐出一口气后说,看来,是我看走眼了。

所长觉得有点对不起仲良,临别时,一直把他送到大门口,显得特别的宽容与感慨,说你想来就来吧,什么时候来都可以,连自行车都不用准备了。所长说反正做一天和尚敲一天钟,谁也不知道这邮政所的门还能开到几时。仲良又笑了笑说,家书抵万金,总有人要寄信的。仲良记得所长曾经说过:有时候一封信就是一片天。

苏丽娜失踪是在解放军开始攻城的前夕。

那天早上,仲良去上班不久她也离开了家。已经连着好几天了,苏丽娜每天都在米行门口排队,挤在抢购的人群中。可怎么看,她都不像一个每天在为柴米油盐操劳的女人,更不像是个邮差的妻子。

傍晚,仲良回到家里生着炉子做完饭,还不见苏丽娜回来,就坐在饭桌前,一直等到第二天黎明。他把可能发生的事都想了一遍后,开始发疯似的寻找他的妻子。可是,在问遍了上海所有的警察署、收容站、难民营与救护所后,仲良的寻找变得漫无目的。他像个幽灵一样每天游荡在上海的街头,连做梦都想着苏丽娜会忽然出现在他面前,脸上挂着浅淡的笑容。

解放上海的战斗整整打了半个月,枪炮声日夜不绝,满大街到处都是血肉模糊的伤员与载满士兵的军车,仲良寻找的步履却并未因此停止。他就像个仓皇而焦躁的逃兵穿行在大街小巷,直到解放军的枪口顶到了胸前,让他举起手来时,仲良才发现自己身上的邮差制服早已污秽不堪,根本分不清他是个邮差,还是个国军士兵。仲良指着胸口的邮政徽章,不停地解释:我是邮差,是送信的邮差,我是你们的同志。

总算有位解放军的排长听明白了他的话,摊开一个本子,指着上面"外白渡桥"四个字,说,你是同志就带我们去这里。

仲良二话没说,啃着排长给他的一个馒头,就成了解放军的向导。他带着这个排的战士从外白渡桥一直打到邮船码头。第二天,他们攻下了招商局的货仓,可就在穿过太平路的时候,从对面窗口射来的一颗子弹穿透了他的腹腔。

三天后,仲良在解放军战地医院的一张病床上醒来,在满目刺眼的阳光中,他看见苏丽娜正俯身摸着他的额头。仲良想抓住那只手,可人动弹不了。他张了张嘴,同时也看清楚了,那是名年轻的解放军护士。

解放军护士直起身,说,别说话,好好躺着。

十四

新年的第一天，天空中到处飘扬着五星红旗，而静安邮政所里最大的变化是邮差身上的制服，全部由黄色换成了绿色。换装后邮差们挤在收发室的窗外，你看看我，我看看你，有人说衣服还可以，就是顶着个绿帽子走街串巷的，有点不像话。大家哈哈大笑，仲良咧了咧嘴，一扭头就看见了苏丽娜。她站在邮政所的大铁门旁，穿着一件发白的士林布棉裓，就像个打杂的女工，苍白的脸色却更像是从医院出来的病人。

当天晚上，仲良用了很大的劲解开苏丽娜的棉裓，就被布满她身体的疮疤惊呆了。那些凝结的伤口就像一张张歪曲的嘴巴，狰狞而丑陋。仲良好久都说不出一句话来。苏丽娜却不动声色地把衣服脱光，躺下去，轻轻地拉过被子盖上，静静地看着仲良，一直到他在边上躺下来，把她连同被子一起紧搂进怀里，她的泪水瞬间涌出眼眶。

那天，就在米行开门的时候，苏丽娜遇见了带队来抓捕米行老板的陈泰泞。

穿着美式军装的陈泰泞从车里下来，让便衣松开米行老板。他指着被军警围在街当中的顾客们，问哪个是跟你接头的人？陈泰泞说，指出来就放你一条生路。

我是做买卖的，我跟谁接头去？米行老板眨着眼睛，惊恐而无辜地说。

米行老板被押上车后，陈泰泞开始审视人群中的每张脸，他看到了苏丽娜。他愣了愣，走过去，叹了口气，说，原来是你。

我是来买米的。就算坐在陈泰泞的审讯室里,苏丽娜还是这句话。

陈泰泞摇了摇头,说,你不该回上海。

当初你就不该送我走。苏丽娜想了想,又说,现在也不该抓我来。

当初送你走,是我长官的遗命。陈泰泞盯着她的双眼说,现在抓你,是我的职责。

你抓错人了,我只是个老百姓,我是在那里排队买米。

陈泰泞又摇了摇头,他要苏丽娜说出她来上海的任务,还有她的上线与下线,你们的接头方法、时间与地点。陈泰泞说,我们都没有时间了。

当晚,苏丽娜被铐在刑房的柱子上,在一片男人与女人的惨叫声中度过了一夜。第二天一早,她接着被提审,到了下午就开始受刑。一连好几天,苏丽娜在刑房里几乎尝遍了所有刑具后,像条肮脏的破麻袋一样被丢进牢房,再也没有人问过她一句话。

一天深夜,苏丽娜在一片枪炮声中被架出牢房。院子里的行刑队正在处决犯人,一阵枪声响过,她被扔在一双皮靴前。

陈泰泞蹲下身,撩开凝结在她脸上的头发,说,我来送你上路。

苏丽娜无力地闭上眼睛。又一阵枪声响起,滚烫的弹壳溅在她脸上,她就像个死人一样无知无觉。

陈泰泞叹了口气,站起身,犹豫了一下,从军装口袋里掏出一枚青天白日的徽章,若有所思地看了会儿,把它丢在苏丽娜的面前。然后又扭头对行刑官说,送她回牢房。

行刑官说,长官,我接到的命令是就地处决。

我的话就是命令。陈泰泞说完,头也不回地离开院子,跳上等在门外的吉普车,对司机说,走吧,去吴淞口码头。

两天后,当解放军士兵冲进监狱,他们用枪托砸开牢门,苏丽娜已经奄奄一息。她在医院里躺了半个月后,才对一位来给她做记录的解放军女兵说,我要见你们长官。

女兵说,解放军队伍里没有长官,只有首长。

那让我见你们首长。苏丽娜说。

可是,解放军的首长并没有马上来。苏丽娜在病床上足足等了两天,才看见那名女兵带着一个穿黄布军装的中年男人进来。女兵说,这是我们的陈科长,你可以说了。

苏丽娜在病床上坐直身子,说她叫苏丽娜,她是组织在上海办事处的情报员,她的代号叫布谷鸟。她的领导是潘先生,有时他也叫狄老板、杨秉谦、胡非与施中秋。

陈科长点了点头,说,你还是先说说汉奸秦兆宽吧。

苏丽娜的眼睛一下变直了,看着坐在她面前的这对男女,很久才说,他不是汉奸,不是的。

连着一个多星期,医院的病房几乎成了审讯室。苏丽娜躺在床上开始回忆,从她第一次参加示威游行开始,断断续续一直说到躺在船舱的夹层里离开上海。苏丽娜始终没提过徐仲良,好像她的生命中从来不存在这个男人一样。苏丽娜最后说,你们找到潘先生一切就都清楚了。

可是,潘先生早在1942年就牺牲了。陈科长说,杨复纲烈士遭叛徒出卖,在撤往苏区途中被敌人杀害在宿迁城外。

苏丽娜这才知道潘先生的真名原来叫杨复纲。她再也不说话了,把目光从陈科长的脸上一点一点地收回,拉起被子,慢慢地躺下去,像只虾米一样蜷紧了身体。

几天后,苏丽娜离开医院被关进一间屋子,每天都有面目不同的解放军干部来提审她,可问题始终就这么几个:你是什么人?替谁工作?你的任务是什么?你的联络人是谁?你们用什么方法、在哪里接头?

苏丽娜每次都像梦呓一样,反复说着她是上海办事处的情报员,她的代号叫布谷鸟,她的领导是潘先生,也就是革命烈士杨复纲。直到三个月后的一天,陈科长让卫兵打开房门,对她说,你可以走了。

苏丽娜坐着没动,忽然用挑衅的目光直视着他,说,你们不怀疑我了?

陈科长迎着她的目光说,也没人能证明你。

那我现在是什么?苏丽娜仍然直视着他。

至少你当过百乐门的舞女。陈科长想了想,说,你还当过汪伪汉奸与中统特务的情妇。

十五

这天早上,仲良跟往常一样离开家,但没有去静安邮政所上班,而是直接走进上海市公安局的大门。他把那个银制的十字架放在陈科长的办公室桌上,一口气说,我的代号叫鲶鱼,我曾经是苏丽娜同志的通讯员,我可以证明她的身份。

整整一个上午,都是仲良一个人在说。到了午时,陈科长站起来打断他说,先吃饭吧,吃完了再说。下午,仲良一直说到天近黄昏,陈科长又站了起来说,我们确实查证过那些情报,也知道有鲶鱼和布谷鸟这两个代号,可我凭什么相信你说的?

仲良想了想说,还有人可以证明。他说,只要你们找到克鲁格神父,他能证明我就是鲶鱼。

陈科长笑了,说,你想我们去找个美帝国主义的特务来证明你?

一个月后,仲良再次走进陈科长的办公室。陈科长翻开一份卷宗说,我们已经证实你是徐德林烈士的儿子,1936年你接替他在静安邮政所担任邮差，你认识我们的地下情报员周三同志，我们还了解到你在解放上海的战斗中表现突出，差点牺牲在攻打招商局货仓的战斗中，但这些都不能证明你就是鲶鱼。

那你叫我来做什么？

告诉你我们查证的结果。陈科长说，徐仲良同志，我理解你的心情。

我不要理解，我要证明。

陈科长说，我们只能证明你在旧社会是名邮差，现在还是名邮差。

仲良点了点头，再也不说一句话。他用了整整半天时间才回到家里。

这天晚上，仲良没有趴在桌子上练字，而是提笔给副市长潘汉年写了封长信。可没想到的是，苏丽娜第二天一起床就把信撕了，说还是算了吧，能活着她已经很满足了。仲良说，不能算，我不能让你背负这样的名声。

苏丽娜的眼神一下变得醒目，盯着他看了会儿，又低下头说，那我走，我去找个没有人知道我的地方。

仲良慌忙拉住她的手，站在她面前，却不知道说什么好。

苏丽娜慢慢仰起脸，像个年迈的母亲那样伸手摸了摸仲良的脸，忽然一笑，说，你真傻，你想想那些死去的人，我们能活着已经很幸运了。

可是，仲良不甘心。他常常在下班后坐在邮政所的门房里写信，不仅把信写给副市长潘汉年，还写给陈毅市长，写给公安部部长罗瑞卿，就是从来没收到过回应。

有一天，尤可常叹了口气，提醒他再这样下去会闯祸的。仲良一下勃然大怒，瞪着他说，你都能有个中国名字，她凭什么要背个特嫌的名声？

尤可常又叹了口气，闭了嘴，坐到一边默默看着窗外的夕阳。

新中国的第一个国庆节刚过完不久，苏丽娜在家里接待了一位特殊的客人。敲门声响起的时候她正坐在桌前糊火柴盒，这是街道上照顾她的工作。

苏丽娜愣了愣，起身拉开门，就一眼认出了周楚康。他穿着一身笔挺的解放军将校制服，站在门口等了会儿，说，不请我进去坐一下？

苏丽娜就像个木头人一样，扶着门板让到一边。

周楚康环顾着屋子，在堆积如山的火柴盒前坐下，说，我来看看你。

苏丽娜不吱声，她唯一能听到的就是自己的心跳。

周楚康又说，我知道，我不应该来。

苏丽娜还是不吱声，她在周楚康的帽檐下看到了他鬓边的白发，许多往事一下堵在胸口。隔了很久，苏丽娜总算憋出一句话，说，我跟人结婚了。

我知道。周楚康说，我还是想来看看你。

苏丽娜是一点一点平静下来的。她在周楚康对面坐下，隔着火柴盒问他是怎么找到这里来的。周楚康说他半年前就知道了这个地址，也知道了她现在的状况。上海公安局曾两次来他部队外调，他们要了解苏丽娜在1937年前的情况。周楚康说，如果当年让我找到你，你绝不会是现在的样子。

周楚康曾在上海找过她两次。长沙大会战时，他眼睛受伤，在去香港治疗的途中停留了十天。他几乎找遍了整个租界。第二次是抗战胜利，他随部队由印度空投上海受降，周楚康动用了军方与上海的帮会，还是没能找到苏丽娜。后来，他的部队开赴东北，在四平战役中他率部起义。现在,周楚康已经是解放军四野的副师长。

我以为你死了。周楚康摘下军帽,使劲捋着头发说,当初,我连上海的每个墓地都找遍了。

你就该当我是死了。苏丽娜淡淡地说,你不该来。

周楚康点了点头说,我知道。

沉默了很久后,苏丽娜站起来说,你走吧,他要回来了。

周楚康站起来,看着桌上那些火柴盒说,我能帮你什么?我会尽力的。

苏丽娜摇了摇头说,不用了。

可是,周楚康走到门口,戴上帽子,盯着她的眼睛,忽然问,这些年里你想过我吗?

苏丽娜怔了怔,但没有回答。她站在门口,慢慢地挺直脊背,脸上的表情也一点一点变得慵懒而淡漠,就像回到了当年,又成了那个风姿绰约的军官太太。

苏丽娜看着周楚康转身出了石库门,很久才长长地吐出一口气,整个人也像是被抽空了一样。关上门后,她一头倒在床上,拉过被子,没头没脑地盖在身上,但还是觉得冷。

苏丽娜冷得发抖,在当天夜里就生了一场大病。

两个月后,仲良在报纸上看到了周楚康牺牲的消息。他是志愿军第一位在朝鲜战场上牺牲的副师长。回到家里,他对苏丽娜说,记得你曾让我打听过周楚康的消息。

苏丽娜停下手里的活,愣愣地看着他。

有个志愿军的副师长也叫这名字。仲良说,报上说他牺牲了。

苏丽娜低下头去,缓慢而仔细地把手里的一个火柴盒糊好后,看着他说,总有一天,我们都会死的,但我要死在你前面。

仲良问，为什么？

苏丽娜说，我不要你把我一个人留在这世上。

后记

二十年后，苏丽娜用一条围巾裹着被剃光的脑袋，在一个深夜独自离开了他们住的小屋。两天后，人们在苏州河捞起一具浮肿的光头女尸，仲良却并没有流露出过分的悲伤。他只是彻夜坐在床头抽烟，意外地想起了同样死在苏州河里的周三，想起了他的第一个女人秀芬，想起了他的父亲徐德林，想了他的母亲与老篾匠，还有潘先生，还有布朗神父。仲良在一夜间想起了所有与他有关的死去的人们。

又十年过去了，仲良从静安区邮电局正式退休。他带着苏丽娜的骨灰盒离开上海，回到他母亲的家乡斜塘镇，把妻子安葬在那条河边。每年一到清明，他都会用蝇头小楷给爱人写上一封长信，然后在她墓前焚化。他在火光中一次又一次地看着苏丽娜站在他的跟前，脸上的表情慵懒而淡漠。

氰化钾

一

姜泳男被捕时正努力从一具打开的腹腔里取弹片，当时他双手沾满了热乎乎的鲜血。

连日的激战早已使小教堂内人满为患，炙热而血腥的空气里夹杂着阵阵尸臭，到处是伤者的哀号与垂死者的呻吟，伴随着忽远忽近的爆炸声，大地为之震颤。以至于警备司令部的宪兵闯进这间由神父的卧房改成的手术室时，姜泳男连头都没有抬一下。他惯性地对身边的护士说了一个字：汗。

护士拿起毛巾的手一下僵持住。

擦。姜泳男说出第二个字的同时，也看到了那两个荷枪实弹的士兵。

入夜时分，枪炮声在一场骤雨中开始停歇，但仍然有夜明弹远远地升起，照亮了城市与散不尽的硝烟，也照亮了江边的这片货仓。姜泳男蹲在雨中，蹲在货仓前泥泞的空地上，与许多男人、女人们一起。他们大部分是城里的商贩、职员、舞女以及帮会分子。他们大都不知道发生了什么。只有不知好歹的人还犟着脖颈问：么样？搞么事？

宪兵站得就像一排雕塑，雨水如注地沿着他们油布雨披的衣角挂落。

轮到姜泳男被提审时已近半夜。在一间账房模样的屋子里，桌上只点着两支蜡烛。审讯官敞开的衬衫早已被汗水湿透。他一边啃着半个馒头，一边问，姓名？

姜泳男。

审讯官扭头对照着桌上的名册看了眼，问，为什么当汉奸？

我不是汉奸。姜泳男愣了会儿，说，我是朝鲜人。

审讯官这才抬起眼睛，说，那就是日本鬼子的走狗。

我不是走狗。姜泳男说，我是个医生……

审讯官已经没有耐心听他再说什么，对着宪兵一挥手里那半个馒头，说，下一个。

姜泳男被两个宪兵拖出账房的一路上还在辩解：我是个外科医生，我是汉口红十字会的成员，我救过你们很多中国人的命……

次日清晨，溯江而上的日本军舰再次发起进攻。在一片轰鸣的舰炮声里，许多人被按在货仓前的空地上，当场执行了枪决，而更多的人被关进一间漆黑的库房。就像在那里等死一样，这间临时的牢房里充满了比恐惧更让人难以忍受的粪便的气味。

几天后，姜泳男被转送到了警备司令部的监狱。武汉会战的最后十几天里，他跟那些真正的间谍一起挤在那间狭小的牢房里。很快，连他自己都开始相信他就是个日本间谍，从战争来临时就是——每天不是在红十字会里救死扶伤，而是拿着小镜子成天为天上的轰炸机导航……直到最高统帅部的撤退命令传达到监狱。

那天，成批的犯人被拖出牢房。为了提高枪毙的效率，监狱特意调来两挺捷克式机枪。

姜泳男从牢房的窗口看着那些人像稻子一样被割倒在地，但他听不到机枪扫射的声音。所有的枪声都混合进了墙外的激战声里。他只是忽然想起了他的哥哥。那是他在这个世上唯一的亲人。

救了姜泳男一命的是架坠毁的国军飞机，呼啸着，拖着长长的尾巴，一头栽进监狱，削掉了半座牢房，接着是爆炸、燃烧……

从残垣断壁里爬出来，姜泳男的耳朵里嗡嗡作响，他的眼前到处是模糊而重叠的影子。姜泳男唯一清楚的是他还活着。他的身上沾满了血液与脏器的碎屑。

岩井外科诊所位于四杂街最热闹的地段。当年，岩井医生买下这幢两进的小楼时，几乎耗尽半辈子的积蓄。不承想，淞沪战争一年后，国民政府忽然宣布收回汉口的日租界。他与所有的日侨在一夜间被驱逐回国。

临行前的岩井医生脸色平淡，就像每次上手术台前。他仔细地用肥皂洗干净双手，直到晾干后，才提起皮箱，一边走，一边叮嘱姜泳男，说，记得，明天是交电费的日子。

请放心。姜泳男低下头，用日语说，我会在这里等您回来。

岩井医生点了点头，走到门外，仰望着诊所的招牌，又说，要是改成泳男的诊所也不错……岩井走了，这条街上就再不会有岩井了。

可是，岩井的外科诊所最终没能躲过战火，连同整片的街区。姜泳男穿过大半个城市回到街口才看清楚，眼前熟悉的地方已经成为一片废墟，许多木料掩埋在瓦砾堆里，还在腾腾地冒着浓烟。

好在小教堂依然矗立着，在残阳下如同被遗忘在地狱门口的摆设。

神父是姜泳男的故国同胞。他从外面端了碗热汤进来，说教堂里已经没有吃的了。说着，把碗放在桌上，转身从柜子里取出一只日式的皮制诊疗箱。那是姜泳男的心爱之物，是京都帝国大学医学院对历届优秀毕业生的馈赠。神父同样把它放在桌上，说，今晚还有船，你今晚就走。

姜泳男好像这才记起自己还是个医生。他身上敞着神父的旧衬衫，动作迟缓地上前打开诊疗箱。里面除了整套的诊疗器具外，还有他的毕业文凭与行医资格证书。这两张纸之前一直镶在镜框里，挂在岩井诊所的墙上。姜泳男抬头看着神父，说，它们怎么会在你这里？你知道我会活着回来？

神父没有回答。他支着桌沿坐下，发出一声长长的叹息后，自言自语地说，说不定等到天亮这里就是日本人的天下了。

我哪儿都不去。姜泳男啪的一声扣上箱盖，拿起碗，几口喝干里面的汤后，说，我在教堂里能帮上你的忙。

你去广州。神父侧过脸去，就像是对着烛台上的那点光亮在说，泳洙君现在应该已到了广州。

姜泳男最后获悉哥哥的行踪已是几个月前。当时，汉口的每张报纸上都登有金九在长沙遇刺的消息。作为大韩民国临时政府的忠实拥趸，胞兄姜泳洙曾立志要誓死跟随他的领袖。

一下子，姜泳男明白了。他俯视着神父，说，原来，你不光是上帝的仆人。

神父咧了咧嘴，在胸口画了个十字，说，上帝也是有国度的，我们总有一天是要落叶归根的。

离开小教堂的一路上炮声已经停歇，但枪声还在此起彼伏。到处都是失去队伍的国军士兵。这些无处可遁的散兵游勇在月光下四处乱窜，有的甚至已经扔掉了手里的枪，穿上了从平民尸体上扒下来的衣服。

姜泳男是在启航后的船上遇见唐家母女的。唐太太体弱多病，是岩井诊所里的常客，此刻正挤在人满为患的甲板上，一只手紧捂着另一只胳膊。见到姜泳男，她稍稍松了口气，对女儿说，总算见到个熟人。

唐小姐始终紧闭着嘴唇。这个武昌大学国文系的女生，战前每个周末都会坐渡船回家，低着头经过岩井诊所的门口。她经常穿一条蓝布旗袍，不长也不短的头发里系着一根嵌着花边的发带。不过现在，她的脸上早没了女大学生的傲慢与无畏。她看着姜泳男的眼神，就像是只惊魂不定的小猫面对一个让她茫然的世界。

唐太太是前往长沙投奔丈夫。她在登船时被蜂拥的人群挤到胳膊脱臼。姜泳男用了几次力才将那只胳膊复位，唐太太疼得几近昏厥。最后，他解下自己腰间的皮带，把胳膊固定在唐太太胸前，扭头对唐小姐抱歉地说，我以前学的是外科。

唐小姐的眼神里又有了女大学生的傲慢与矜持。她朝姜泳男点了点头，张了张嘴，却没有发出声音。

天快亮的时候，日军炮艇在长江里拦截下这条难民船。一些惊慌的男人几乎同时跳船，炮艇上的探照灯一下子转向江面，枪声随即响起。一片尖叫声中，日本水兵用步枪不停地朝水里射击，直到把没有击毙的人重新赶回船上。然后，只派了一个领航员上船，用手势指挥着舵手返航，将船停靠在城郊的一处码头，转交给岸上的陆军。

为了抓捕混迹于平民中的国军士兵，日军检查了所有人的行李，并且通过翻译挨个盘问。当问到姜泳男时，他用比翻译更加流利的日语回答说，我不是难民，我是在华的朝鲜人。

一个戴着眼镜的中年军官闻声过来，审视着姜泳男，说，那你为什么要跟这些中国人一起出逃？

我是搭这条船去长沙，再去广州。姜泳男说，我在汉口的诊所被炸毁了，我要去投奔在广州的哥哥。

军官接过士兵递上来的护照与那两份证书，态度变得温和了许多，竟然朝姜泳男露出了一丝笑容，说，难怪你说话带着京都的口音。说完，他又把姜泳男上下打量了一遍，说，既然是帝国培养出来的医生，就应该为派遣军服务。

姜泳男吃惊地睁大眼睛,说,可我是朝鲜人。

是帝国统治下的朝鲜人。中年军官镜片后面的目光变得严厉起来,盯着姜泳男说,你也是天皇的子民,为皇军效力是你无上的荣耀。

可我只是个医生。姜泳男说,除了看病,我什么都不会。

军队现在比任何时候都需要医生。军官说完,把脸凑到姜泳男耳边,又说,你应该知道一个朝鲜人拒绝派遣军的征招会有什么后果。

军官的卫兵带着姜泳男经过唐太太身边时,她忽然冲出队伍。唐太太一把拉住这位年轻医生的衣袖,就像抓住了一根救命的稻草。她急切地哀求道:姜医生,你要是跟日本人有交情,就帮帮我们娘俩。

姜泳男看了眼卫兵,扶着唐太太,把她送回她的队伍,却不知道怎么劝慰好。

唐太太几乎要哭了,不顾一切地又说,姜医生,我们求求你了,我们会报答你的。

姜泳男又看到了唐小姐那双滚圆的眼睛,在烈日下就像一块已经融化的冰。他犹豫了一下,上前一把夺过捏在她手里待检的证件,翻开看了一眼。

你干什么?唐雅终于开口,声音听上去是那么的怯懦。

原来,她叫唐雅。姜泳男随手把证件塞到卫兵手里,用日语说,去告诉你的长官,我要是连自己的未婚妻都保护不了,我怎么成为帝国的军人?说完,他等到卫兵转身离去后,才扭头对唐雅说,记住,你是我的未婚妻,我们是在今年元旦订的婚。

二

日军中原司令部的后勤伤兵医院原先是武昌大学的食堂,上下两层,位于珞珈山下。为了缓解伤兵的思乡之情,他们在病房前的空地上种满了樱花。一到春天,白色的花瓣就像雪片一样铺洒在小径上。

姜泳男每次从病区出来,都会想起在京都的求学时光,但那种恍惚之感转瞬即逝。他低头看到脚上的制式军靴踏在那些花瓣上,好像每一步都踩着自己赤裸的身体。

神父总是用一句中国谚语来劝慰他:大丈夫能屈能伸,你是个男人。

你们是想利用我穿的这身军装。姜泳男在一次酒后来到教堂,醉醺醺地看着神父,说,但你要快点,我怕忍不住,我会在手术台上割断他们的动脉。

不会的。神父摇了摇头,说,你要相信这是上帝对我们的考验。

让你的上帝见鬼去吧。很多时候,姜泳男越来越觉得自己就像个粗俗的日本军人,尤其是说着他们的语言,跟着司令部里那些年轻军官一起喝酒的夜晚,听他们唱着家乡的歌谣。

然而更多时候,他会换下军装,穿着便服坐在教堂里义诊,帮助神父救助那些需要求诊的贫民。为此,军医长有一天把他叫到办公室,从抽屉里取出一份宪兵部门送来的材料。等姜泳男匆匆浏览完这些材料,军医长说,被纠察部门盯上可不是件好事情,尤其对于一名韩籍军官来说。

可我首先是个医生。姜泳男合上文件夹,站得笔直地说,您也是一名医生,我们进入医学院的第一天,都曾发誓要信守希波克拉底的誓言。

你真是个书呆子……战争就是用来摧毁誓言的。军医长发出一声长叹后,从上衣口袋里掏出钢笔,在一张处方纸上飞快地写下两行字,交给姜泳男,说,你去找这位小坂君,也许他能帮你渡过这一关。

小坂次郎是《东京日日新闻》派驻在武汉三镇的记者。他在见过姜泳男的几天后，就以"一名韩籍军医在支那"为题做了一系列的报道，不仅采访了神父与被姜泳男诊治过的大量贫民，还配发了现场的照片。作为"大东亚圈共建共荣"的典例，这些报道很快被中、日、韩的许多家报纸转载。姜泳男因此受到日军总司令部的通令嘉奖，被破格晋衔为中尉。

授衔当晚，姜泳男喝得酩酊大醉，醒来发现自己躺在教堂冰凉的台阶上，头痛欲裂。

神父一言不发地把他搀扶进卧房，泡了杯大麦茶后，扒下他的军装，在一边坐下，像个妇人一样拿过一块抹布，沾着水，仔细地擦拭着那件军装上的秽渍。

我是跳进黄河都洗不清了。姜泳男模仿着神父的语气说完这句中国谚语后，发出一长串的苦笑，而后改用韩语又说，这也是你们希望的吧？

神父笑了，用一种特别安详的眼神看着他，说，想在狼窝里待下去，就要比狼更像狼。

可我一天也不想待下去。姜泳男一甩手，桌上的茶碗摔到地上，应声变为无数碎片。

路是你自己选的，就得由你自己一步一步地走完。神父一字一句地说完，看着姜泳男的目光也变得锐利，一点一点地刺进他的身体，直到他整个人像个泄了气的皮球，瘫坐在椅子里。

很快来临的梅雨季节湿热难耐，武昌城就像罩在一个永远煮不开水的蒸笼里。

神父来找姜泳男的那个黄昏晴雨不定。他穿着一件听差才穿的夏布短装，夹着一顶油纸伞，站在医院门岗望不到的拐角，等到姜泳男随几个军医一起出来时,街上已经亮起了路灯。

姜泳男视而不见,从他身边经过很久后才折回来,站在他面前说,看来,我是等到这一天了。

神父没有说话,转身领着他穿街过巷,走到一家酒楼门前,停下脚步,头也不回地说,你现在回头还来得及。

姜泳男没有说话。他只是摘下军帽,用手帕擦了擦额头上的汗,抬脚率先踏上了酒楼的台阶。

在包厢里起身相迎的祁先生是国民政府的情治人员。神父做完简单的介绍后并没有入座,而是深深地看了姜泳男一眼,转身离去。

我们也是情非得已。祁先生的脸色凝重而无奈。说着,他递过一张照片,上面是位穿着戎装的国军上校。等到确信姜泳男已经记住了那张脸,祁先生收回照片,放在一边,又说,特高课明天会押送这个人来你们医院……一个小小的手术。

你们想在医院里救他?姜泳男说。

祁先生沉默了一会儿,说,在中原司令部的中枢救人,这比登天还难。说着,他掏出一块银元,放在桌上,轻轻推到姜泳男面前,又说,你要设法交到他手里。

就这么简单?姜泳男问。

祁先生点了点头,拿起酒杯,轻轻地抿了一口后,放下,又拿起筷子,夹了一串腰花,放进嘴里无声地咀嚼着。

姜泳男拿起那块银元,很快发现那只是个做工精巧的盒子,就捏住两边用力抽开,只见里面密封着一层薄薄的蜡。

这是什么?

祁先生抬起眼睛,直言不讳地说,氰化钾。

郭炳炎的手术只是切除急性发炎的阑尾,日军后勤伤兵医院里却如临大敌。不仅增调宪兵封锁了二楼的病区，还在特护病房的窗户上安装了铁栅栏，以防犯人跳楼。特高课派出的外勤二十四小时在走廊值守，对每个进入病房的医护人员进行盘查，就连给病人清洗伤口与换药都是在特工与翻译的严密监督之下。

手术后的第三天，姜泳男在黄昏时进来查病房，除了必要的检查外，他几乎一言不发，就站在病床边，捧着病房记录一页一页地翻看，直到护士换好纱布，替病人提上裤子。姜泳男啪的一声合上病房记录的铅皮封面，伸手递给床对面的护士。郭炳炎这才注意到了军医戴着的手表，指针停在了两点二十分的位置。

姜泳男出了病房又像是记起了什么，用日语对翻译说，你去告诉病人，不要怕痛，术后要下床多走动，去沙发里坐坐，这样能避免肠粘连。

翻译恭敬地说，是。

夜深人静后，郭炳炎悄悄下床，在沙发的扶手与坐垫间找出一个纱布包，里面裹着一把螺丝刀、一把手术刀、一个注射器与一支吗啡针剂。他先是用螺丝刀拧掉两根铁栅栏上的螺丝，然后静静地躺回床上，等到远处钟楼上的钟声敲过两下，一边开始在心中读秒，一边把吗啡注射进身体，再用手术刀割开床单，把它们连接起来。

郭炳炎攀着床单从窗口爬到楼下，伤口早已绷裂。他感觉到热乎乎的血水渗透纱布沾染了裤子。姜泳男只是看了一眼，扶着他绕到后面，从一扇开着的窗户爬进值班医生的休息室。

你听命于什么人？郭炳炎一直到姜泳男包扎完他的伤口，让他换上一身军医的制服，并在外面套上白大褂后，才开口说话。

跟我去病房吧。姜泳男说着，给了他一个口罩。

最先发现犯人从窗口逃跑的是送药的护士，她刚张开嘴巴，陪同的特工已经发出一声吼叫，接着宪兵吹响了警哨。后勤伤兵医院里顿时乱作一团,到处是军靴踏过病房走廊的声音。追捕与搜查几乎同时展开。持枪的宪兵闯进每一间病房,核对完每张病床上的病人后,勒令医生与护士原地等待,谁也不准离开病区。不久,他们在医院的围墙边找到一把放倒的梯子。

姜泳男站在病房里,一直等到宪兵的军靴声出了大楼,才朝郭炳炎使了个眼色。可是,就在他们穿过走廊时,一个宪兵突然出现。

他一边掏出手枪,一边说,站住。

郭炳炎等到宪兵走近,在摘下口罩的同时,另一只手一扬,手术刀割开了宪兵的喉管连同颈动脉,血一下喷射出来,宪兵捂着脖子在地上发出呜呜的声音。他捂着又开始渗血的小腹,捡起手枪,对着还在发愣的年轻军医说,别愣着了。

天快亮的时候,郭炳炎因为失血过多而几近休克。姜泳男在东湖边的一条小船里替他重新缝合了伤口,躲过整个白天后,他用了一个晚上才将船划到对岸。

这条小船已经租下整整两天,一直停在东湖边的芦苇丛里,上面放着食品、衣物还有他的那个诊疗箱。姜泳男用了两天时间,仔细勘察了每条逃亡的必经之路。在此之前,他还干了另外一件事,就是在郭炳炎被送到医院之前,把那个纱布包塞进了特护病房沙发的扶手与坐垫之间。

两天后,郭炳炎的烧退了。在荒村一间废弃的茅屋里,他不动声色地看着姜泳男,一直看到他低下头去。等到姜泳男再次抬起头,见到的却是一个黑洞洞的枪口。

我不是你们的人,我只是改变了你们的计划。姜泳男说完与祁先生的那次会面后,摸出那块银元放在草垫上,又说,我想,你应该比我更清楚,这里面装的是什么。

郭炳炎沉静地看着眼前的年轻人,说,你知道擅自改变计划的后果吗？

对我来说都是一样。姜泳男略微停顿了一下又坦诚地说，如果这次营救失败，他必定会被认为是中国的特工，惨死在日军特高课的刑房里。如果成功，他也未必活得了。他同样会遭到怀疑，会被认为是企图打入国军情治部门的日本间谍而被处决，就像现在。姜泳男说着，目光又落到那块银元上，但很快收回来，看着郭炳炎，继续说，你以为你服毒自杀，日本人就不去追查它的来源了吗？姜泳男摇了摇头，说，他们很快会查到我的，我一样活不了。

郭炳炎没有说话。他依然举着手枪，看着姜泳男的眼神像外面的天空一样阴沉。

姜泳男咧开嘴，竟然像个孩子似的笑了。他微笑着说，你是不是还想说，我可以把这东西扔掉，就当什么都没有发生过，继续当我的日本军医？甚至，我还可以把它交给特高课。姜泳男说着，慢慢收敛起脸上的笑容。他用一种近乎冷酷的目光逼视着眼前这个消瘦而憔悴的中年人，迎着他阴沉的目光说，如果这样……你说，你们的人会放过我吗？

三

White night 酒吧原先是驻渝记者的俱乐部，位于重庆城区的中华路与临江门的交会处，直到太平洋战争爆发才改头换面，很快沦为这座山城里有名的声色之地。每天晚上，人们在这里寻欢作乐、醉生梦死，一直要到接近宵禁的时间，才有一个双目失明的黑人从楼上下来，开始吹奏萨克斯管。那种忧伤的旋律充满着思乡之情，令人心碎。尤其是在空袭警报突然响起的那些夜里，沉醉的人们一下子警醒、蜂拥逃窜,黑人却仍像是无知无觉。他站在漆黑的空间里,吹奏出来的乐曲有时如泣如诉,如同死神在狂欢来临前的喘息。

事实上,唐雅更为迷恋的是 White night 酒吧里那款尚未命名的鸡尾酒。它由美国伏特加与产自涪陵的土米酒混合而成。

它就像一颗子弹,能一下把人击倒。老金每次带着下属们来这里,忍不住都会说同样的话。说完,大家跟着他一起举起那杯乳白色的液体,缓缓倒在地上。

这是重庆法警队里不成文的规定——只要白天执行了死刑,所有的行刑人员晚上都会聚在一起,用最烈的酒洗刷身上血腥之气,然后把自己灌醉,为的就是要忘掉那些被子弹击碎的死囚们的脸。

唐雅至今还记得第一次行刑的那天。发令官已经挥下令旗,她举着步枪的手仍在发抖,人软得就像自己才是那个挨枪子的死刑犯。

负责监刑的老金远远地看着她,说,站直了,三点成一线,就当在靶场上嘛。

枪终于响了。唐雅几乎是闭着双眼扣动扳机的。子弹击穿了死囚的肩胛,将他撞倒在地。老金在死囚的哀号声里拿过一把手枪,上前一枪击碎了他的脑壳。看着溅在皮靴上的脑浆,他用力一跺脚,骂了句:龟儿子的。

不过,这都已成为往事。生与死对于一个上过刑场的法警来说,只在"预备"与"放"的口令之间。只是,许多失眠的夜晚,唐雅总会忍不住独自来到这里,如同梦游那样。她发现这酒根本不像子弹,而是一颗呼啸的炸弹,穿过喉咙在体内爆炸。这种感觉如火如荼,但她喜欢。让自己在喧哗中醉到忘乎所以,然后在天亮前醒来,在黑暗中睁大眼睛,看着那些陌生的房间与床上那张陌生人的脸。

许多时候,她甚至觉得那些陌生的男人就是一剂安眠的药。

姜泳男忽然出现的那天夜里,唐雅为自己物色的"安眠药"是位年轻的空军上尉。两天前，他驾驶着运输机刚刚飞越喜马拉雅山脉的驼峰。酒精飞快地使这对初识的男女变得亲热，就像彼此在人海中寻觅了多少年，终于在此刻相遇。空军上尉借着酒劲，拉过唐雅的手，把它放进自己的航空夹克里，一直伸到肋下，说那里还留着一块弹片，每次拉升飞机时，都能听到它卡在骨头里吱吱作响。

唐雅的眼神瞬间变直。隔着空军上尉的肩膀，她一眼见到了当年的医生。姜泳男头戴礼帽，穿着一件灰色的长衫，推门进来后并没有停留，而是扶着帽子匆匆穿过人群，循着一个身材高大的金发男子走向后门。

稍作迟疑后，唐雅抽出手，抓起吧台上的坤包扭头想走，却被上尉一把抓住。

你去哪里？上尉醉里有心地说，你这叫放鸽子。

唐雅使劲挣了挣，没能从那只手里挣脱，就随手使了招反擒拿中的抓腕与反缠。上尉扶着吧台总算没有跌倒，他好一会儿才记起这一招，他在军校时也曾学过。

White night 酒吧的后门外是条巷子，通往江边的老城墙。此刻，风正吹开嘉陵江上弥漫过来的夜雾。唐雅直到看见血从那个金发男子捂着的脖子间喷溅出来，她的酒彻底醒了。

第二天，坐在内政部警政司保安处长办公室里，杨群亲自为她做完口供后，示意书记员离开。他从那只银制的烟盒里取出一根烟，在烟盒上轻轻地弹击着，绕过办公桌走到唐雅面前。杨群笑眯眯地把点燃的香烟递到她的唇边。

唐雅视而不见，双手放在腿上，人坐得更直了。

我就喜欢你穿上警服的模样。杨群说着，收回手，深深地吸了一口烟，抬起屁股半坐在办公桌上，在吐出来的烟雾中，他语重心长地叫了声小雅，说，回来吧，别任性了，回来，我们就当什么都没有发生过。

唐雅呼地站起来,说,长官,如果没有别的训示,请容我告退。

说完,她拿起桌上的警帽挟在腋下,啪的一个立正。

你穿上这身制服也有三年了,你什么时候见过警政司插手过刑事案件?杨群说着,伸手按着她的双肩,把她按回到那把椅子上后,重新绕到办公桌后面坐下,正色说,一个美国外交官被人一刀切断了喉管与左颈动脉,你知道这意味着什么?等了一会儿,见唐雅没有开口,他靠进椅子上,叹了口气,又说,你是学过刑侦的,你来说说这一刀。

年轻医生的脸再次在眼前闪过。唐雅说,一刀割断喉管与颈动脉不仅需要精准的手法与相当的腕力,还需要了解人体结构,至少是人体颈部的结构……凶手很可能有过外科医生或者是人体解剖方面的相关经历……

专业的杀手就能做到,凶手是个特工。杨群打断她的话,说,可你想过没有,他是哪方面的特工?

唐雅睁大眼睛,故作惊讶地说,你说日本人?

不管什么人,我们都得给美国方面一个交代。杨群说,而你是唯一的目击者。

我不是唯一的目击者。唐雅说,昨晚有很多人见到了这具尸体。

小雅,我干警察三十年了,你这些话还是去糊弄别人吧。杨群的脸上又露出笑容,一指办公桌上那叠厚厚的材料,说,酒吧那些人的口供都在这里……你为什么要从那个后门出去?

唐雅一愣,说,喝多了,出去透口气。

撒谎,你认识死者,或是凶手。杨群目光如炬地看着她,又说,或者……这两个人,你都认识。

郭炳炎的官邸设在郊外的一座寺庙旁，与几个僧侣毗邻而居。严副官领着姜泳男走进书房时，他穿着中式的便装，正像个修行的居士那样盘坐在一张藤榻上，闭目倾听由院墙外传来的木鱼与诵经之声。

知道我当初为什么要选这个地方？郭炳炎缓缓睁开眼睛，望着窗外，说，梵音如诉，它能洗涤我们身上的杀伐之气。

安德森是行家。姜泳男抱歉地低下头，说，我不杀他，死的人就会是我。

郭炳炎起身走到书桌旁，从抽屉里取出一沓照片，一张一张地摊开，除了那些带十字坐标的航拍地貌图，还有两张上是密密麻麻的数字。

这就是你截获的那个胶卷。郭炳炎坐在椅子上，说，要是让这些照片落到日本人手里，我们在西南各地的机场将遭到灭顶之灾。

姜泳男并没有去看这些照片，而是站得笔直地说，安德森只是个外交武官，他接触不到一线的军情。

他的同伙我们不用操心，只要把证据交到美国领事馆，他们会被一个不漏地揪出来……可之后呢？一个外交官叛国投敌，他还有军方的同伙，这将是美军在亚洲战场上最大的丑闻……你说，美国人会承认吗？不等姜泳男回答，郭炳炎摇了摇头，接着说，他们不承认，就得有人出来当替罪羊。

姜泳男欲言又止。他的脸色早已经发白。

郭炳炎却笑了，欠身从抽屉里取出一个档案夹，递到他面前，又说，有时候擦干净屁股就是为了保住脑袋。

档案的首页上贴着唐雅身穿法警制服的标准照，她看上去是那的英姿飒爽。姜泳男一下想起在汉口码头送行的那个清晨。他穿着崭新的日式军医制服，提着皮箱陪伴母女俩走上轮船。

快到船舱进口处时，唐太太迟疑不决地停下，用一种百感交集的眼神望着姜泳男，在心里想要是真有这么个女婿也不错，但她说不出口。踟蹰了一会儿，唐太太只能喃喃地说，姜医生，您是我们娘俩的大恩人，我们会记着您的大恩，我们一定会报答您的。

姜泳男放下皮箱。他看着唐雅，说，这没什么，你们很快会与唐先生团聚的。

说完，他朝母女俩微微一躬身，却在转身的瞬间，有种回过去把这个女人抱进怀里的冲动，就像真的在送别未婚妻子那样，把头埋在她的秀发间，使劲地把她身上的气息嗅进肺腑。姜泳男直到下船，站在人群中，才扭头回望。他看见唐雅仍然站在船舱的进口处，手把着船栏，一动不动地俯视着自己。

风吹动着她旗袍的下摆。

其实，在White night酒吧的后巷里，姜泳男很快就被精于格斗的安德森武官击倒在地，被他双手掐住了脖子。他是在垂死的一刻见到唐雅的，风吹动着她旗袍的下摆。

唐雅用脚把他掉落的手术刀踢到他手边，姜泳男这才一刀割断了武官的喉管与动脉。

姜泳男从热乎乎的血里爬起来时，武官还没有咽气，还在地上扭动着身体。此时他只说了三个字：你快走。

唐雅踩着石板路慌忙离去的皮鞋声又在耳边回响时，郭炳炎用手指敲了敲那份档案的封面，意味深长地说，亡羊补牢，犹未晚矣。

姜泳男固执地说，那只是个喝多了的女人。

这个女人可是中央警校的特训班出身。郭炳炎的言下之意，姜泳男当然明白。中央警校的教务主任一向由军统局长兼任。多年来，戴笠把大量的年轻学员吸纳进军统，再安插到各个政府部门。这在重庆已经不是什么秘密。这时，郭炳炎仰起脸说，我从不害怕面对敌人，但我们不能不提防背后那些黑手。

姜泳男低头,说,是。

说完,他以军姿双脚啪地一并,转身离去。

郭炳炎等他走到门口时,忽然问道:民国二十七年,你应该在汉口吧?

在武昌。姜泳男站住,慢慢转过身,用一种淡定的眼神望着他的长官,说,我在日军的中原司令部,任伤兵医院军医。

之前,你的诊所就在汉口的四杂街上。郭炳炎重新拿起那份档案,翻开后,又说,这么说来,这位唐警官也算是你的老街坊了。

我们认识。姜泳男面无表情,说,但素无交集。

交不交集不重要……哪个少年不多情,又有哪个少女不怀春呢?郭炳炎用一种通达的语气说完,放下手中的档案,靠进椅子里,又说,留下一丝线索,就会牵扯出一连串的麻烦……你要是下不了手,我可以派别人去。

四

重庆地方法院的刑场在歌乐山下。每次执行死刑前,都由就近的警署派员清场,然后封锁各个路口,等着载有人犯与法警的车辆风尘滚滚地驶入。不过,这次稍有不同。新任的院长是党部出身,为了起到宣传与以儆效尤的作用,在处决那十几名卖国投敌分子时,专门邀请了新闻记者与社会各界观刑。

唐雅被安排在礼宾岗位。她身穿黑色制服,头发盘在帽子里面,背着双手,始终以警卫的姿势叉腿站立着。一名记者惊艳于女法警的英姿,对着她举起相机刚按下快门,就被两个便衣架到一边,不仅作了全身搜查,还打开相机后盖,没收了胶卷。

记者还在嚷着抗议时，行刑开始了。随着一排枪声响起，观刑台上发出几声轻微的惊呼，但马上变得鸦雀无声。一直等到法医俯在尸体旁，把一根铁丝捅进枪眼，在那个掀掉了半张脸的脑袋里来回绞动时，观刑台上有人捂着嘴巴开始干呕起来。

离开刑场的一路上，老金不时地在唐雅脸上观察。车到沙坪坝的一条街口时，他靠边停稳，说，回家歇着吧。不等唐雅开口，老金瞥了眼后视镜，又说，我认得后面那辆车。

唐雅也认得那辆车。她还知道，坐在车里那两个就是刚才盘查记者的便衣。杨群在派人保护她的同时，也把她当作了诱饵。唐雅在心里发出一声冷笑，拿过搁在中控台上的警帽，一语不发地下车，用力地关上车门。

两个便衣也很快跟着下车，一路上若无其事地尾随着年轻的女法警。

自从母亲死后，唐雅搬进了重庆的公务人员宿舍。那幢两层的小楼隐没在街道错落的屋宇间，下面开着店铺，整天吵吵嚷嚷的，楼梯与过道上堆满了杂物与晾着的各色衣服。

便衣用唐雅的钥匙打开房门，在确定屋里安全后，两人才退出门外，彬彬有礼地做了个请进的手势，同时提醒说，唐小姐，我们就在楼下。

唐雅接过钥匙，关上门就一头倒在那张狭小的单人床上。她是在似睡非睡中猛然睁眼，只见姜泳男已经站在床前，看着她的眼神一如当年在汉口码头上的回望，那么的宁静与暗淡。

在确信不是梦境后，唐雅忽然有种从未有过的轻松。她直挺挺地躺着，说，我知道你们的规矩，你来灭口的。

藏身在对门那间宿舍里的很长时间里，姜泳男想到过许多要说的话，此时却一下变得无从启口。他站在床边，好一会儿才找出一句：唐太太还好吧？

唐雅平静地说，你杀了我，我就能知道她好不好了。

唐太太死于去年那桩校场口的防空隧道事件。那一天，成千上万的重庆平民为躲避空袭窒息而亡。三天后，杨群派人从成堆尸体里找出唐太太来时，由于腐烂，她的身体膨胀了一倍。

这个体弱多病的女人为了与丈夫团聚，辗转数千里来到重庆。站在兵工署的接待处，看着那个装有丈夫抚恤金的信封，唐太太张了张嘴巴，一头瘫倒在女儿的怀里。

唐先生生前是汉阳兵器厂的工程师，在跟随工厂西迁的路上，他搭乘的那条船被日军击沉在长江里。活不见人，死不见尸。

唐太太是在醒来之后开始变得疯癫，蘸着口水，一遍遍地清点那个信封里的抚恤金，睁大眼睛瞪着女儿，反反复复地说，这是你爸的卖命钱，我们花的都是他的命。

事实上，这些钱连两个月的房租都不够。重庆的物价日夜都在疯涨。刚开始时，唐雅白天在嘉陵江边替人洗衣服，晚上就到都邮街的舞厅里卖花，后来索性下海当了舞女，为的是腾出白天的时间来照料越发病重的母亲。

可是，政府很快颁布了禁娱令。杨群就是在查封舞厅的行动中一眼看上唐雅的。那时，他还在警察厅督办重庆的治安，跟那些粗鲁而贪婪的治安警察不同，他更像是个穿着制服的绅士。一天，杨群把一把钥匙交到唐雅手里，专注地看着她，说，你妈需要你，但你需要我。见唐雅没有一点反应，他笑着一指窗外的天空，又说，日本人的飞机说来就来，要是这会儿一颗炸弹下来，我们就你中有我、我中有你了。

唐雅在指间把玩着那把钥匙，如同面对舞厅里面的恩客，柔声细语地说，我以为杨长官跟外面那些人不一样。

再不一样也是男人嘛。杨群说着，笑呵呵地递过一页纸，是他写给中央警校特训班的推荐信。杨群微笑着说，但我倒发现你跟她们不同，你是有文化的新青年，新青年就得有新生活嘛。

　　许多往事只能埋葬在心底，唐雅永远也不会对任何人说起。她坐在床沿，等到姜泳男说完来意，才淡淡地说，何必要这样麻烦呢？你现在杀了我，关上门离开，不是一了百了了吗？

　　如果你是别人，我会的。姜泳男说完，自己也有点吃惊。他避开唐雅的目光，又说，你既然知道我们的规矩，就该明白，就算今天我走了，还会有别人来……警政司派再多的人也保护不了你。

　　那你走吧。唐雅起身走到窗边，俯视着落日中的街道，说，他们守株待兔，为的就是抓你归案。

　　姜泳男点了点头，拿起桌上的礼帽，起身走到门边，忽然站住，说，这些年，我时常会回想起以前……那时候真好，我只想好好地当个医生，在这个国家里扎下根来……我甚至还想过，去教堂里当个牧师。

　　说完，他回过头来，只见唐雅已经转身，正面对着他。在一片背光的阴影里，她的面孔一片模糊。姜泳男说，你要相信我，我不是你们的敌人。

　　没什么信不信的。唐雅说，我没有亲人，也没有敌人。

　　那这里还有什么可留恋的？姜泳男说完，戴上礼帽，开门离去。

　　按照姜泳男的计划，唐雅应该在参加法警队晚上的聚会中途离席，去往莲花池街口的一家朝鲜面馆，有人会在那里等她，第二天带她离开重庆。但是，唐雅却像早已忘了这个约定。

　　刑场归来的法警队员们在杯盏间洗刷完身上的血腥之气，一个个喷着满嘴的酒气离开 White night 酒吧时，老金特意瞄了眼坐在不远处的那两个便衣,以长辈的口吻对她说,差不多了,你也该回家了。

唐雅只是抿嘴笑了笑,从他放在桌上的烟盒里抽出一支香烟,夹在指间,步履飘飘地去往吧台。有时候,老金在暗处看着这个女下属的眼神,总像是在审视一双穿在别人脚上的破鞋,总有种说不出来的惋惜,还有那么的一点心痛。

就着美籍调酒师的打火机点上烟后,唐雅要了杯双份的那款无名酒。

姜泳男要过很久才走进酒吧,挑了个不起眼的地方坐下,一杯威士忌一直要抿到唐雅趴着吧台昏昏欲睡。他走过去,像个自作多情的男人那样,凑到她耳边,说,你要让我等到什么时候?

唐雅慵懒地支起身,直愣愣地看了会儿,说,先生,我们认识吗?

那两个我会对付,你现在就从后面的门走。姜泳男说完,见她无动于衷,就笑吟吟地又说,时间不等人,很快就要宵禁了。

那就喝酒嘛。唐雅好像记起了眼前的男人,冲着调酒师比画了个手势后,说,酒会让你忘掉很多事的。说完,她愉快地笑着,开始没头没脑地介绍起这款无名的鸡尾酒,从基酒的产地、年份,一直说到两种酒的配比。唐雅忽然说,外面还守着两个呢,你对付不了四个人。

那是我的事。说着,姜泳男习惯性地去摸口袋里那块银元。当年,郭炳炎将此物放进他手里时,曾郑重地说这是杀手留给自己最后的礼物,里面的氰化钾足以毒死一头大象。那次,是姜泳男第一次执行刺杀任务,在上海虹口的日本海军俱乐部。姜泳男摸出银元,在吧台转着,又说,你只要照我说的去做。

我为什么要听你的?我是你什么人?唐雅笑着,拿过调酒师放在吧台上的酒,举到面前,看着子弹杯里乳白色的液体。她笑得更妩媚了,说,尝一口,它就像一团火。

姜泳男接过酒杯，缓缓地仰头，一口吞下整杯酒后，含在嘴里，用了很大的力气才咽下去，然后像瞬间窒息那样。他一掌罩住旋转的银元，说，这不是火，这是一杯氰化钾。

只有死人才会知道毒药的味道。唐雅咯咯地笑出声来，看上去那么的开心与放肆，吸引了酒吧里不少沉醉的眼睛。唐雅笑完，眼光流转地说，你有没有想过，要是我现在出卖你呢？

姜泳男脸上的笑容还在，但再温和的笑也难掩眼中的落寞。他轻描淡写地说，这也是个一了百了的办法。

双目失明的黑人这时下楼，开始吹奏他的萨克管。忧伤的旋律像水一样漫上来，堵在每个人的胸口。唐雅忽然有种说不出来的难受，火烧火燎的。她伸手招来调酒师要添酒，然后指着调酒器，借醉卖疯似的用英语大声说，要喝死人的酒，你们为什么不叫它氰化钾呢？

可是，所有的声音在瞬间被响彻的空袭警报掩盖。一下子，酒吧的门成了堤坝的缺口，只有那位黑人像在给每个夺路而逃的人们送行那样，吹奏出来的乐声竟然转调变得欢快起来。

姜泳男拉着唐雅跑到街上，路灯熄灭了，整个城市一片漆黑，可他们已无路可遁。几乎是被人流冲卷着进入防空洞的，拥挤在各种气息与声音之间。

这时，挂着的一盏马灯被人点亮。姜泳男鼓起勇气，用手撩开覆盖在唐雅脸上的头发，就看到了那颗挂在她睫毛上的泪珠。随着飞机的轰鸣声由远而近，在地动山摇的爆炸中，那颗泪珠一下滑落，唐雅却像睡着了。她闭着眼睛，把头轻轻地靠到姜泳男的胸口。

姜泳男是忽然感受到的，这是他人生中最美好的时刻。在那些扑簌簌掉落的尘土里，在晃动的灯光与那些惊恐或绝望的目光里，他甚至愿意让生命就此静止。

日军的轰炸持续了半个小时，结束时重庆城里已经到处火光冲天。

唐雅一出防空洞就在飞扬的灰土里见到了杨群的座驾。她扭头对姜泳男说，你快走。

但已经来不及。许多男人已经一拥齐上。这些人有的穿着便衣，有的穿着救火队员的制服。他们在扑倒姜泳男的同时把他反铐上。

唐雅不假思索地跑向轿车，一把拉开车门，说，你放了他，我跟你回去。

杨群饶有兴趣地看着她，问，你说什么？

你放了他。唐雅说，我跟你一辈子。

五

杨群回到保安处时天刚蒙蒙亮，警政司长的秘书已经等在他的办公室门外。可是，当他被请进司长的私人小会客室，见到的却是个年轻的军人。

这位是中统局的严副官。秘书稍作介绍后就匆忙退出，并且小心翼翼地带上门。

严副官的长官是哪位？杨群站了会儿，直截了当地问。

您见到就知道了。严副官说完，径直走过去拉开门，恭敬地做了个请的手势。

前往中统局的路上，重庆城里的硝烟还没散尽，到处都是在清理街道的军警与雇工。杨群坐在车里觉得不安，就没话找话，问了许多问题。严副官都礼貌地一一回答，却没有一个是他要的答案。车过中山二路的川东师范时，杨群忍不住又说，这里不是你们的总部吗？你到底要带我去哪里？

人人都知道的地方，那只是一块牌子。严副官从副驾驶座上回过头来，微笑着说，杨处长请勿多虑。

下车后，转过好几条悠长的弄堂，杨群被领进一座没有门牌的院落，上了楼，他一眼就见到窗外的朝天门码头。

杨处长是安溪人吧？郭炳炎并没有介绍自己，而是笑呵呵地把他迎入上座，亲手斟上茶，笑呵呵地说，春水秋香，这可是您老家当季的铁观音。

此时杨群有点发呆，不光是闻到了家乡的味道。他曾督办过重庆三年的治安，竟然从不知道朝天门码头上还有这么一座无名的宅院，也从未在任何一版的城区地图上见到过。

郭炳炎却一脸的悠闲，就像在跟老友品茗叙旧，托着茶盏，随口就说起了沙坪坝一家叫隆盛的参茸行，战前是日本外务省的秘密联络站，现在划归陆军部了，但仍然负责情报的收发与传送。他们还有一部大功率电台，安在城外三水湾的土地庙里。郭炳炎说，杨处长随时可以派员去拔掉这颗钉子了，但要注意，这些人都是专业的特工，他们有武器，很可能会负隅顽抗。

杨群尽量让自己显得很轻松地笑了笑，说，在下只是一个警察，杀谍与除奸都不在警政司的权职范围。

国人皆有守土抗敌之责嘛。郭炳炎依旧笑呵呵的，说，隆盛参茸行的不远处是莲花湖，你还会在那里打捞起一条漏网之鱼，他的上衣口袋里放着一把外科手术刀……杨处长可以将此看成是我对您个人的一点小小心意。

杨群在抓捕姜泳男时，从他身上不仅搜出了手枪，还有中央党部的证件。他拿起桌上的茶盏，抿了一口后，说，中统局若要向警政司放人，只需一纸公文就行了。

公文能解决问题，党国还要那些秘密部门来干什么？郭炳炎收敛起脸上的笑容，说，美国的外交人员遭日谍暗杀，这也是美方希望从您这里得到的结果。

这时杨群反倒平静下来。他把茶盏里剩下的茶一口喝光,说,可我怎么觉得你们更像是日谍呢?

郭炳炎又笑了,掏出钢笔在一张便签上随手写了行字后,轻轻地盖上章,交到杨群手里,说,杨处长想要的答案档案里都有,您随时可以去川东师范的中统局密档室调阅。

杨群在看清便条落款处的签章后,脸色一下变得肃然。这个名字他早年就在警官特训班的教材上见到过,也在许多惊人的传闻里听说过。杨群恭敬地起身,用双手把便条郑重地放到郭炳炎面前,垂首,说,在下不敢,在下谨遵郭长官钧令。

郭炳炎谦逊地一摆手,说,坐,请坐。

当晚,姜泳男被送到停在嘉陵江边的一条渡船上时,从不抽烟的郭炳炎手里夹着一支香烟。他一直要到香烟快烧到手指了,才用力一丢,说,好吧,这一页,就翻过去了。

姜泳男不敢相信自己的耳朵。他一下抬起头,说,先生……

郭炳炎说,忘掉重庆吧,你明天就走。

姜泳男低头,说,是。

你如果舍不得,可以带她一起走。

姜泳男再次抬起了头,吃惊地看着他的长官。

我们刀头舔血,要是连个女人都拥有不了,还保卫这个国家干什么?郭炳炎脸上终于有了笑容。他起身,拍了拍姜泳男的肩膀,两人一起走到船栏边,望着对岸寥落的灯火。过了很久,郭炳炎深有感触地又说,可女人的心呢?有时候,它就是一根海底的针。

杨群用车载着唐雅来到他们曾经同居的那所公寓。打开门时,他说,你的东西都在,你走的时候什么样,现在还什么样。

亮起的灯光中，屋里的陈设依旧，墙上还挂着他们的照片，一尘不染。

一年前，唐雅决定离开这里时，杨群丝毫没有感到意外。他只是有点痛心地说，你不需要为了恨我而去作践自己。

我干吗要作践自己？我就是这样的人。唐雅最受不了的就是老男人那种父亲般的眼神。为了离开这个男人，她执意调到法警队，并且主动当上了死刑的执行人。有时，她甚至还会把陌生的男人带回来。她就是要看看这碗温暾水恼羞成怒的样子，跟他大吵一场，歇斯底里地大吼大叫，然后泪流满面地拂袖而去。

可是，杨群像早看穿了她的内心。他从摇椅里坐起来，说，要不这样，我先设法送她回老家去，然后我们结婚。说着，他缓步走到穿衣镜前，对着镜子找出头上的一根白发拔掉后，又说，你还想要什么？只要我做得到的，你尽管说。

唐雅愣了好久，说，你怎么把什么都当成了交易？

没有交易，会有我们那两年的时光吗？杨群转过身来，看着她，说，等你活到我这把年纪就会明白，人生只不过是一场又一场的交易。

唐雅清楚地记得，那天重庆的天空中骄阳似火。她后来把自己关在母亲的卧房里，站在她的遗像前，整个下午都没有出来。

这时，杨群把几个房间的灯都一一打开后，上前拿过她手里的挎包，挂到衣架上，就像是对晚归的夫妻那样，他说，不早了，洗洗睡吧。

唐雅这才回过神来，定睛看着他，说，你怎么知道是他？

杨群想了想，说，这个世界上还有谁比我更了解你呢？说完，他见唐雅还在直愣愣地看着自己，就绕到她身后，用双手扶住她的肩膀，又说，都已经过去了，就当是做了个梦。

唐雅几乎是被推着走到洗漱间门口的。她猛然回身，说，你就不嫌恶心吗?

不嫌。杨群轻轻地一摇头后,垂下手,又想了想,说,人有时候就是这么奇怪,有些地方你进去过了,可你还想去那里。

第二天一早,唐雅从公寓的大门出来,就见到了站在马路对面的姜泳男。他穿着灰布长衫,看上去那么的落泊与疲惫。

杨群在拉开车门时,说,要不,去跟你的医生道个别?

唐雅没有说话,一头钻进车里,眼睛望着后视镜,直到姜泳男的身影在发动机的轰鸣里快速地消失殆尽。唐雅猛然扭头,说,道别?你为什么说道别?

不是道别,难道你还想叙旧?

你怎么知道他是医生?

这一次,杨群没有回答。他开车把唐雅送到法院门前,迟疑了一下,说,如果你真想反悔,我不会怪你的。

唐雅紧闭着嘴唇,在副驾驶座上坐了一会儿后,一言不发地推门下车,快步走上台阶。

快到中午时,门卫送来一张折叠得很规整的纸条,说刚刚有个年轻人请他务必转交的。唐雅的心一下跳到嗓子眼里,很久都不能平息下来。

可是,当她如约来到那座茶楼,走进包间见到的却是个神情肃穆的中年人。

郭炳炎把手里的瓜子放回干果碟里,冷眼看着她,说,你来得太磨蹭了。

你是谁?唐雅是想转身就走的,但她忍住了,迎着那道冰冷的目光,挑衅似的问。

郭炳炎在竹椅里坐直身子,说,我就是那个下令要灭你口的人。

六

汉口码头上一如当年的嘈杂与混乱，到处车水马龙。除了那几面飘扬的膏药旗，几乎看不出半点被占领后的迹象。姜泳男打扮得就像个游学归来的日侨，穿着卡其布的青年装，背着他的诊疗箱，手里还提了个日产的行李箱。他顺着人流走近出口处，才见到几个值勤的日军士兵，个子又矮又黑，三八式步枪上的刺刀都已经高过了他们的头顶。

前来接他的是个头发有点花白的女人，穿着和服与木屐，说一口流利的日语。不等姜泳男发问，女人马上改用汉语释疑，说她出生在东北，在佳木斯待了二十多年。

我的任务是什么？离开码头的一路上，姜泳男仍用日语问。

你从重庆来，你都不知道自己的任务？女人用日语反问。

姜泳男的任务是前往江西的赣南，出任三青团江西支部干部训练班的军事教官。郭炳炎在宣布完这一任命后，像临时想起来了那样，随口又说，路过武汉时，你多停留几天，有人会来接你的。

说完，他掏出一个写有"阅后即焚"的信封，里面是用日文手书的接头暗语。

你的任务就是设法除掉他。女人一直到要进旅馆的房间，才从枕头套底下抽出一张从画报上剪下来的日本军官像，说，这个山崎大佐是日本陆军第三飞行团的参谋长，是他策划了去年8月30日对黄山官邸的轰炸。

姜泳男无声地一笑，说，你是要我冲进他们的第三飞行团，去掐死这个人？

他患有严重的胃溃疡。女人说,目前正在武昌的后勤伤兵医院疗养。

姜泳男一下明白了,没有人比他更适合这项任务。他重新拿起照片,仔细地看了会儿,说,医院的地形我熟悉,我需要具体的行动方案与行动时间。

女人摇了摇头,说没有方案,没有武器,也没有接应的人员,自从武汉沦陷,所有的外勤早已经撤离。说着,她从怀里摸出一张船票,说,这张船票没有期限,完事后,你随时可以坐船离开。

既然早已经撤离,那你怎么还留在这里?姜泳男说,你接受谁的指令?

我只是个空守了四年电台的报务员,这是我第一次出外勤。女人说完就起身告辞,可走没几步,她又停下了,转过身来时,已经像变了个人。她目光呆滞地看着桌上的那张船票,声音也变得有点沙哑,说,这张船票花的是我儿子的聘礼钱……要不是他在长沙阵亡,你连这张船票都没有。

整个下午,姜泳男都坐在桌前,出神地看着自己的那双手。入夜时分,他退掉客房,提着行李去了小教堂。神父见到他没有一点惊喜的表情,只是在胸前画了十字后,去房间里开了瓶烧酒。

两个人就着烛光一直喝到神父起身,说他要去做晚课了。姜泳男这才用韩语说,我需要一套日军的尉官制服,徽章最好是第十一军司令部的。

你有你的组织。神父说,这种事你根本不应该来找我。

不是你,我不会走上这条路。姜泳男说着,一仰脖子,喝光了杯中的最后一滴酒。

神父看着他,重新坐下。等姜泳男说完将要去完成的任务,他摇了摇头,说,出了你那件事后,日军的伤兵医院就加强了警备,这些年一直是外松内紧，谁进去了都只有死路一条。

就算死，我也得去。姜泳男说，这是我的任务。

这是你的死刑判决书。神父起身又去开了瓶烧酒后，在两个杯里倒上，说，你的上司只是想让你死得更体面一点。

他给了我选择的机会。姜泳男又一口干掉杯中的酒，说，我不能为了活着去当逃兵。

看来，你真把自己当成一个中国人了。神父再次坐下，给他的杯里又倒上酒，说，别忘了，你的祖国也在等着你去为它献身。

姜泳男笑了，眯起眼睛看着神父，说，可我只有一条命。

我可以推荐送你去李青天将军领导的光复军①。神父说，你要死，就跟自己的同胞死在一起。

日军后勤伤兵医院不仅加高了围墙，还在上面安了高压电网。远远望去，就像是座戒备森严的监狱。

为了这次行动，姜泳男作了充分的准备。他穿着日本陆军的尉官制服，提着公文包，趁着每天上午门诊最繁忙之际从大门进入医院，目不斜视地经过那两座岗亭后，去的却是急诊部的医生更衣室。在那里，他挑了件白大褂罩上，戴着口罩，耳朵贴着门缝，一直听到几个护士推着手术车上的病人经过，才开门出来。

姜泳男随手把公文包往护士手里一塞，用日语说，病人的血压？脉搏？

他一边走，一边向护士了解病情，同时翻看着病历，顺利通过了手术区门前的那道武装警卫后，姜泳男拿过护士提着的公文包，

---

① 光复军：大韩民国临时政府于1940年9月17日在重庆成立，总司令池天青（化名李青天）。

头也不回地推开手术室的大门,径直走了进去。等他从术后通道出来时,脸上的口罩,身上的白大褂都已不在。

住院部的楼梯下站着两个腰挎手枪的宪兵。姜泳男视而不见。他拦下一个护士,以蛮横的语气命令道:带我去山崎大佐的病房,马上,快!

山崎大佐的特护病房在两楼,门口站着他的勤务兵,还有一个全副武装的卫兵。

姜泳男从公文包里取出一份封口上盖有"绝密"的文件,举在胸前,说,司令部的密件,需要山崎长官亲阅。

勤务兵伸手想接,见到姜泳男脸上的表情,迟疑地收回手,说了声请稍等后,返身敲门进入病房。

很快,病房的门开了。勤务兵跟着姜泳男一起进去后,站在关上的门边,眼神警惕,一只手按在腰间的枪套上。

山崎大佐是个干瘦而白净的中年人。他靠在病床上,审视着礼毕的姜泳男,说,你是谁?我从没在司令部里见过你。

勤务兵掏出了手枪,哗地一拉枪栓。

卑职山田弘一,任派遣军第十一军司令部机要参谋。姜泳男说,卑职是今年七月随冢田①司令官由南方军调任武汉的。

既然是密件,就有密件的传输通道,它应该被送到第三飞行团的司令部,而不是这里。

送到这里,是因为事关远藤②将军。姜泳男看了眼站在门边的勤务兵,说,冢田司令官希望我能带回山崎长官的明确答复。

说完,他并没有把密件交到山崎大佐伸出的手里,而是又看了

---

① 冢田:冢田攻。日本南方军总参谋长,1942年7月接替阿南惟几任侵华日军第11军司令官。

② 远藤:远藤三郎。日本陆军第三飞行团少将团长。曾于1941年8月30日轰炸了蒋介石的黄山官邸。

眼站在门边的勤务兵，直到大佐一挥手，示意勤务兵出去后，才用双手恭敬地呈上密件。

山崎大佐就是在拆阅密件时被扭断了脖子的。拉过被子盖上尸体，姜泳男掏出手术刀，悄无声息地走到门边，背紧靠在墙上，静静地望着窗栅栏外满天的阳光，就像在跟这个世界作别那样。

姜泳男终于发现，他在等待死亡的一刻想起的那么多人里面，竟然还有唐雅。她那双像猫一样滚圆的眼睛在他脑中萦绕不去。

病房的门就在这时被敲响。勤务兵刚伸进脑袋，姜泳男一刀割断他喉管的同时，抽出他腰间的手枪，一枪击毙那个卫兵后，随即举着手枪冲向住院部的楼梯口。那里，还有两个宪兵在等着他。姜泳男都能感觉到子弹穿透他胸膛的灼热温度。

忽然，一声巨响震得地动山摇。病房的许多窗玻璃都应声而裂。

医院的围墙被炸开了一个口子。神父最后吸了口叼在嘴里的香烟，提着两支驳壳枪从缺口冲进医院。

一时间，枪声四起，守护医院里的警卫蜂拥而至时，神父开始撤退。他一边往大街上跑，一边阻击，很快在街上被一颗子弹击中倒地。神父勉强支撑起身体，等着那些包抄上来的军警走近，在枪口下茫然四顾。他的眼睛里一下有了神采。他在无数的日式军帽下找到了姜泳男的脸，上面还沾着未干的血渍。

上帝，请您宽恕我。神父抬头仰望天空，说完，松开手里的枪，在胸口画了个十字后，从怀里摸出一枚手雷。

静止的枪声一下响起。无数子弹同时穿透神父的身体，但每一发都像打在姜泳男身上。

七

江西"青干班"的训练营设在赣州城郊的梨芜村。这里依山傍水，古木参天，就像是个远离战争的世外桃源。姜泳男每天在小祠堂前的操场上教授学员们枪械与格斗，有时也会去隔壁的保育院，充当孩子们的保健医生，或是坐在村口那株老榕树下，为乡亲们义诊。

然而，最难熬的还是那些月华如水的夜晚。风贴着西北湖的水面刮过树梢，发出一种狼嚎般的啸声。姜泳男就是在这种凄然的声音里迷上喝酒的。他常常一个人沿着古城墙步行到城里，在一家也叫华清池的澡堂里，每次都要喝到今宵不知酒醒何处。

自从蒋经国在赣南推行新政，赣州城里的妓院、烟馆与赌坊早已被荡涤一空，就连酒肆也在夜间禁止营业。

这里就像中共的延安。一次对饮时，江若水凑在姜泳男耳边说。

他是南郊机场的英语翻译，在重庆时，曾跟随美军顾问团到访过延安。姜泳男也就是在那个时候与他有过一面之交。这个面貌清秀的南方人根本不像个军人。他把机场上的飞行员与机械师带到这里泡澡、喝酒，把他们用飞机私运来的洋酒、香烟与牛肉罐头堆放在后面的地窖里，接着又辟出半间更衣室，砌了个桑拿房，专供留守在机场的美军官兵。江若水不仅把澡堂变成了地下的空军俱乐部，也快速地使自己成为这里的合伙人。

有一次，他看着姜泳男独自地盘坐在角落里，用当地的米酒兑上美国产的伏特加，摇制成鸡尾酒的表情如同是个忧郁的药剂师。江若水一下想起了自己的许多往事，不禁拿着酒杯坐过来，问，她叫什么名字？

没有名字。姜泳男摇了摇头,往他杯里倒满乳白色的液体,说,我觉得它就是一杯液化的氰化钾。

我说的是你心里在想的那个。江若水夸张地一指姜泳男的胸口,眼睛环顾屋里那些半裸的男人,说,你看他们,一个个不是想家,不想家里的女人,有谁愿意每晚来这里买醉?

我没有家,更没女人可想。姜泳男碰了碰他的酒杯后,一饮而尽。

江若水跟着一口吞下酒,脸马上涨得通红,张着嘴往外呼了好几口气,才说,这是化学反应。

姜泳男笑了,又摇了摇头,说,是基酒不对,我再也喝不到它原来的味道。

那就忘了她。江若水以过来人的口气,说,找一个新的女人,试试新的味道。

江若水新近的女人是州立中学里的美术教师。南昌沦陷时跟着以画为生的丈夫一路南逃,到了赣州城外,画家失足掉进章江淹死了。江若水用两双玻璃丝袜与几盒美国罐头就把她搂进了怀里。

姜泳男第一次在这个叫淑芬的女人家里见到沈近朱,是江若水刻意安排的一次聚餐。四个人围着八仙桌推杯换盏,话不捅破,却又彼此心照不宣。热恋中的男女总是乐于撮合别的男女,其实只是为了让自己的欢娱里多一对玩伴。

第二次,江若水带着她俩出城踏青。在梨芫村外的树林里野炊时,望着两个女人坐在西北湖边的背影,他由衷地说,抗战夫人也是夫人嘛,她们需要男人,她们更需要得克萨斯的牛肉罐头。

沈近朱是个娇小而不幸的女人。新婚不久,丈夫便随部队开拔,一去不返。两年后,她收到那封阵亡通知书时,刚刚晋升为缉私专员的父亲正因贪赃与枉法受到公审。就在他被押赴刑场执行枪决的当晚,日军的飞机空袭了赣州城。沈近朱是眼睁睁地看着母亲与妹妹被压在一根横梁下活活烧死的。

一天夜里,姜泳男在女人的抽泣声中惊醒,发现沈近朱蜷缩在被子里紧捂着嘴巴,冰凉的泪水却早已渗透了床单。姜泳男找不出可以慰藉的话,只能伸手环搂住她。娇小的女人很知趣地抹干净眼泪,翻身上来。她的性欲从来都是那么的激荡,亢奋中还带着点迁就的意味。

很多时候,姜泳男仰视着这个在他身上驰骋的女人,总觉得自己就是她那个阵亡的丈夫。

淑芬匆匆赶到梨芫村那天,姜泳男正在给学员讲解汤姆森机枪的构造。

江若水被捕了。保安司令部的警卫队昨夜闯进淑芬家里,把他从床上押走的同时,他们还查抄了华清池。淑芬气喘吁吁地说完这些,人已摇摇欲坠。她使劲地抓着姜泳男的衣袖,说,你得帮帮他,你是他在这边唯一的朋友。

事实上,江若水自己就曾预料到会有这一天。他对姜泳男说过,等他再赚到一些钱,就带着淑芬离开这里,找个人迹不至的地方,去过一种乡村野夫的生活。姜泳男说过那种日子根本用不着钱。江若水笑了,说战争迟早会结束,他所有的准备都是为了那一天。

可是,江若水再也等不到这一天了。他跟华清池的老板在被捕后的第二天,未经审判就被当众处决,就在澡堂门前的那块空地上,一颗步枪子弹击得他脑浆四溅。

姜泳男唯一能做的就是替他收尸。雇人把他葬在赣州城外的一处土坡下。

第二天一早,沈近朱去看望淑芬。人还没走进她那间贴满工笔花鸟的屋子,就见大门敞着,淑芬挽着衣袖正在大扫除。江若水的许多遗物都被堆在屋外的廊檐下。

人走茶凉，何况是人死了呢？当晚，陪着姜泳男躺在床上时，沈近朱悲从中来，说完这句话又忍不住落泪了。

姜泳男脑袋枕在自己的双手上，忽然说，你嫁给我吧。

沈近朱一下张开嘴巴，半天才无力地说，算了，我已经嫁过一个当兵的了。

姜泳男想了想，说，那我脱了这身军装。

沈近朱把冰凉的脸埋到他的腋下，说，你会被枪毙的。

三天后，他们的婚礼在梨芜村的小祠堂里举行，简单而隆重。到场的除了"青干班"的教员与学员，还有隔壁保育院里的孩子们。最后，婚礼在童声齐唱的《赴战歌》里结束。

婚后的沈近朱辞去州立中学教工的工作，搬进梨芜村，成了保育院里的一名保育员。春天来临时，夫妻俩在他们屋子后面的山坡上开垦了一块荒地，在里面种上各种蔬菜与瓜果。两人吃不完，就用它们跟村民交换糯米，再用糯米在家里酿酒。

只是，姜泳男再也找不到那种烈性的美国伏特加。一滴都没有。江若水死的同时也灭绝了整个赣南地区私贩洋酒这个行当。

一天黄昏，姜泳男显出一种少有的兴致。他亲自下厨，用了许多种蔬菜、辣椒与黄豆酱，再加上一点从湖里捞来的河蚬，用淘米水煮了一锅酱色的汤。

沈近朱从未尝到过这样的味道。隔着桌子，她用一种惊喜的眼神看着丈夫。

这叫大酱汤，以前在老家时，我们每天都喝这个。这顿饭吃到后来的时候，姜泳男第一次对妻子说起他的身世。从他出生的济州岛，一直说到汉口的岩井外科诊所。

说完这些，天色已经黑尽。沈近朱这才恍若从梦中惊醒，找出火柴，划着。她在跳动的灯火里看着丈夫那双狭长的眼睛，俏皮地说，反正我是你的人。

第二年夏汛时节，赣江河水暴涨，整个"青干班"的师生都被抽调进城，投入到防洪抗涝的江堤上时，一个拄着竹杖的男人摇摇晃晃地走进梨荒村，一路打听着，敲开了姜泳男家的门。

沈近朱手把着门框，一直到来人摘下斗笠，才看清他的脸，惊得如同见到了鬼，半天都说不出一句话来。

这个男人就是她死而复生的首任丈夫。他并没有战死，而是被俘了，一直关在上饶的日军集中营里，后来被押解到江西各地的战场上充当劳工。他以为会像无数同伴那样，死在自己开挖的壕沟里，但是没有。游击队的一场突袭战解救了他们。男人坐在堂屋的一张板凳上，仰脸张望着魂牵梦绕的妻子，说他在赣州城里已经找了两天。他去过他们当年的家，去过已经烧成瓦砾的他岳父的家，最后才找到州立中学，他都等不及雨停就赶来了。最后，历经磨难的男人流下两行热泪，说，近朱，我最害怕的是我会死在来见你的路上。

沈近朱没有回应。她虽靠在一面墙上，却像早已瘫倒在地一样，看上去比男人更加的虚弱。

这时男人站起来，拄着竹杖一瘸一拐地在堂屋里转了一圈后，走到里屋门口看了一眼，就把什么都看明白了。他拿起地上的斗笠，最后看了一眼沈近朱，一瘸一拐地回到雨里，朝着来的方向走去。

第二天，精疲力竭的姜泳男回到家里，却没能休息。他默默地用冷水洗干净身体，默默地打开他的诊疗箱，与保育院的一名护士一起，在小祠堂的门板上做了一次成功的截肢手术。

原来，男人在回家的路上一直发着高烧，走出沈近朱的视线不久就昏倒在地。村民们把他抬进小祠堂里，扒掉湿透的衣服时才发现，他的一条腿早已血肉模糊，上面长满了蠕动的蛆。

连续下了一个多星期的雨终于停了,天空中挂着一条彩虹。姜泳男让人把男人抬回他的家里,放在他的床上。这天傍晚,他在屋外的空地上生了一堆火,用以烤干那些洗涤后的绷带。在吱吱直冒的汗水里,姜泳男说,我想好了,我把这个家还给他。

这个家不是他的,这个家是我们的。沈近朱说完,眼中闪烁出火焰一样的光芒。她忽然又说,我们离开这里,我跟你回济州岛。

你没发现吗?姜泳男把目光停在沈近朱的脸上,说,你就是他的家……你在哪里,他的家就在哪里。

沈近朱眼中的光芒是一点一点变得暗淡的。她默默地起身,步履艰难地走回屋里。

这天晚上,姜泳男整晚都坐在火堆前,一直坐到东方发白,火堆燃成灰烬。

八

姜泳男重返重庆时,整座山城还沉浸在抗战胜利的欢庆中。作为青年军第 207 师的将士代表,他在军委会门前的广场上受到了委员长的接见。

当晚,离开国防部的晚宴后,姜泳男一路步行来到莲花池街口的那家朝鲜面馆。

店堂里冷冷清清。老板理着小平头,见到一个戎装整洁的军官进来,并没有起身相迎,而是坐在昏暗的灯光里,长久地注视着姜泳男。等到他脱下鞋,在一张矮桌前盘腿坐下,老板才不慌不忙地起身,去后面的厨房里做了碗冷面,用托盘端着出来。

嫂子呢?接过筷子时,姜泳男用韩语说。

她带孩子去上海了……终于可以回国了,有很多事得先行准备。姜泳洙在桌子对面坐下,摸出一包烟,抽出一支,点上后,静静地看着弟弟呼呼吃面的样子,又想起了他们在济州岛的成长岁月。

总算又吃到哥哥做的面了。姜泳男连碗里的汤都喝干净后,一抹嘴巴,感慨地说,我以为,我是活不到今天的。

姜泳洙从烟盒里又抽出一支烟,说,既然我们都活着,就一起回家吧。

姜泳男点了点头,从来不抽烟的他也跟着从烟盒里抽出一支。兄弟俩一起点上后,面对面地盘坐着,那么多要说的话,都在此刻化作了一口一口吞吐出来的烟雾,在狭小的店堂里弥漫、飘散。

起身离开时,姜泳洙把他送到门口,扭头看了眼店堂角落里的一张餐桌,脸上露出一种欲言又止的表情。

姜泳男笑了,说,你想说什么?

姜泳洙也跟着一笑,摇了摇头,说,这么多年了,就像做了场梦。

一下子,姜泳男有种要拥抱哥哥的冲动,但他忍住了,只是一拍他的胳膊,转身出了面馆。可是,就在他转过街口,一辆停在路边的轿车大灯一闪,车门开了。

不苟言笑的严副官下车后,并没有说话,而是动作麻利地拉开后车厢的门。

这辆车我来的时候就在了。姜泳男坐进车里后,问,你怎么知道今晚我会来这里?

我怎么会知道。严副官手把着方向盘,说,先生怎么吩咐的,我就怎么执行。

汽车很快穿过主城区,停在嘉陵宾馆门口。这里至今仍是重庆最好的酒店,入住的每个人都有显赫的身份,但郭炳炎并没在他的套间里。姜泳男安静地坐在沙发里等了会儿,才见他匆匆推门进来,极为罕见地穿着他的少将制服,嘴里还喷着酒气。显然,他是刚刚结束了一场盛宴。

八年来,这是我第一次喝那么多酒。郭炳炎没有在意姜泳男起身行的军礼,忙着沏了两杯茶后,靠进沙发里,举目打量着这位曾经的下属,说,我以为你一回重庆就会来见我。

姜泳男直挺挺地站着,把许多想要脱口而出的话,重新咽回肚子里。

郭炳炎伸手示意他在旁边的沙发坐下后,看着他佩戴在胸前的那枚忠勇勋章,略带感伤地说,一寸山河一寸血,你是从松山战役的死人堆里爬出来的……可你就算真的死了,你也是中统的鬼。

姜泳男猛地站起来,不由得说,是。

郭炳炎笑了。他用一种笑眯眯的眼神审视着姜泳男,说,这些年里,你一定觉得组织抛弃了你……让你去武汉执行的任务,是我对你的惩处,是我在借刀杀人。

姜泳男站得笔直,毫不犹豫地说,是。

郭炳炎收敛起脸上的笑容,俯身拿过自己那个茶杯,对着杯沿吹了好一会儿,才说,你以为那位神父会平白无故地为你去死吗?说完,他抿了一口茶,又说,信仰终究还是抵不过亲情……他背负的十字架就是他的私生子……那个孩子后来由组织出资送去了美国,明年就该从弗吉尼亚大学毕业了。

在姜泳男将信将疑的眼神中,郭炳炎脸上重新恢复了笑容。再次示意他坐下后,两个人一下变得热络,如同两个久别重逢的战友,话题从姜泳男离开赣南调任到青年军开始,一直说到他率部在缅北地区的芒友与盟军会师。

短暂的沉默后,郭炳炎像是感到累了,用手使劲地搓了搓脸后,问,你什么时候走?

姜泳男说，师部的命令是让我暂留在新六军的驻渝办事处。

我刚刚参加了为金九送行的晚宴，他三天后就会动身回国。郭炳炎不动声色地看着他，说，只要你没脱下这身军装，你走到哪里都是个逃兵。

我没有回国的打算。姜泳男一下觉得身体里的血液都快凝成了冰。

看来，你真的已经不信任我了。郭炳炎的面容变得有点哀伤。他从军服的内袋里摸出一个信封，抽出里面的一张退役文书，展开，放在茶几上，说，这是我为你准备的，签上名字，光明正大地走。

姜泳男冰冷的血液瞬间在体内沸腾，却不知道该说什么好。

这时，郭炳炎又笑了，还是从那个信封里倒出一张照片，说，这是你在中国的最后一个任务。

姜泳男一眼认出照片里穿着警服的人是杨群。他仰起脸，说，我的任务在离开武汉时就已经结束。

你是离开组织太久了。郭炳炎目光一下变得阴沉，说，你是忘记了我们的规矩。

战争结束了。姜泳男迎着他的目光，说，先生，您也应该改行了。

只要还有人威胁到这个国家，我的战争就不会结束。郭炳炎说完，两个人都陷入了沉默。过了会儿，他伸手端起茶杯，那就是送客的意思。姜泳男知趣地起身，最后行了个军礼。郭炳炎却像什么都没发生过那样，靠进沙发里，说，令兄曾经是金九那个临时政府的死士吧？

姜泳男一愣，说，是。

他是个幸运的人……太太温良，女儿可爱。郭炳炎由衷地说，男人有了这些，夫复何求呢？

姜泳男几乎是一路狂奔着闯进莲花池街口的朝鲜面馆。大堂里灯火依旧昏暗地亮着，只是哥哥已经不在。等他再回到嘉陵宾馆的那间套房，里面整洁得如同从未有人入住过。

每天早上，杨群都会站在窗帘后面看着唐雅远去的背影，然后收回目光，开始观察马路对面的每扇窗户与楼下经过的每个行人。自从升任分管保安的警政副司长，他每天都过得如履薄冰。尤其到了夜里，躺在心爱的女人身边，总觉得自己会就此长眠不醒。

这天，他在窗帘后面注意到那辆停在街角的美式吉普，拿过望远镜观察了好一会儿后，有过一阵短暂的发呆，但随即像是来了兴致。杨群取出他那把勃朗宁手枪，重新上了遍枪油，仔细地擦干净后，去卧房里脱掉西装，换上他的警监制服，才提着公文包出门。

秘书早已等在公寓门外。接过杨群公文包的同时，他拉开轿车后座的门。杨群却一把将后座的门推上，拉开副驾驶一侧的车门，坐进去后，说，上午我不去司里了。

说完，车门砰的一声被关上。轿车绝尘而去，把年轻的秘书孤零零地扔在路边。

司机跟随杨群已多年，同时也是他的保镖。见长官沉着脸不出声，他更不敢多言，只顾沿着马路往前开。在城里兜到第二圈时，杨群看着后视镜，终于开口，说，我们去天灯巷。

姜泳男就是沿着天灯巷的石阶一路追踪而上的。杨群却像是在引诱他，始终在那些潮湿的街巷间忽隐忽现地前行，直到钻进一个石库门洞。然而，当姜泳男掏出腰间的左轮手枪进入这个门洞，见到的却是两个从不同方向瞄准自己的枪口。

司机收缴了姜泳男的枪，再给他戴上手铐后，杨群从隐身的一垛墙后面出来，笑呵呵地说，我自己都没想到，会抓你两次。说完，他扭头吩咐司机：你去车里等我。

司机有点放心不下，但很快在杨群的逼视下，收起手枪，转身出了石库门。

姜泳男被押着进入堂屋后面的一间密室。在亮起的灯光里,他看到整面墙上贴满了各色的剪报,都是些政府官员、商人与社会名流在重庆被暗杀的报道,有的还配着照片。

我知道,你们杀人是从来不会问为什么的。杨群用手枪指了指一张板凳,看着姜泳男坐下后,从书架里抽出一本皮质封面的笔记本,扔进他怀里,说,但这一次,我得让你死个明白。

原来,这是本刑侦记录,里面记载的都是唐雅近两年来的行踪。姜泳男翻了没几页,就看到唐雅除了常去 White night 酒吧,有时竟然还会出现在莲花池街口的朝鲜面馆。他一下就记起三年前,曾对她说过:你不用管我,你到了那个地方,就会有人送你离开重庆。

姜泳男忽然有种莫名的惆怅。他抬头看着杨群,说,你想让我明白什么就直说吧。

你心太急了,才会让我抓了你两次。杨群朝墙上那些剪报抬了抬下巴,说,慢慢来,你要用心看才会有所发现。

姜泳男重新翻开笔记本,对照着贴在墙上的那些剪报,很快注意到墙上好几起命案发生的当时,唐雅都会出现在事发地点或是附近。

警察当久了,猜疑就成了习惯。杨群这时已经坐进美式书桌边的那张椅子里,一手握着枪,一手夹着香烟,毫不隐讳地说他对唐雅的跟踪由来已久,从他们第一次在一起时就开始了。他总是觉得这样一个年轻漂亮的女人不该属于他,越这么想,就越想彻底地拥有她。他曾经无数次地看着唐雅跟陌生的男人饮酒作乐,醉到不省人事,但又无能为力。有时,我真想杀了她。杨群说这话时的目光是那么平和与宁静,他说,可人一旦死了,我们能剩下的就只有回忆了。

这些跟他们的死没有一点关联。姜泳男指了指墙上的剪报,终于打断他的话。

杨群愣了愣，扔掉烧到手指的香烟后，人也在瞬间恢复常态。他起身，推开一个柜子，打开嵌在墙壁里的保险柜，取出一沓照片，递到姜泳男手里，说，现在有了吧？

照片是唐雅在不同地点与严副官见面的场景，后面都注有时间与地点，其中有几张还是仰拍的。画面里，一支狙击步枪的枪口正从楼上伸出窗口，倾斜着瞄向远方。

你的旧长官招募了她……应该是在我第一次抓捕你之后。杨群说着，又从保险柜里取出两页名单，说，看完它你就会发现，这里还有一个更大的秘密。

这份名单里不仅有被杀的那些人，更多是活着的。他们的大名，姜泳男大部分都有耳闻，有两位三天前就站在委员长接见他的仪式上。

你一定还记得那个叫安德森的武官。杨群用握着枪的手在姜泳男眼前虚晃了一下，又换了种语调，说，这就是他的安全屋。

说完，他重新坐回那张椅子上，拿过桌上的半瓶威士忌，倒了些在杯子里，说安德森被杀事件虽然早已经结案，可这些年里，他一直没有停止过调查，仅仅是出于职业的兴趣。他就是在调查中发现这间安全屋的。而且，安德森死了那么久，这里一直没有人进来过，就足以证明，这个地方在美国领事馆里根本没有备案，直到他在墙上的保险柜里发现了这份名单。

杨群深深地抿了口酒，扭头望着那整排的书架，又说，我花了整整小半年的时间，对照了这里的每一本书，才破译出这两页名单。

姜泳男心里一动，说，你是说……名单原件用的是无限不重复式密码？

这就是母本。杨群拿起那本被随意扔在书桌上的英文版《哈姆雷特》，说为了把英文转换成汉语，他分头请了几名外语教师，又花了一个多月。

姜泳男说，那你得出的结论呢？

杨群想了想，说，你有没有听说过太平会？

这个据说可以掌控国家的秘密组织，最早兴于清末的教徒中间，由沿海地区的一些商人与小官吏组成，为的仅是在经商时互通有无。姜泳男当然听说过，但那仅仅只是传说。杨群却深信不疑。他一边喝酒，一边说这两年里，他暗中调查了这份名单上所有的人，他们身处各个部门，各行各业，但都有一个共同点——他们都是教徒。最后，杨群说，我可以断定，你的旧上司还有另一个身份……就是这个组织里负责清理门户的大司刑。

你把我引到这里，就是为了告诉我这些？姜泳男脸上挂着冷笑，说，你应该做的是立案调查。

这份名单没头没尾，应该是一本名录中的两页。杨群摇了摇头，起身走到姜泳男面前，说，我怎么知道，我的上司们不在那份名册中呢？

那你怎么确定我不在那份名册中？

你还不够资格，你只是他们杀人的工具。杨群说完，把举着的手枪顶在他的额头，却迟迟没有扣下扳机。他徒然地垂下手，叹息般地说，我要杀你，又何必跟你说那么多呢？

姜泳男却在这瞬间出手。用他戴着手铐的双手，一招夺过杨群手中的枪。

但是，杨群并没有流露出多少的惊讶与慌张。他只是失望地看着迎面的枪口，说，我只想让你带她走，就像你们三年前想做的那样……别让她陪葬在这潭浑水里。

我知道。姜泳男面无表情地说。

那你更应该知道，杀死一名警政副司长的后果。杨群一字一句地说，你会被灭口的。

这个，姜泳男也知道。在他一路追踪来到这里的途中，始终有辆黑色的轿车尾随着他的吉普。那个人，也许此刻就等在门外的院子里。

杨群一直要到姜泳男垂下手中的枪，才掏出钥匙打开他的手铐。两个人忽然就像亲密无间的战友那样，并肩在板凳上坐下。杨群点了支烟，默默地抽到一半时，他冷不丁地说，很多时候，她躺在我身边，我都能感觉到你就睡在她的另一边。

姜泳男一愣，扭头看着他。

杨群竟然笑了，起身，一拍他的肩膀，说，走吧。

姜泳男摇了摇头，说，只怕，我们谁都出不去了。

杨群想了想后，毫不犹豫地拉开门，走出密室。走到堂屋的门口时，他等了等姜泳男，说，伸头是一刀，缩头也是一刀……这一步，我们都得跨过去。

说完，他拉开门，刚跨出门槛，就被一颗迎面飞来的子弹击穿了头颅。

严副官在远处教堂的钟楼上一拉枪栓，退出弹壳。等他再次瞄准时，步枪的瞄准镜里已不见了姜泳男的身影。

九

唐雅在中央医院的殓房里见到杨群的尸体时，还没来得及换掉身上的警服。站在发电机的嗡嗡声里，她面如白纸，恍惚如同刚从梦中醒来。

现任的保安处长是杨群一手提拔的。他脸色沉痛地接过随从递上的一份通缉令，交到唐雅手里，说，唐小姐请放心，部长已经敦促军方封锁全城了，凶手绝对跑不掉。

通缉令上赫然印着姜泳男的军容照。

夜深后，保安处长亲自驾车送唐雅回去的路上，到处是设岗盘查的军警。车到公寓大门口，他犹豫了一下，说，刚才接到电报，杨太太已到福州……明天一早，她会搭乘邮政专机来重庆。

唐雅没有出声，木然地推门下车。可是，当她进到家里，打开电灯，见到的却是满屋狼藉，就连许多楼板都已经被撬开，露出积满灰尘的夹层。唐雅只环视了一眼，就转身进入洗漱间，在水池里放满凉水后，一头埋了进去，就像在自溺那样，直到一个身影出现在上方的镜子里。唐雅一下直起身，哗地带起一片水花。

姜泳男穿着一身脏兮兮的粗布工装。他摘下帽子，张了张嘴，却没能发出声音来。

唐雅看了他一眼后，从架子上抽了条毛巾捂在脸上，出了洗漱间，站到已无处下脚的客厅。

姜泳男在她身后，说，他们应该是在找一份名单的原件。

你也是为这个来的。唐雅擦干之后的脸显得异常冷峻，而更凛冽的是她转身注视着姜泳男的那道目光。

姜泳男摇了摇头，说，他要我带你走，带你离开这潭浑水……这是他的遗言。

唐雅愣了好久后，发出一声冷笑。她甩手把毛巾扔在地上，转身去了卧房。

姜泳男在昏黄的灯光下孤零零地站了会儿，从口袋里掏出那支勃朗宁手枪，放在桌上，就在他转身走向门口时，唐雅的声音从他身后传来：你别走，我要知道真相。

天快亮时，一辆警车拉着警笛从外面的马路上驶过。姜泳男坐在地板上，头枕着床沿，说，他知道自己活不了……他至死都要把你从这条路上拉回来。

我的路，我自己会把它走到头的。唐雅和衣躺在床上，就像在叹息一样，说完后，闭着眼睛。过了很久，她忽然说起了那家叫 White night 的酒吧，在日军的一次空袭中被炸毁，与它一起埋葬的还有那位双目失明的黑人乐师。重建之后，那里换了老板，现在改名为记忆咖啡馆，但卖的仍是各色各样的洋酒，招待的还是那些夜不能寐的男人与女人。唐雅说，后来，他们真的把那款自制的鸡尾酒叫成了氰化钾，可惜那个酒保回国了，再也没人能调出那种火辣的味道了。

说完这些，两个人都沉默了。他们在黑暗中静静地等到天光渐亮，等到马路上有了人声，渐渐地喧闹起来。

姜泳男起身准备离开时，唐雅从柜子里找了身杨群的便服，往梳妆台上一放，一言不发地退出卧房，走到杨群生前常站的那扇窗户前，隔着窗帘出神地望着外面的马路。过了好一会，姜泳男走出卧房，手里紧攥着那枚从未离过身的银元。

唐雅背对着他，说，你应该有个预案，万一被抓怎么办？

死也是一种回家的方式。姜泳男说着，走过去，从后面拉住她的手，一直把她拉到转过身来，将攥在另一只手里的那枚银元放进她的手心。

唐雅用她猫一样滚圆的眼睛问：这是什么？

氰化钾……这是杀手留给自己最后的礼物。姜泳男说完，松开那只手，两个近在咫尺的人一下像隔出了千山万水。姜泳男看着她那双被睫毛覆盖的眼睛，忽然惨淡一笑，说，如果不是它，我的人生不是这样的……你的也不会是。

唐雅却一下想起了他们在汉口码头上的分别时刻。她一直待到姜泳男离开很久，才慢慢地转过身去，哗地拉开窗帘，推开窗户，手把着窗栏，一动不动地俯视着喧闹的大街。唐雅又想起那天，他就站在岸上的人群中转身回望，穿着一身崭新的日本医官制服。

几个小时后，载有韩国临时政府成员的客机准时起飞，但姜泳男并没能登上飞机。在前往九龙坡机场的路上，他被一队临检的军警捕获。

当晚，突击夜审到第二轮时，换班的预审官捧着一份卷宗进来，还没问上两句，就取出几张照片，走到姜泳男面前，说，你看清楚，想明白了，老老实实地交代。

照片显然刚冲洗出来不久，一捏就留下一个手印，上面是姜泳洙排队正走出虹桥机场的门口，人群中站着他翘首以盼的妻子与女儿。姜泳男长长地吐出一口气，说，你们国民政府也讲究连坐了吗？

预审官摇了摇头，说，他们什么时候走，怎么个走法，都取决于你的供词。

两个月后，重庆地方法院当庭宣判，以谋杀罪判处退役军官姜泳男死刑，择日执行。

为了欢度即将来临的春节，记忆咖啡馆的顶棚上垂挂着许多红灯笼，不中不洋的，却透着一种别样的喜庆。只是，夜还没有足够的深，大厅里显得宾客寥落，只有一个年轻的琴师在反复弹奏着一首钢琴曲。

唐雅坐在吧台前的一把高脚椅上，神情专注地把伏特加与涪陵米酒倒入调酒器，用力地摇成乳白色的液体。然后，一杯杯地灌进自己的喉咙。以至于老金坐到她身边时，她的眼睛已经开始发直了。

你这是干吗呢？老金看她的眼神还是那么的痛心，说，有什么话不能在单位说嘛。

你尝尝看,我怎么就是喝不出以前的味道了。唐雅说着,倒了一杯,推到老金面前。

老金稍稍抿了口后,说,那是你的口味变了。

唐雅愣了愣,仰脸看看顶棚上那些红灯笼,说,我记得你以前说过,有人在刑场上救下了死囚。

老金也一愣,忙一摆手,说,那是摆龙门阵嘛,瞎扯的。

唐雅摇了摇头,一口喝下杯中酒,说,不是瞎扯,我相信是真的。

真的那也是以前了。老金说,你知道,上场都得验明正身的,还有那么多的眼睛盯在那里。

我出双倍的价钱。唐雅说着,又从调酒器里倒出一杯,一口吞下后,眼里就蒙上了一层雾。那些钱都是杨群分期、分批留给她的,都存在中国银行她的户头上。原来,他早就知道自己会有这一天。他把什么都为她准备好了。

再多的钱也办不成。老金却轻轻地推开酒杯,说,现在头顶上没了日本人的飞机,这日子一太平,谁还会要钱不要命呢?

唐雅一把按住他的手,用另一只手拿过调酒器,往他的杯中加满酒。

老金眯起眼睛,说,你这是要干吗?

第二天,唐雅在旅社的床上醒来,头痛欲裂。老金还在沉睡,打着呼噜。重庆的天空中极为罕见地飘起了雪花。她赤条条地站到窗前,一动不动地凝视着沾在玻璃上的那些雪花,直到它们在眼中模糊成一片时,唐雅整个人已跟空气一样冰凉。

两天后,整座山城都覆盖在薄雪之下。一辆囚车从缓缓开启的铁门中驶出,沿着泥泞的山路蜿蜒地前行。

一路上,随着车体的晃动,车厢里只有一片镣铐发出的碰撞之声。唐雅目不转睛地望着坐在她对面的死囚。姜泳男显然刚刚刮过脸，看上去那么的洁净与苍白，嘴角似乎还挂着一丝只有她能看到的笑容。

他们从未这么长久地彼此凝望过。在昏暗而摇晃的囚车里，他们想起在人生中的每一次相遇……

囚车在歌乐山下的刑场停稳后，就在开门下车的间隙，唐雅终于开口，在姜泳男耳边果断地说，记住，听见枪声你就倒下。

监刑的法官再次验明正身后，姜泳男被押到一块早已扫除了积雪的空地上。法警蹲下身，把他的脚镣锁在一根木桩上。老金这时走到唐雅面前，接过她手里的步枪，拉开枪栓，检查完枪膛，就把一颗空包弹填了进去，哗的一声，推上枪栓，交还到唐雅手里。

预备……发令官高举起手里的那面令旗时，唐雅缓缓地举起步枪。隔着准星，她第一次发现，姜泳男的脸是那么的模糊。这时，发令官猛地挥下令旗，说，放！

枪响了。但是，姜泳男没能听到就一头栽倒在地。他被一颗来自对面山坡上的子弹击中额头，血与脑浆溅了一地。

唐雅愣住了，远远地望着那些渗入黄土的鲜血，好久才明白过来。她扔掉手里的步枪，像疯了一样，扭头就往身后的山坡上狂奔，一路手脚并用，跌跌撞撞，满面泪水，直到冲进那片小树林。

然而，她找遍小树林，都没能找到那枚她想象中的弹壳。在急剧的呼吸中，她只在薄薄的积雪中发现了一行皮靴的脚印。顺着那些脚印，她很快走出树林，在路边见到了两条远去的轮胎印迹。

当严副官拿着那枚弹壳来复命时，天空中又开始下雪。郭炳炎长久地站在庭院中，在隔壁寺庙的诵经声里，飘落在他脸上的雪花一点一点融化，就像沾满泪水那样。他仰着脸，望着雪亮的天空，忽然喃喃地说，我认识他时，他还是个军医……我把他领上了这条路，又把他送进了坟墓。

严副官有点惶恐，站在郭炳炎身后，很久才想起一句不知是谁说过的话——特工最好的归宿，就是被一颗不知道来自哪里的子弹击中脑袋。

当晚，唐雅照常去参加了行刑人员的聚会，用最烈的酒洗刷身上的血腥之气，直到一语不发地把自己灌得酩酊大醉。但是，她却在老金搂着前往旅社的途中一下清醒了。她倚在老金的怀里，用那支勃朗宁手枪顶住他的腹部，就像一对在积雪的墙角窃窃私语的情侣，直到他说出那辆进入刑场的汽车。

我也是为你着想嘛，我还得为兄弟们着想嘛。老金仍用他那种痛心的眼神看着唐雅，说，劫法场，那都是戏文里唱的。

唐雅无力地松开紧抓着他大衣的手，人靠在墙上，无力地说，我早该想到……你也是他们的人。

我们都是自己人嘛。老金说着，犹豫不决地还想把脸凑上来。

唐雅轻轻地扣动扳机，枪声沉闷地响过后，老金贴着她的身体滑倒在地。

这时，远处升起一串焰火，把寂静的夜空照得五光十色。唐雅忽然记起，明天就是除夕了，是这一年中的最后一天。

后记

1946年5月5日，国民政府在南京的中山陵举行了盛大的还都典礼。郭炳炎却选择在这天来到城外的栖霞寺度过他的斋戒之日。傍晚时分，当住持亲自把他送到山门外，只见一名瘦弱的小沙弥双手捧着托盘，直挺挺地恭候在台阶上。

托盘里只放着一枚银元。

郭炳炎在转念间变得警惕，严副官与随从们也随之紧张起来，把手伸进怀里，但他们的四下只有暮色中的山林。

这是一位女施主留下物归原主的。小沙弥这时怯生生地说，她说，这是居士的旧物。

郭炳炎伸手拿起银元，双指一捻，滑开银元，就见到了里面那片封在薄蜡中的白色片剂。枪声就在此刻响起，子弹穿透郭炳炎的头颅，将他击倒在台阶上的同时，山林间无数的鸟雀被惊飞，扑啦啦地冲向天空……

半个月后，唐雅带着姜泳男的骨灰来到济州岛。穿过大片正在收割的麦田，她一直走到海边，走进一个渔村时，姜泳洙带着妻子与女儿已经等候在他们的旧居外，身上穿着他们的传统礼服。

姜泳男终于被安葬在他的故乡，在他父母的身边。

等到所有的人都知趣地离开，唐雅从随身的行囊中取出一瓶美国的伏特加，还有产自涪陵的米酒，调酒器、子弹杯，一样一样摆开在墓碑前，开始调制那款叫氰化钾的鸡尾酒。她席地而坐，一边摇酒，一边说，我又见到那个调酒师了，原来他没有回国，他在上海开了一家自己的酒吧……我终于知道，我们为什么再也品不出那种火辣的味道……原来，我们在里面一直缺了一味盐。

说着，她把乳白色的液体倒进子弹杯，就像姜泳男盘坐在她面前，两人在对饮那样。她滚圆的眼睛里折射着太阳一样温暖的光芒。

她又见到了那个在人群中转身向她回望的男子。

胭　脂

一

胭脂回家的第三天嫁给了宝生。

婚礼在他们的铺子里举行。没有大花轿，没有证婚人。这是一场迟来的婚礼，到场的除了街坊就是边上几家铺子里的掌柜。宝生从百福楼饭庄里叫来两桌酒席。可壶中的酒还没喝完，街坊与掌柜们一个个起身告辞。他们站在铺子门口又一次拱手作揖，祝新人白头偕老、早生贵子。宝生有点尴尬，摘下呢制礼帽一再挽留，还早，还那么多菜呢。大家都说不早了，早点歇着吧。

胭脂一言不发，站在新婚丈夫身边平静地看着众人离去，仿佛今晚的新娘不是她，而是另一个与她毫不相关的陌生人。这让宝生十分难受，他走到桌边，随手拿起半杯酒，起初想一饮而尽，转而又坐下来看着胭脂说，再吃点吧，别浪费了。

胭脂摇了摇头，转身进了洞房。她坐在梳妆台前，长久地注视着镜子里的自己，伸手慢慢地摘掉耳环、珠花，一样一样仔细地放进首饰盒里，然后抓起梳子开始一下一下地梳头。她的头发又浓又密，跟烛光下的阴影浑然一体。

宝生忽然出现在镜子里，胭脂一惊，一下停住手里的梳子，一眨不眨地看着镜子里的新婚丈夫。宝生咧了咧嘴，说，那就早点睡吧。

黑暗中的洞房安静得让人揪心。两人在被子里一动不动地躺了很久，宝生才犹豫不决地翻身上去。胭脂在这个过程中还是那样平静。她温和地顺应着丈夫，就像一条随波逐流的小船，眼睛盯着漆黑的床顶。

这一夜胭脂始终没有入睡。快到天亮的时候，她忽然搂住熟睡中的宝生，搂得那么紧，恨不得把整个人都嵌进去。宝生睡意尽消，僵着身体，回应她说，放心，我会好好待你的。

胭脂不说话，习惯性地咬着下嘴唇。三天前，她提着一只紫藤衣箱踏进铺子的那一刻，就是这样咬着下嘴唇，站在宝生面前。那时已近黄昏，夕阳斜掠过对街的屋檐投在门槛内，那样的暗淡与无力。宝生正埋头在案板上熨烫一件缎面旗袍，他还以为来的是顾客，微笑着直起身，却在那只紫藤衣箱上一眼认出了胭脂。宝生举着盛满木炭的熨斗，呆立了好一会儿，扭过头去，看了眼墙上师父的遗像。

胭脂的父亲白泰来穿着长衫马褂，在灰暗的镜框中板着一张瘦脸，就像个严谨的老乡绅。他曾经是斜塘镇上最出色的裁缝，能把旗袍上的扣子盘出七十二种花式。这在嘉禾县方圆百里内也是独一无二的。他毫不保留地把手艺传给了宝生，临死的时候拉过胭脂的手，把铺子连同女儿一起交到这个徒弟手里。那时候的白泰来已经说不出话来，天气热得都听到街上的石板被咯咯地晒裂，他却冷得在床上裹紧了两条棉被。他瞪大眼睛盯着女儿的脸，看到的却是妻子在多年前远去的背影。他的妻子穿着一件碎花旗袍，婷婷袅袅地越走越远，但至死都没在白泰来的思念中消失过。这个酷爱评弹的女人抛夫弃女，此刻正跟随一名说书艺人四海漂泊，靠卖艺为生。

葬礼之后，宝生找出师父的一件短袖绸衫，改了改穿在自己身上。天是那样热，他穿着绸衫却仍像个学徒，还是一大早起来就打扫铺子，打烊时清理案板。

宝生在脑子里盘算了好几天，才在晚饭时忽然对胭脂说，没个帮手真的不成。他不敢看着胭脂的眼睛，只低着脑袋对着碗里的白米饭,说等成了婚,他就去物色个徒弟来。宝生说,最好是跟过人的,一入秋,活就该忙了。

胭脂不作声,把头转向窗外。泰顺裁缝铺的后窗外面是条河。这是斜塘镇唯一通往外界的途径。人们坐船而来,又坐船而去。对岸的每个河埠就是一个码头,整个白天都停满了船,人来客往、热闹非凡。此刻静悄悄的,河水里除了落日的余晖与两岸的倒影外,什么都没留下。

顺着胭脂的目光,宝生望着对岸的河埠,说,人家走了。

胭脂说,走了我也不会嫁给你。

宝生说,这是师父的嘱托。

胭脂转过脸,说,娶我,你会后悔的。

宝生摇了摇头,不说话,看着胭脂。

好一会儿,胭脂又说,我要找他去。

宝生说,你是疯了。

你娶别人吧。胭脂说完,站起来,进了自己房里。

第二天黎明,胭脂提着那只紫藤衣箱拉开房门时,宝生就坐在她的房门口,汗流浃背的,显然他一夜未睡。胭脂不说话,连眼睛都没瞥一下,径直穿过天井,在黑洞洞的铺子里最后看了眼墙上父亲的遗像后,一把拉开门。

两个人一前一后穿过寂静的街道,谁也没说话。走到街口时,宝生接过那只紫藤衣箱,就像个仆人一样,跟在胭脂身后。到了轮船码头,宝生说,找不着就回来。

胭脂说,不会找不着的,他在等我。

宝生低头沉默了好一会儿,忽然说,你真像你妈。

胭脂说,放屁。

宝生说,你就当我再放个屁,城里的男人不牢靠。

胭脂沉下脸，一把夺过藤箱，扭身跨上跳板，晃晃悠悠地登上轮船，连头都没回一下。

二

在上海师专的门房里，胭脂见到了让她不顾一切的男人。秦树基穿着一件白色的尖领汗衫，愣了好一会儿，才说，我还有一节课呢。

胭脂说，我等着。

秦树基看了看校园与门外的马路，提起藤箱，把她带去了一家旅馆。他们穿过一条长满法国梧桐的马路，一路上却不知道说什么好，两个人走得就像老师领着他的学生。胭脂想不通去的怎么是旅馆，而不是他家里。秦树基关上门就把她抱进怀里。胭脂说，我要去你家里。

秦树基顾不上说话，就像暑假在斜塘客栈里干的，男人都是用行动来代替语言的，也用行动来征服他们的女人，然后才静静地躺下来，用大脑思考。事后，秦树基看着她，说，你不该来。

胭脂说，不来？那我就嫁给我师兄了。

秦树基说，现在不是来的时候。

胭脂呼地坐起来，身上的汗水一片油亮。她大声问，你这是什么意思？

秦树基一把将她按下，用吻堵住她的嘴。夜色就在他们的此起彼伏中深沉起来，秦树基穿上衣服带着她去吃饭。吃饭的时候，他一直若有所思，在昏暗的灯光下审视眼前这个女人。

胭脂忽然抬起头来，说，你不会是有老婆了吧？

秦树基不说话，胭脂的心一下子沉下去，就像掉进了河里，她只觉得透不过气来。

秦太太是个文静的女人。胭脂见到她时已是秋天。她一把拉住胭脂的手,好像多年没见的亲姐妹,上下打量着她,愉快地说,你真漂亮,难怪他一天到晚都不想回家。

这里是秦树基在美专的员工宿舍里的家。他是油画系里最年轻的教师,精通色彩、线条与造型,可是面对两个女人,却像个自闭的孩子一样沉默不语。而胭脂奇怪的却是自己,怎么没有一点反应?愤怒、哀怨、妒忌,哪怕是伤心、屈辱,胭脂没有一丝感觉。她就像在亲戚家里一样吃了顿晚饭。饭后,秦太太还冲了三杯咖啡,两个女人面对面地坐着,说的都是衣服、头发与先施公司里的化妆品。

秦太太是在胭脂要走时,一把挽住她的胳膊,说,去哪里?这个时候都宵禁了。

窗外,不时有警车鸣着警笛驶过,忽远忽近。这是种听着能让人把心收紧的声音。

秦太太又说,住下吧,就当自己家里。

胭脂一下睁大眼睛,而秦太太的笑容却是那么的亲切与平静,她一扭身拉开柜子,开始忙着给胭脂准备洗漱用品。胭脂把目光慢慢转向秦树基。秦树基站在窗边,从窗帘后面出神地盯着大街上。整个晚上,他几乎都用这个姿势站在窗帘后面,好像楼下的马路上正站着另一个更让他牵肠挂肚的人。

这是个难受而又让人兴奋的夜晚。胭脂在卫生间里把自己关了很久,才穿着秦太太的睡衣出来。秦太太已躺在那张大床的一侧,看着她笑了笑,拍了拍边上的枕头。胭脂一声不响地躺下去,谁也没有再开口说话。两个女人并排躺着,在被子里一动不动,如同太平间里两具僵硬了的女尸。睡到后半夜的时候,胭脂忽然在黑暗中下床,钻进地板上秦树基的被窝里。她是那样的狂热而不可抑制……

静安寺路的每天都静得像个处女。秦树基在那里给胭脂租了套公寓,但他来留宿的日子却越来越少,每次都是来去匆匆,留下他的激情与那种欲言又止的目光。

有一天下午,胭脂忽然说,你玩厌了,我可以走。

秦树基抱紧她,贴着她的耳朵,好久才说,我得赚钱,得维持这个家。

这是你的家吗?胭脂在他怀里仰起脸,直视着他。

秦树基用力一点头,说,是。

胭脂缓缓地挣脱他的怀抱,背过身去抱紧自己,寂寞与忧伤猛地深入骨髓。

男人都是这样的。说这话的是隔壁的林小姐。她是大东洋行经理养的外室,一起做头发的时候,她对胭脂说,抓不住男人的心,就抓紧他们的荷包。胭脂说她不要钱,再说秦树基也不是有钱的人。林小姐撇了撇嘴,一扭脸不再看胭脂,用眼睛丢下一句话——做了婊子还立什么牌坊。

当天晚上,胭脂在西餐馆里一见秦树基就干脆说,我不要住在那里,我不要跟那些姨太太、小老婆住在一幢楼里,我也不要你为我那么辛苦地去赚钱。

秦树基点了点头,说,这几天画廊里有点事,等忙过这阵再说吧。

除了在美专教书,秦树基还在四马路上与朋友合开了一家画廊。胭脂去过那家画廊,也见过那位叫阿四的朋友。阿四是个白白胖胖的中年人,戴着眼镜,笑起来一团和气。胭脂那次去,是帮秦树基带个口信,说刘先生的画不肯转手了。胭脂看到阿四脸上转瞬收敛的笑容,不禁心想,这笔生意对他们一定很重要。那天晚上,牛排还没吃完，秦树基就挽起胭脂的手，非要带她上百乐门去跳舞，他们回到静安寺路的公寓已是深夜。秦树基一进门就抱住她，那样的急切，那样的激荡。

这是个有点特别的夜晚。他们在拼命做爱，就像生离死别一样。胭脂用整个人钩住他，就像吊在秋千架上。胭脂在荡漾中耳语：我就是要这样死死缠住你。但说完就马上想起了他的妻子，好像这个文静女人此刻正在黑暗中静静地注视着他们。胭脂每次都有这样的感觉，总感到黑暗中的一双眼睛，这让她既亢奋又沮丧。

第二天一早，秦树基没跟往常一样匆匆离去。穿戴整齐后，他在床边坐下来，轻轻揭开盖在胭脂身上的被子，让她的身体呈现在隐约的晨光中，就像在欣赏自己的作品一样，秦树基出神地看着她。胭脂一动不动地侧身躺着，直到听见他深长的呼吸声，才忍不住翻过身来，一笑，伸手张开怀抱。秦树基愣了愣，连同被子一起把胭脂抱进怀里，抱歉地说，来不及了，我得走了。

这个早晨之后，秦树基就像露水一样消失了。胭脂一无所知，她上百货公司买了一斤毛线，给秦树基织完一条围巾后，又去买了两斤，开始给他织毛衣。画廊老板阿四就是在这个时候造访的，他是第一个来这里的客人。胭脂忽然有种预感，却不敢多想，呆呆地看着他。阿四犹豫了一下，不说话，掏出三十个大洋放在桌上，捂着嘴巴咳了两声后转身离去。

胭脂说，等等。

留步，留步。阿四连连摆手，走得就像在逃。

胭脂披了件毛衣，慌忙冲下楼。她坐一辆人力车来到上海美专，又坐着人力车去了美专的宿舍。最后，她用两条腿一直走到四马路上的画廊。这是她所知道的唯一跟秦树基有关的三个地方。可是，画廊的大门上贴着上海警备司令部的封条，秦树基宿舍的门上也一样。在美专的大门口，门房摇着脑袋反复地只说三个字：不知道。

三个月后，房东第三次来催讨房租，胭脂决定回家。她把自己的东西收拾进那只紫藤衣箱，把更多的东西留在屋里。最后，她从墙上摘下她的一幅肖像，放在衣箱的最上面。这是他们第一次见面时，秦树基站在河对岸画的。胭脂坐在她家铺子的后窗边，出神地望着这个画画的男人。这是她第一次发觉自己是如此的美丽与安宁。

三

婚后的胭脂保留了上海短暂生活的习惯，每天起床都要用热水蒸脸。这是从林小姐那里学来的。林小姐为的是美容，胭脂却发现窒息的热气能让人更快地清醒。她把一块毛巾盖在头上，再把脸埋在脸盆里，俯身在那里一动不动，一直等到脸上感觉不到热度，才换一盆凉水，把脸仔仔细细地洗上两遍。

这个习惯一直保持到日本兵来的那天。那天清晨，一架飞机出现在斜塘镇的上空。人们还是第一次看到飞机，都被那刺耳的轰鸣声吓坏了。同时又新奇无比，都捂着耳朵拥到街上，孩子们呼喊着追着飞机一路奔跑。飞机在天空绕了个弯，像鸟一样拉下一坨屎来。随着这坨屎，轰的一声，镇上所有的玻璃都应声而碎。

那个时候胭脂正在蒸脸，脸盆里忽然溅起的热水烫得她哇地叫了声，但她的叫声被淹没在巨大的爆炸声里，就连自己都没听到。天空在几分钟后归于平静，像什么也没发生过，大街上却杂乱不堪。爆炸带来的恐惧让人四散奔跑，就像一群没了脑袋的苍蝇。胭脂站在街上就闻到了空气中弥漫的酱香，一下想起来早饭还没吃呢。这时，唐家酱园的伙计本良仓皇地奔跑在人群中，他的大褂上沾满了泥土与酱汁，就像凝固的血。他看见站着的胭脂，迟疑了一下，站住了，对她说，完了，什么都完了。胭脂目瞪口呆地看着唐家的这个伙计。本良指着浓烟滚滚的方向，就流下泪来。他说轰的一下，老爷没了，酱园也没了，就剩下一个坑。本良说着，比画着，见宝生这时从铺子里出来，忽然一拍大腿，说这叫我怎么去跟少爷交代？说完，他扭头就跑，跑了两步回来，看着宝生，又说，胡师傅，你得给我们老爷准备寿衣了。

胭脂看着酱园的方向，风正把那边的浓烟往四下吹散，天色一下变得暗淡而昏沉。

回屋去，别站街上了。宝生拉着她进屋后，回头看了眼空无一人的大街，说，我得去趟唐家。

唐家老爷死得尸骨无存，放入棺材的是宝生精心赶制的一身寿衣。出殡那天，刚刚驻守进来的日军队长不辞辛劳，率人亲自赶到了唐家大宅。他不光在牌位前深深地鞠了三个躬，还把一张委任状交到唐少爷手里。队长一点头，翻译官大声对众人宣布，从现在起，这位就是你们斜塘镇的商会与维持会会长。说完，他又凑到唐少爷耳边，小声说，这是皇军给你的补偿，识抬举才能过日子。

唐少爷脸色惨白，捧着委任状茫然地看看日军队长，又看看翻译官。事后，他对参加葬礼的亲友们说，日本人还是讲礼数的。

你这是认贼作父。唐家的一位长辈老泪纵横。

你嫌我爸死了还不够，你这是想我们唐家后继无人。说完，唐少爷再也不看那位长辈，他拿起一杯酒，一桌一桌地敬。唐少爷很快就烂醉如泥，他在倒地前一刻，拉住伙计本良，嚷着，酒，给他们上酒！

没人劝得住唐少爷，他吐了又喝，喝了又吐；他一会儿哭，一会儿笑，直到一头栽倒在地不省人事。唐少爷像死了一样在床上躺了三天，这吓坏了唐家上上下下所有的人。第四天，唐少爷忽然起床了，像是换了个人一样，他的脸上看不出一点悲伤，相反，显得神采奕奕。他站在厅堂前看着众人说，我得去商会到任了。没有人接他的话，唐少爷正了正帽子，走到门口，回过身又看着众人，他看到所有的眼睛都像苍蝇一样叮在他脸上。唐少爷笑了笑，两手一摊，说，老爷去了，我得活下去，是不是？

这天，宝生前脚一走，唐少爷拿着一件黄呢军服走进裁缝铺。他说衣服太大了，让胭脂马上改一改。唐少爷一拍军服，说，穿上这身皮，我就是你们说的汉奸了。

胭脂说，你还是唐家的大少爷。

不，该是老爷了。唐少爷说着，跟往常一样坐下来，看着胭脂沏茶，他忽然说起了死去的父亲，日本人那天是去炸县城的，却飞到了镇上，把唐家的酱园当成了国军的营房。他问胭脂，你说，明明一个酱园，怎么从天上看下来就成了军营呢？

胭脂说，那都是命。

唐少爷点了点头，说，想不到飞机在天上都会迷路。

说着，他站起来，张开双臂。胭脂一愣，问，你这是干什么？

总得给我量一下尺寸吧。

用不着，你们家谁的尺寸我不知道。

可我就喜欢你在我跟前忙前忙后。

胭脂不吱声，把军服铺开在案板上，就着尺子，用一块画粉在上面勾勾画画。

唐少爷垂下手，说，这可不行。

放心，做坏了我赔你。

我是说你。唐少爷看着她的脸，认真地说，胭脂，你这么漂亮是要出事的。

你得叫我胡太太，或者胡师母。

唐少爷笑了笑，说，说真的，你没听说日本人在县城都干了什么吗？

干什么了？胭脂一下抬起了头。

什么都干，尤其见不得漂亮的女人，日本人比畜生都不如。唐少爷说，你得拿把煤灰抹脸上，旗袍也得换了，找几件破褂子穿上。

胭脂一笑，说，还是留着煤灰让你那两房太太去抹吧。

唐少爷盯着胭脂，说，我是说正经的，我可不想让日本人把你怎么了。

胭脂说，就算日本人把我怎么了，跟你有什么关系？

唐少爷愣了愣，说，你怎么就不知道我的心呢？

我为什么要知道？胭脂白了他一眼，一剪刀下去，就把军服裁开。

事实上，胭脂更担心的是铺子里的生意。人们热衷于囤积粮食、布匹与棉花，就是不做衣服。大街上冷冷清清的，但店铺还得开张。唐少爷不光把布告贴在了每条街口，还带着人上每间铺子里亲自交代，为了显示大东亚共荣的景象，就是没生意，也得把铺子的门敞开着。唐少爷说得很清楚，这是给日本人撑门面。

胭脂已经剪掉了一头长发，她穿了件宝生的旧大褂，像个小伙计一样望着铺子外面的大街。胭脂的意思是既然铺子不能关门，那就只能改行。既然人们都在抢购棉布，那就索性卖棉布，我们卖东洋的棉布总行了吧？可宝生想到的却是他的师父兼岳父，这铺子可是他老人家一辈子的心血。胭脂说，可世道变了。

宝生说，这年头，多一事不如少一事。

不偷不抢，怕什么呢？胭脂说，你没见物价天天在涨吗？今天是联银券，明天就成了中储券，到头来还不如一张草纸。

宝生不说话了，看着胭脂。他发现剪掉了头发后的妻子是那样的陌生。

中秋来临的时候，宝生在裁缝铺里加了两个柜台，他把一面旗子挂在门口，上面写着两个字"绸布"。按照规矩，这得放鞭炮，摆酒席，怎么说也是喜庆的事，可日本人严禁燃放烟花爆竹。任何混同于枪声的声音在斜塘镇上都是被禁止的。可以说，泰顺裁缝铺是在不动声色中做起棉布生意来的。

四

冬天的雾都是在深夜凝聚，沿着河面上弥漫过来。祥符荡里的水匪就是在这样一天夜里悄然而至。他们分乘两条木船，一来就把镇上的几家商铺砸开。朱七的手下一脚踹开泰顺裁缝铺的大门。这是胭脂第一次面对水匪，她头发凌乱、衣衫不整，而且惊恐万分。朱七把油灯举到胭脂面前，眯着眼睛看了好一会儿。朱七的眼神就像一把锋利的刀。他扭头对宝生说，你娶了个美人。宝生不敢说话。他一点一点地用身子挡到胭脂面前。朱七笑了笑，回头对手下又说，比她妈还要漂亮。

手下发出几声并不爽朗的笑声。大家都是心知肚明的，老大好色，但老大从来不会为了女人误事，还是该抢的抢，该砸的砸。临走的时候，朱七拍了拍宝生的脸颊，让他记着给全镇的铺子捎句话——别忘了孝敬荡里的兄弟，日本人有枪，他朱七手里提的也不是烧火棍。朱七说完，再也没有看胭脂一眼，带着手下转眼就消失在黑夜里。但胭脂却一眼看穿了他的心思。

水匪们来得快，去得也快。船过镇东栅口时，朱七要拿点颜色给斜塘镇上的人们看看，他一声令下，让兄弟们一起向驻在栅口的日本兵开火。枪声像爆豆一样响彻在浓雾中，朱七坐在船头往河里吐了口唾沫，骂道：×他妈的东洋乌龟。随后一挥手，说，扯帆，喝酒去！

作为报复，第二天日本兵倾巢出动，他们像牧羊人驱赶羊群一样，把街上的人都赶到了秀水小学的操场上。日军队长挎上一只弹药箱，对着吓坏了的人们感到非常满意。他点了点头，朝唐少爷一挥手。

唐少爷指着场地上的一堆铲子，扯起嗓子喊，皇军这是请大伙帮忙来了。唐少爷说挖好坑，就没事了。人群中起了一点动静，但是没人站出来，大家都在面面相觑。唐少爷有点不耐烦了，拿起一把铲子走到本良跟前，往他手里一塞，说，你来，带个头，挖完就没事了。

十三个男人开始在操场上挖坑，他们一脸茫然，一边挖，一边不时扭头看着四周端着步枪的日本士兵。本良忽然想起来了，说，日本人这是要做茅坑呢。可他马上又将信将疑，问，他们能拉这么多的屎吗？

你这么多废话干什么？快挖！

中午的太阳苍白无力，日本兵打开罐头，跟十三个男人一起吃起饭来。胭脂挤在人群中不敢动，她听到许多人的肚子发出咕咕的声音，就用力往下吞了口口水。她还听到有人在懊恼，那人说要是知道能吃上日本罐头，他早去帮着挖坑了。

唐少爷吃着罐头里的牛肉，得意扬扬地对本良说，这是日本牛肉，这回让你们开洋荤了。

本良连连点头，说，少爷，说心里话，比酱菜有嚼头。

饭后，日军队长背着手把十三个男人依次审视了一遍，拉起本良，笑着咕噜了一句，就一把将他推到坑里。

本良爬了几次都没爬上来，他涨红着脸骂了声×你妈的。日军队长笑着将他一把提上来,用手拍掉他头上的土,然后脱掉军服,一直脱到赤膊为止。日军队长寒风中一伸手,士兵递上一把军刀。本良一下子有点明白了,想逃,可早已被按住。本良在地上就像一摊泥,他的眼睛绝望地掠过众人,最后眼睁睁地看着唐少爷,张开嘴巴却怎么也出不了声。说话的是唐少爷,他的脚软得不行,才张开嘴就一屁股坐到了地上。唐少爷的声音就像在哭,他说,太君,太君,你这是干吗呢?

酱园伙计本良是这天中午第一个被砍头的。太阳明晃晃地照着,日军队长换了四把军刀砍下十三颗脑袋。他已经累得筋疲力尽,在最后一个脖子上一连砍了四刀,才把脑袋砍下来。

此后,秀水小学的操场阴魂不散,一到晚上一个个无头的男人随风飘荡,他们呜咽着到处碰撞,满世界地在寻找他们的脑袋。而活着的人一个个胆战心惊,斜塘镇上的很多人都得了一种莫名其妙的病,他们在病中做着同样的梦,并且常常被自己的噩梦同时惊醒。大病之后的胭脂脸色苍白,她整天坐在铺子里,却更像是一个影子贴在黑暗中。这让宝生很不放心,走到码头又重新回来,放下褡裢,说算了,还是不去了。胭脂不说话,一动不动地看着丈夫。那是一种意味深长的目光,只有女人才有这样的目光,能把人看得坐立不安,无地自容。宝生重新背起褡裢,说,那好,那你自个儿要多当心着点。

胭脂点了点头。

宝生走后的第四天,船工打扮的水匪老莫气喘吁吁地闯进裁缝铺,他把那个灰布褡裢放在柜台上,一开口就说胡掌柜出事了。宝生是在进货回来的途中遇上朱七的,船在祥符荡中无处可逃。老莫带来了水匪朱七的话。朱七说他会留着胡掌柜,像贵客一样把他供在祥符荡里。老莫怕胭脂不明白,走下台阶了,又回头说,你得自己赎人去,别找那些中介人,朱七烦这个。

胭脂不说话,扶着门框,她一下回想起朱七像刀一样的眼神,但她却并不觉得怎么害怕。快到打烊的时候,整条街上都知道裁缝铺里出的事。胭脂拿着首饰与房契坐在当铺的账房里。大掌柜摘下眼镜,用衣襟擦了很久后才摇着脑袋,说,房产不行,这年头,房子还不如一颗炸弹,轰的一声就没了。

胭脂说,我这是去救命。

大掌柜还是摇头,叹息道,人命不值钱啊。

胭脂说,你就当行行好吧。

大掌柜不再开口,戴上眼镜,端起茶盅。端茶的意思就是送客。

当天晚上,胭脂对着油灯呆坐在案板前,这时唐少爷提着一包大洋敲开了裁缝铺的大门。他垂手关上门后,对胭脂说,你的事就是我的事。胭脂看了他好一会儿,问这算什么意思。小包裹被随手搁在案板上,发出银元清脆的响声。唐少爷反问她,你还不明白我的意思吗?

胭脂说,这些钱,能让你再娶一房姨太太了。

唐少爷笑了笑,说,两年前我就让人来提过亲,知道你爸是怎么说的吗?

胭脂摇了摇头,说,不知道。

唐少爷说,肥水不流外人田,他说肥水不流外人田。

胭脂说,我爸是个有骨气的人,他不会让女儿去给人当小老婆的。

唐少爷说,你这是在骂我,我知道,你们都在背地里骂我。

胭脂问,我干吗要骂你?

要是日本人早来两年,我肯定把你娶进门了。唐少爷叹了口气,说,我娶了你,你今天就不会是这样子。

胭脂犹豫了一下,拿起案板上的那包钱,在手里掂了掂,说,你可真舍得花钱啊。

唐少爷笑了,说,那要看花在什么地方。

胭脂眼光流转,还在掂着那包银元,这些钱是一晚上?还是一辈子?

唐少爷说,别说得这么难听嘛,我这是帮你来了。

帮我?胭脂说着站起来,转身慢吞吞地走进里屋。过了很久,她的声音从门帘后面传出来:那你还等什么?

五

祥符荡的苍茫就像是海洋,无边无际,却又波澜不惊。老莫载着胭脂换乘了两条小舟,才被人带上一个长满芦苇的湖滩。此时的芦苇都已枯萎,毫无生机地在风中沙沙作响。朱七穿着一件缎面的长衫,外面披了件黑呢大衣,手里托着一个水烟壶。他站在芦苇棚下,就像一个富裕的地主站在自己的土地上,看着胭脂一直被领到跟前。朱七说,你怎么打扮得像个男人?

胭脂在下船的一刻就恍惚了,不知置身何处,过了好一会儿,她才像惊醒一样,举起手里装着钱的小包裹,说,我是来赎人的。

朱七点了点头,抬手一指不远处的船屋。

推开船屋的门,胭脂发现这是水匪们的库房,但更像是一家杂货铺,里面应有尽有。在来的路上,她都觉得宝生应该被五花大绑着,跟所有的肉票一样,蒙着眼睛,嘴里塞着破布。但是没有。宝生坐在一盏明亮的汽油灯前,正一针一线地在一块粉绿的雪纺上缝制。灯光把他巨大的侧影投掷在墙上。

想不到他还有心思做针线。胭脂走近才看清,他缝制的是一件无袖的旗袍。宝生抬起头来，脸上有一种欲哭的表情，但转瞬即逝。他把目光投到了她身后。

朱七不知何时已站在胭脂身后。他问，多少了？

宝生说，已经夏天了。

朱七点了点头，说，不用急，慢慢来吧。

胭脂不动声色地盯着宝生看。宝生却垂下眼睑，故作沉静地穿针引线，可是手不听话，针一下扎进虎口，一滴鲜红的血梅花一样在粉绿的雪纺上绽放开来。但刺痛的像是胭脂，她一下扭头，直视朱七。朱七笑了笑，对宝生说，告诉她，你在干什么。宝生低着脑袋，纹丝不动。朱七缓缓吐出一口烟，又说，你聋了？

宝生这才抬起头来，木然地看着胭脂，喃喃地说，这是你的嫁衣。

当天晚上，胭脂就跟朱七上床了。每个来到这里的女人，不管愿意还是不愿意，都得跟朱七睡觉，然后是他的手下们，再然后换乘两条小舟被送回来之前的地方，带着她们要赎的人或是货。这是水匪们的规矩。用朱七的话说这叫雁过拔毛。然而，这次不一样。朱七在翻身下来后，表现出异常的温情与缠绵。他抱住胭脂，一条手臂枕在她身下，另一只手张开五指插进她的短发中，一下一下地梳理着。朱七贴在胭脂的耳边说，我要娶你。胭脂却像睡着了。朱七摇了摇她，又说了一遍，听见没有，我要娶你当老婆。胭脂这才睁开眼睛，看着他，不说话。她的眼中似有泪光在闪动。朱七叹了口气，插在她头发里的那只手又滑到了她的脖子上，在那里轻轻地揉捏着。他闭上眼睛像是自言自语地说，你总不会是想等当上了寡妇才肯嫁给我吧？

一个月后，一年四季十八件旗袍并排挂在库房里。朱七像个将军检阅他的士兵一样看完后，转身对宝生说，好，你可以走了。宝生没挪步,而是扭头望着站在门口的胭脂。胭脂裹在一件黑呢大衣里,阳光贴着湖面反射进来,照在她脸上,晃晃悠悠的。朱七又说,你的货都在船上了。宝生还是没动,他眯起眼睛,似乎竭力想在胭脂脸上找出点什么来。朱七扬手在屋里虚指一圈,继续说,从这里能拿多少,你尽管拿。

他是不想走了,他想一辈子留在这里。胭脂忽然开口了,她慢悠悠地说着,裹紧大衣向门外走去。

那就在湖边搭个裁缝铺,给那些落水鬼做寿衣去。朱七的笑声从她身后传来。

胭脂靠在门框上,看着宝生从里面出来,他弓着身子走得既急切又缓慢,像是这十八件旗袍已经耗尽了他一生的精力。胭脂慢慢从大衣里伸出手,把那包钱递到宝生跟前。胭脂说,回去好好过日子。宝生张了张嘴,他看到胭脂眼里有种雾霭般苍凉的颜色,不禁哆嗦了一下,不由自主地接过钱。胭脂忽然笑了笑,又说,没什么的,活着比什么都好。

宝生点了点头,最后看了胭脂一眼,朝着停船的湖边走去。

这时,朱七背着双手出来,看着宝生的背影,对胭脂说,我看过皇历了,大后天就是个好日子,宜嫁娶。

可是三天后,比婚礼来得更早的是日本兵。宝生一到镇上就捧着那包钱去找了唐少爷,再由唐少爷领着走进日本人驻扎的秀水小学。为了救回妻子,宝生什么都顾不上了。此时已是黄昏,一路上残阳如血,宝生的脸却像死人一样苍白。他紧咬着嘴唇,可等见到门口站着的哨兵,嘴角还是忍不住抽搐起来。唐少爷拍了他一巴掌,说,怕什么?把腰板挺起来!

宝生一把拉住唐少爷的衣袖,小小心翼翼地问,日本人真肯为我出手?

太君。唐少爷说，记住，得叫太君。

太君。宝生用力一点头，说，可要是太君不管怎么办？

唐少爷不高兴了，说，那你回去，现在回头还来得及。

宝生想了想，说，我不回去，拼了命我都得把她救回来。

唐少爷笑了，说，那还磨蹭什么？进去吧。

其实，宝生根本没见到日军的队长，一进秀水小学的大门，他就被带进一间屋子关了起来。窗外的天色一点点暗下去，宝生心急如焚，但不敢叫，也不敢动，他忽然想起埋在操场下面那十三个男人，心像一下子被一只手捏住了，气都喘不上来。宝生沿着墙角滑坐下去，蜷缩在那里睁大了眼睛。

天还没有亮，一个日本兵忽然打开门，唐少爷举着手电筒随后进来，一挥手，说，走吧。

宝生的眼睛酸得要命，看着他，说，你怎么可以这么害我。

谁有工夫害你？唐少爷又挥了下手，说，快点，太君等着你带路呢。

宝生跟着唐少爷尾随一队日本兵登上小火轮。晨雾还未散尽，船已经沿着十里港开进了祥符荡。

在船上唐少爷忽然问宝生，知道我是怎么跟太君说的？

宝生摇了摇头。唐少爷笑眯眯地说，我说游击队是恨我当汉奸，这才绑了我的三姨太。

宝生一下跳起来，你怎么可以胡说八道？

唐少爷赶紧说，轻点，我不说游击队，太君能这么兴师动众？

宝生说，那也不能说是你的三姨太，你哪来的三姨太？

我这不是想得深远吗，万一日本兵见了嫂子一时起性，你说怎么办？说着，唐少爷扭头看了眼舱内，你看，这么多人呢。

宝生闭嘴了，看着船舱里盘坐着的那么多日本士兵，一下子有点不知所措了。唐少爷笑了笑，一拍他的肩，说，你放心，这点面子太君还是会给我的。

整个上午宝生都紧闭着嘴唇，眼睛一眨不眨地盯着水天相接的远处。临近中午的太阳明晃晃地照在水面上，日军队长已经沉不住气了。他大叫了声"八格牙路"，一脚就把宝生踢翻在甲板上，抽出军刀架到了他的脖子上。唐少爷慌忙上前，不敢拦阻，只能连连摆手，这可使不得，太君，你杀了他，我们上哪找游击队去？说着，他扑通跪倒在宝生边上，抓住他使劲地摇晃，说，你到底记不记得路线？你可不能把我也给害了。

宝生就是在明晃晃的刀光下看到远处的炊烟。而这个时候，朱七的湖滩上正支着两口大锅，水已经煮开，一头割开喉管的猪惨叫着挣脱捆绑，洒下一路鲜血跑进芦苇丛中。但是，没有人顾上这头猪了，水匪们手上已经操起了家伙，他们都把远远驶来的火轮当成老天爷送来的贺礼。朱七迎风站在屋门口，最后瞥了眼拖成一缕的黑烟，对手下的兄弟们说好好干，有了这艘火轮，开年就可以上县城去做大买卖了。说着，他摘下胸口挂着的大红花，撩起黑缎长衫的下摆往腰里掖了掖，接过老莫递上来的火铳后，回头对屋里的胭脂喊了一嗓子，等着我回来拜堂！

朱七朝众人一挥手，又说，他妈的，今天他妈的真是个双喜临门的好日子。然而，不到一顿饭的工夫，湖滩前的交战就以水匪的惨败告终。他们扔下七八具尸体，仓皇逃入芦苇丛中，就像一群受惊的野鸭。但日本兵没有追赶，他们点燃芦苇与船只，再用机枪向里面扫射，然后就是掠夺。日本兵把屋里的东西都搬到火轮上，再把所有的屋子也点着火。宝生与唐少爷在熊熊的烈火中叫喊着胭脂的名字，他们四处寻找。可是，他们看到的只有屋顶坍塌时溅起的冲天火焰。

但更可怕的还是那双眼睛。宝生刚从一个着火的门洞里蹿出，脚腕忽然被一只手抓住，他一屁股跌坐在地上，就看到了那张血肉模糊的脸上，一双眼睛在失去了眼皮的眼眶里都快掉出来了。那人用另一只手支撑起半个身体，一张嘴，血就像水一样从他七窍中喷涌而出，溅在宝生的裤管上。宝生惊恐万分，在地上拼命挣扎，而那人的手如同鬼爪一样，紧紧抓着他的脚腕，仿佛要把他拖进地狱那样，宝生怎么也无法从那只手中挣脱。好在那人很快就咽气了，临死之前还死死地瞪着宝生。

一战告捷之后的日军队长十分高兴，搂着宝生的肩，竖起大拇指一连说了三声：哟西。宝生却呆若木鸡，他像个刚从噩梦中惊醒的孩子，不停地哆嗦着。唐少爷慌忙上前，拉着他，说，还不谢谢太君。

宝生看看唐少爷，又看看日军队长，忽然哇的一声大哭起来。唐少爷赶紧一脚把他踹倒在地，咧着嘴对日军队长说，吓坏了，吓坏了，没见过这么大的场面。

日军队长看着趴在地上痛哭的宝生，点了点头，说，哟西。

六

芦苇荡中的那场火烧了三天三夜，朱七就死在了其中，跟那些一望无际的芦苇一起化为灰烬。那天的朱七以为日本兵会穷追不舍，他拉着胭脂的手拼命跑，可呼啸而来的子弹与四处蔓延的火焰让他们无处躲避。为此，朱七扔掉了火铳，连鞋子掉了都顾不上去捡，就知道紧抓着胭脂的手，几乎是拖着她在前行。胭脂实在跑不动了，她猛地挣开朱七的手，倒在地上说不行了，她再也跑不动了。朱七喘得更厉害,说,你会被烧死的。

胭脂用力摇头,说,那也比跑死好。

你死了,我娶谁去?朱七笑了笑,说,我来背你。

说着,他伸出手,人却晃了晃,慢慢倒在胭脂的身上。胭脂摸到了一手的血,才发现朱七身上的黑缎长衫早已被鲜血浸透。一颗子弹不知何时在他肋下穿了个窟窿。

朱七就这么死在胭脂身上。他在临死之前伸手指了个方向,让胭脂快跑。他说船就停在前面。可是,胭脂没动,她的手上沾满了热乎乎的鲜血,根本没有力气推开身上这个男人。垂死的人是那样的沉重。胭脂想不到自己会跟这么一个男人死在一起,这场大火会让他们的骨灰一起融入泥土。朱七这时把嘴凑到她耳边,说他的钱都埋在了他们睡觉的床底下,他让胭脂挖出来,回家去,好好过日子。朱七说完把头埋进胭脂怀里,过了很久才仰起脸,看了眼被火光染红的天空。朱七最后说,可惜我没福气做你男人了。

这是朱七留在世上最后的一句话。后来是赶上来的水匪背着胭脂找到那条船,一直到船驶出很远,胭脂还在回头看着那片染红天边的火光。她的耳边只有一个声音在回荡——可惜我没有福气做你男人了。

五天后,湖滩上的浓烟尚未散尽,焦灼的泥土依然烫得让人脚底发疼,这一船人却回来了。他们一踏上湖滩就在废墟中翻找自己的亲人、朋友,可是所有的灰烬都是一样的,都带着灼热的烟火气息,在风中被吹来吹去。悲痛与绝望使这些男人手足无措,他们哭过之后用眼睛在彼此脸上征询,最后都把目光落到胭脂脸上。

胭脂的脸色苍白,身上还凝结着朱七的血,这使她的神色看上去古怪而狰狞。胭脂说,送我回家去吧。男人们沉默不语,谁也不知道由谁来作这个决定。于是,胭脂就劝说他们一起回家吧,回到老婆孩子身边去。而这些男人一个个蹲在废墟上,就知道抱着自己的脑袋。老莫忽然说还能回哪里去呢?他说,大伙是活不下去才走这条道的。他让胭脂看看这些人,他们回了家里,还能种田,还能打鱼吗?老莫摇了摇头,说,除了打劫跟抽大烟,我们什么都干不了。

胭脂不说话,回身看着烟波浩渺的水天处。过了很久,她忽然问老莫,这个荡里哪家最有钱?

老莫说,以前是我们,现在嘛……该数刘麻子了。

黄昏的时候,胭脂让这些男人从废墟中挖出朱七的财产,两个瓮中装满了银元与金条。男人们的眼睛一下发亮了,胭脂却说,这不是让你们拿去抽大烟的。她对老莫说找人买枪去,她要日本人那种一枪一个窟窿的枪。

老莫看着那两个瓮,说,这可是老大攒了一辈子的钱。

他有这么多的钱还不是死了?胭脂看着众人,慢慢地说,有了枪才能保住性命。

老莫为难地说,可日本人的那种枪到哪去买?

胭脂说,没枪就只能买锄头,都回家种田去。

几天后,老莫用船载回来一捆长长短短的砍刀。他对胭脂说该找的门路都找遍了,如今已经没人敢做军火买卖了,日本人见了枪就杀人。

胭脂看了眼地上的那捆砍刀,缓缓抬起眼,问众人,你们想好了没有?

有人说,刘麻子可是老大的拜把子兄弟,手下有二三十号人呢。

把兄弟?胭脂撇着嘴说,那我们落难的时候,怎么不见他来帮上一把?

那可是兄弟相煎,是犯大忌的。

犯谁的忌了?胭脂的声音一下子尖厉起来,看着站在一边的男人们，她说，你们说说看，是等着饿死？还是等着让日本人再来收拾你们一回？

那我们索性投刘麻子去。

胭脂冷笑一声，说，丧家的狗是迟早要被人杀的。

男人们闭嘴了，风像刀子一样刮在他们脸上。胭脂却忽然决定下嫁刘麻子。这在祥符荡的渔民中是流传了千百年的规矩——哥哥死了，他的一切都得由弟弟来继承，包括他的女人。胭脂让老莫去了趟，说她的嫁妆就是这二十来个兄弟，请刘麻子赏口饭吃。刘麻子听后，哈哈大笑，说送到嘴里的一块大白肉，不尝上一口，那就太对不起朱七了。

这对胭脂是莫大的污辱，她却一口答应下来。那天晚上，刘麻子的船在祥符荡中央抛下锚，他派一叶小舟把胭脂载到船上。胭脂陪着他在船舱里喝酒，然后服侍他上床，行为举止就像个卑贱而放荡的妓女。胭脂从未对一个男人笑成这个样子。后半夜，船上的人都沉浸在睡梦中，胭脂钻出被子，静静地听了好一会儿，慢慢地抽出刘麻子挂在床头的短刀，狠狠地扎进了他胸膛。这是老莫在她上船前传授的技法，想让人一刀毙命，除了抹脖子就是捅心脏。可胭脂不放心，她闭着眼睛一刀一刀地扎，就像在石臼里捣年糕。一直扎到刀插进尸体胸口再也无力拔出来，她才吐出一口气，一屁股瘫坐在床脚边。原来杀人是这么的简单。胭脂深吸一口气，站起来，穿上衣服。她走出船舱，把高挂在桅杆上的渔灯放下来，一口吹灭后，重新回到船舱里，关上门，继续靠着床脚坐在地板上，抱紧了自己。

不一会儿，老莫带着兄弟们像水鬼一样贴着船舷攀上来，他们挥舞着砍刀很快就控制了局面。天还没完全放亮，他们驾着这条船直奔刘麻子的老巢。战斗在没有开始时就已经结束，胭脂一夜未睡，她披着一件男式的毛皮大衣，两眼红肿，脸色苍白地坐在刘麻子的太师椅里，出神地看着自己的双手。

屋子里没有一丝声息，男人们一个个凝神屏气地注视着她。老莫忽然举起一只手，大声说，来，我们拜见大嫂。

大嫂这两个字在水匪的字典里不光是称呼，还是一种职务。就像他们称呼朱七为大哥一样。它的另一个叫法是：当家的。

第二年秋天过后，整个湖滩上已经看不到丝毫烈火焚烧过的痕迹。风从湖面上吹来，卷起漫天的芦絮雪花般飞舞。胭脂产下一个女婴。

七

胭脂很快成为祥符荡里最霸道的匪首。她放任手下肆无忌惮地抢劫，自己却从不动手，只是抱着女儿远远地坐在一条小船里，哼着儿歌，就像在游山玩水。这些水匪什么都抢，不光是商船，就连日本人与游击队的运输船也不放过。她仿佛就是水面上的女王，对谁都说一不二。她对手下的男人们说，做强盗的都会不得好死，但你们要知道为谁而活。

水匪们都看出来了，他们的大嫂跟以往的大哥们不一样。她从没想过在陆地上重建他们的安居之所，而是把忠义牌位安到了船头上，把自己的床也搬进了船舱里，还亲手将偷偷跑回裁缝铺取回的那幅肖像挂在床头。做完这一切，胭脂站在舱口环视众人，说，船就是我们的家，只要不上岸，谁也不能把我们怎么了。

胭脂说完关上舱门，一个人搂紧女儿坐在床上，出神地看着画框里的自己。没有人知道她在想什么。但是，水匪们都明白，除了女儿，这幅画是他们大嫂生命中最宝贵的东西。

为了这幅肖像，胭脂在一个雷电交加的风雨之夜忽然要去斜塘镇上，谁都无法劝阻。通往镇内的水道早已被日本人封锁，两岸的岗亭里架着机关枪，探照灯把水面照得如同白昼。胭脂不会泅水，是老莫托着她的下巴沿河堤潜入镇内。上岸时她已经被水呛得奄奄一息，她趴在河埠上大口大口地喘息，好大一会儿才支起身来。

老莫说，当家的，你这是何苦呢？什么事交代我们干不就成了。

胭脂摇了摇头，推开老莫的手，一个人摇摇晃晃地穿过大雨如注的街道，敲开了泰顺裁缝铺的大门。惊魂未定的宝生面对胭脂恍若隔世，嘴巴张了很久都不知道说什么好。胭脂冷得瑟瑟发抖，她说，我来取我的东西。宝生只知道连连点头，一个劲地说着回来就好，回来就好。胭脂站在门内，又说，我来取我的东西。

宝生关上门才有点明白过来，点了点头，垂下手，也垂下脑袋进了房里，很久才提着那个紫藤衣箱出来，放在案板上。他眯着眼睛，竭力想看清胭脂的脸，可胭脂的脸上挂满了湿漉漉的头发，就像个鬼，只有那两只眼睛跟滴落的水珠一样，闪闪发亮。

胭脂费了很大的劲才用一块油布将画框包严实，随手拿起一支蜡烛，就着油灯化开，把接口封了一遍又一遍。宝生默默地看着她，始终一动不动。这时，他忽然说，这是你的家，这是你的铺子。

胭脂垂下眼睑，说，我走了。

宝生一把拉住她，说，下个月就到你爸的忌辰了。

胭脂拨开他的手，说，你就当我也死了。

说完，她拉开门冲进风雨中。远天的一个闪电过后，很久才响起一声沉闷的雷声，斜塘镇上却像什么也没发生过，就连胭脂自己都觉得这一次离开，是她对这个地方的诀别。她最后回望一眼后，对老莫说，回吧。

胭脂回到祥符荡里的第一件事就是学会游泳。一个水匪不会泅水，那就只有死路一条。胭脂深知这一点，到了女儿五岁那年，整个夏天她都在教女儿游泳。可是，女儿不会说话，当然也听不到任何声音。整个世界对于她来说，就如同祥符荡的水底，朦朦胧胧无声无息。这让胭脂寝食难安。她四处寻医问药，把方圆百里内的大夫都找遍了，就连乡间流传的那些偏方都不肯放过。她不惜花三根金条买一张路条，带着女儿进县城，为的就是向名医周大庸求一剂药方。年过花甲的老中医参佛多年，他把完脉，捋着山羊胡须却连连摇头，说这是神仙也治不了的病。他劝胭脂还是多烧香积德吧，这是前世的冤孽。胭脂还没开口，老莫已经拔出手枪顶在老中医的脑袋上，大骂，放你妈的狗屁。

胭脂摆了摆手，什么话都不说，抱起女儿转身离去。她在一天夜里拦下一条途经祥符荡的航船，抱着女儿搭乘到了上海。她深信这个世界上总有人能让女儿开口说话。

这是胭脂第二次来到上海，她混迹于逃难的流民之中，躲过日本兵的盘查，走进一家教会医院。眼睛湛蓝的德国医生做了仔细的检查后，用生硬的汉语说这个孩子既没有耳鼓，也没有声带，她永远听不到声音，也永远不会发出声音。但胭脂不相信，这是绝不可能的。她在上海住了一个星期，在这七天里面，她几乎找遍了所有的医院，但医生的话差不多就是这么一句——这个孩子没有耳鼓，也没有声带，她是个畸形儿。

胭脂彻底地绝望了，走在大马路上抱紧了女儿，却在不知不觉中泪眼模糊。

最后一天晚上，胭脂躺在旅社的床上辗转难眠。她忽然捂住嘴巴哭泣起来，她的哭声不可抑制，越来越响，惊醒了旅社中所有的客人，但她浑然不觉，就像熟睡中的女儿。胭脂完全沉浸在自己难以言传的悚痛之中。

八

秦树基忽然出现在胭脂面前，是在一个薄雾散尽的清晨。胭脂正埋头在船舱里蒸脸，这个习惯总在片刻间让她觉得往事如梦。这时老莫在门外叫当家的，说兄弟们都回来了，昨晚的收成不错。胭脂浑然不动，没有人可以打断她每天早晨的蒸脸。老莫的声音有点迟疑了，他说，我们带回了一个人。

胭脂好一会儿才从脸盆里抬起头，慢慢地擦去脸上的水迹，对着镜子开始梳妆。一切都已习以为常，她的脸上看不出丝毫表情。可是，在她拉开舱门后，这张脸一下子涨得通红。她盯着站在船头的秦树基，好像整个世界在顷刻间轰然倒塌。

秦树基的双手被反绑着，他的头发上还沾着晨露凝聚的水珠。

老莫说，当家的，这小子说死也要见上你一面。

胭脂不出声，她轻轻合上眼睛，慢慢伸手扶着门框。

秦树基说，我在这个荡里已经找了你三天三夜。

三天三夜？胭脂仰起脸，长长地吐出一口气，转身进了船舱。她的声音过了很久才传出来，那样的无力与沙哑。胭脂说，松绑吧，请他进来。

那是男人们的禁地，除了女儿还从没有人能进入胭脂的船舱。秦树基揉着手腕，就像回家那样，一低头钻进船舱，在一张藤椅里坐下来。秦树基是来游说胭脂的。早在上海的时候，他就是地下党的联络员，负责传递情报与策反工作。由于叛徒出卖，他的逃亡从离开静安寺路公寓的那天清晨开始。他从十六铺坐船去了苏州，再从苏州步行一直走到皖南。现在，秦树基长长地吐出一口气，好像又一次历经了千山万水那样，看着胭脂，很久才说，我总算是见到你了。

你不光为了见我。胭脂淡淡一笑，不等他开口，接着又说，知道吗？日本人来找过我，中央军也派人来过，他们还带来了金条、现大洋、委任状。

秦树基一怔，说，可你没跟他们走。

我也不会跟你走。说着，胭脂仰起脸，却垂下眼睑。

第二天，胭脂在船舱里把自己关了一整天，什么人都不见，什么话都没有。一直到了傍晚，她忽然吩咐老莫摆酒，她要请秦树基吃饭。胭脂在席间拿出三十块大洋，意味深长地推到他面前。秦树基问她这是什么意思？胭脂就像没听见，继续拿出来一个首饰盒，打开，说，这些也带回去，这是给你太太的。

我还没结婚，哪来的太太？秦树基忽然笑了，他告诉胭脂当年的秦太太是假的，那是革命的需要，他们是一对假夫妻。秦树基说，我跟她是一起战斗的战友，是同志。

胭脂看着他，静静地听他说完后，问，那还有什么是真的？

秦树基说，说了你也不会相信。

那什么都不要说了，你走吧。

可我要是不说，就怕这辈子都没机会告诉你了。秦树基想了想后，说，对你，我是真的，我再不能丢下你了。

很久之后，胭脂才感到眼里有一颗泪在滚动。她一动不动地等着，等那颗泪慢慢地渗出眼眶，在脸颊上轻轻地滑落后，才长长地吐出一口气。胭脂答允在三天后举义。天亮后，她划一条小船把秦树基送出祥符荡。他们的船在水面上随风飘荡、摇晃不已，就像生离死别一样……胭脂深埋在秦树基的手臂里，说，船为什么不沉呢？让我们就这么死了吧。

秦树基说，我们要活着，我们还有明天。

胭脂说，我不要明天，我就要现在。

秦树基说，我们两个人的日子才刚刚开始。

胭脂说，我真该把你困在我的船舱里，让我天天枕着你的胳膊。

我得去向领导汇报，三天后，谁也不能把我们再分开。秦树基说着，支起身一指前方，记住三天后，我就在分水亭里等你们。

胭脂说，我要是不来呢？

秦树基说，我会一直等下去。

胭脂说，我要是永远不来呢？

秦树基说，那就让我化成一块石头。

我不要石头。胭脂说着，用吻堵住他的嘴。

小船再次在水面摇晃起来，那样的剧烈，像是要绞碎这无边的波光。等胭脂划着它回到自己的大船上，所有的水匪都盘膝坐在甲板上，没有人起身相迎，老莫的眼神就像鱼鹰一样阴郁。自从秦树基步入胭脂的船舱，这几天里，老莫一直在用这样的眼神看着胭脂。

胭脂说，你们没事可干了？

老莫仰望着胭脂，说，当家的，你的头发乱了。

胭脂沉下脸，说，你这是在管我？

我是怕你让人骗了。老莫站起身来，说，当家的，我们不能信这种小白脸。

放屁！胭脂大声说，人家这是给我们指了条正道，我们不能一辈子在刀口上舔血。

干什么不是刀口上舔血？老莫说，我们国军都没干，凭什么去干游击队？

胭脂说，就凭我是你们当家的，离开这条船，你就什么都不是了。

老莫回头看了眼众人后，对胭脂说，当家的，说心里话，新四军的游击队能比得上我们吗？他们有大烟？他们能让兄弟们上杏春楼去过夜？最后，老莫说，跟了新四军，兄弟们什么都不是了。

看来你们是早商量好了。胭脂点了点头，把目光从那些人脸上一点一点地收回来，一扭身进了船舱，等她抱着女儿从船舱里出来，已经像换了个人。她的手里挎着一个包袱，背上背着那幅画。她什么人都没看，什么话也不说，如同被驱逐出门的小媳妇，咬着下嘴唇，眼睛只盯着遥远的前方。

老莫让人用一条小船把她送到岸边，胭脂将近六年的水匪生涯在踏上岸的一刻结束。她在湖边的分水亭里从中午一直等到傍晚，女儿在她怀里睡着，她一动不动地抱着，再从傍晚一直坐到天亮。一连六天，胭脂每天都抱着女儿坐在那里，她变得蓬头垢面，形容憔悴，但秦树基始终没有出现。胭脂绝不会想到，此时的秦树基已身处百里外的天目山区。日军的扫荡在他回到部队的第二天开始，战斗从白天持续到夜晚，又从夜晚打到天亮。秦树基随队伍四处突围、浴血奋战，一颗手雷就在他不远处爆炸，他的半边身子嵌满了弹片。

秦树基醒来时已躺在担架上，正被抬着穿过一片山林。他问战士这里是什么地方？战士说这里是天目山，他们已在路上行军两天了。秦树基说，我要见政委。

政委是个满脸胡子的男人，他的灰布军装上沾满了尘土与血污。他拉起秦树基的一只手说，不要说话，好好养伤。

我非说不可。秦树基说，这个时候我应该在分水亭里接应他们。

政委说，情况发生了变化。

秦树基说，可我们对人家的承诺不能变。

首长低下头去沉吟了一会儿，可等他仰起脸来时，目光已经坚定如铁。政委说，战争就是这么残酷，这笔账得算在日本鬼子头上。

九

胭脂在距斜塘镇十里之外的费家村安顿下来，这是她在回家的途中忽然决定的。她衣衫破烂，抱着女儿，就像一个在战争中家破人亡的年轻寡妇，而收留她的是一个年迈的寡妇。胭脂花了五块大洋就成了她的侄女，走投无路从远方投奔而来，每天跟着她在院子里学编竹篮，却从不随她去镇上叫卖。胭脂决心再也不踏上斜塘镇半步，就这样在这个夯土围成的小院里过完她的一生。

时间让胭脂很快成为一个乡下女子，她的皮肤日渐粗糙，而竹篾使她的十根手指布满了老茧。她把船上带来的那个包袱埋在床底，等女儿长大后，她要用里面的钱造一幢房子，再用它们去给女儿招一个上门女婿。现在，胭脂只想女儿一天天快点长大。

可是，胭脂还是去了镇上。抗战胜利的消息从一个货郎的嘴里传来，但村民们并没流露出多少兴奋之色。兴奋的是孩子们，叫喊着、追着货郎一路跑向村外。胭脂是到了黄昏时发现女儿失踪了，她先是一个人发疯似的四处寻找，最后尖叫一声，一屁股瘫坐在村口。全村的人在那天晚上都出动了，人们打着火把找遍村子周围的每一个草丛、每一口水井、每一个河浜。后半夜的时候，人们陆续回来，老寡妇把一件衣服披在胭脂身上，说肯定是让货郎拐跑了。老寡妇说，这种事村里每年都会有。

天不亮，胭脂就动身去了斜塘镇。货郎从斜塘镇上来，必然也会从那里离开。一路上，胭脂在每个渡口向人打听，但人家好像对这种拐骗习以为常，都木然地摇着脑袋说不知道，没见过。

胭脂是在斜塘镇口的石牌坊下见到唐少爷的。他双手被反绑着，在两名士兵的挟持下,几乎是被拖着一路而来。他的身后是药房的东家、斜塘客栈的老板、码头工会的主席,这些一度体面的男人,此时萎缩不堪,没有一个人可以靠自己的双腿走路。他们马上将以汉奸罪、贩毒罪、拐卖人口罪被枪毙,就在这座牌坊外的来凤桥下。镇上的居民尾随着一队荷枪实弹的军警,乱哄哄地从胭脂身边经过,谁也没有认出这个眼神涣散的乡下婆娘,曾经是镇上最漂亮的女人。

像刮过了一阵风,大街上的行人一下子变得寥无。胭脂找遍了镇上的每个码头、河埠与每一条船,她向每个人打听,但是没有人见过一个挑担的货郎,也没有人见过一个聋哑的小女孩。这时,枪声远远地传来,胭脂啊地轻呼一声,好像那些子弹一下子都钻进了她胸膛。她缓缓地抬起头,看了眼河对岸裁缝铺的后窗,慢慢地倒在石阶上。

但胭脂很快就清醒过来,就像打了个盹,做了一个噩梦。她推开那些乱七八糟的船工,捂着心口摇摇晃晃地穿过长街,梦游一样回到费家村。胭脂知道她再也不会见到自己的女儿了。而接踵而来的是老寡妇死在从镇上回来的途中。渡口的船翻了,她的尸体两天后在落水的地方浮上来。

一年后,胭脂推倒夯土的围墙,造起一个两进的院子。她还在村里买了五亩地与一头水牛,雇了两名短工。

胭脂拒绝了所有上门提亲的人,每天一个人在屋子里缝制旗袍,同时也是打发时间。她把旗袍缝好又拆开,再缝好,不断地变换式样,常常是把一件崭新的衣服缝成了旧衣服。村里的人先是对她的财产猜测不已,后来都觉得这个女人是脑子出了问题。直到有一天晚上,一队从前线溃败下来的国军闯进村里,人们才知道这个足不出户的女人,曾经是祥符荡里叱咤一时的女当家。

国军的士兵挨家挨户地掠夺,他们不光抢劫粮食与钱财,还扒下村民的衣服穿在身上。士兵脱下军装就成了土匪。他们砸开胭脂的家门，在里面翻箱倒柜时有人认出了胭脂。那人让大伙住手，有点难为情地对着胭脂叫了声当家的。

胭脂说，你认错人了。

那人说，错不了，我是刀疤强啊。说着，他扭过头，把左脸上那道刀疤对着胭脂，又说，我是老莫的侄子，刀疤强啊。

胭脂记得这么一张脸。她说，你真是越来越有出息了。

刀疤强垂下脑袋，说，我叔死了。

老莫死于三天前与解放军的交战中。他是在县城的杏春楼上寻欢作乐时被收的编。那天老莫喝多了跟人争风吃醋，掏出手枪往桌子上一拍，说，你的屄还能硬过我的枪杆子不成？

眼前西装革履的年轻人吓得脸色惨白，掉头就走。老莫哈哈大笑，对怀里的妓女说，这样的脓包，脱了裤子也是个软蛋。可是，那个年轻人很快又折回来。这回他穿着美式军装，手里提着左轮手枪。跟他一起来的是一队举着卡宾枪的国军士兵。

祥符荡里的水匪被整编成一个乙种连，老莫穿上军装就成了中尉连长，开拔去长江边。可我们那是去当炮灰。说到最后，刀疤强一把鼻涕一把眼泪，他声嘶力竭地说，才几天工夫，荡里出来的兄弟就死剩我们这十来个了。

胭脂不说话，许多往事在她眼前一闪而过时，有人忽然说，当家的，还是你领着我们再干吧，这回兄弟们一定听你的。

好几个声音都在跟着呼应，求胭脂带着他们重回祥符荡里去。胭脂在一把椅子上坐下来，一言不发地看着他们。

要不再跟秦先生说说，保我们投共军去。刀疤强说，这里马上就是共产党的天下了。

胭脂伸手在屋里指了指，说，里面的东西你们尽管拿，拿完了就给我走。

刀疤强说，我们还能上哪儿去？

胭脂说，哪里来的就上哪里去。

刀疤强说，我们只怕走到哪里都是死路一条。

那你们就为自己积点德。胭脂说。

兵匪们当夜就走了。第二天，胭脂打开库房，用里面的谷子给乡亲们作了补偿。费家村的大伙对胭脂感激流涕，而且还充满了敬畏之情。然而，解放军的工作组一驻扎进村，马上就有人举报了她。胭脂被关在她自己的库房里，她想了整整一个晚上，就是想不明白，乡亲们怎么也会像土匪一样忘恩负义。

胭脂很快被押解到斜塘镇上，关进镇公署的后院里。现在这里成了解放军的军委会，每天都有穿着制服的军人在院子里进出，来提审关在每间屋里的人。每次提审胭脂的是一对男女，比较起来还是那个男的态度更好一点。他总是像夹着香烟一样夹着铅笔，对胭脂说，慢慢说，不用急，我们有的是时间。

胭脂坐在一张板凳上，一五一十地交代，这是她平生第一次那么专注地回顾自己，许多往事说出口后自己都有点难以相信。当她说到用刀扎进刘麻子的胸膛时，好像双手还沾满了鲜血。胭脂不停地在大腿上摩擦着掌心，抬起脑袋看着眼前的两个人，忽然不知道说什么好了。她的眼里含着泪。

男的解放军说，好吧，今天就到这里。

胭脂在几天后的下午说到了秦树基。她说，要是那天他等在分水亭里，我现在肯定也穿着和你们一样的衣服。

男的解放军忽然一拍桌子，大声说，你知道自己在说什么吗？

胭脂说，知道。

男的解放军问，那你知道秦树基是什么人吗？

胭脂说，知道，他是你们的人。

男的解放军又问，还有呢？

胭脂舔了舔嘴唇，看着他拧紧的眉毛摇了摇头。

半个月后，胭脂被押往县城的监狱，那里关着土匪、特务、反革命分子与国民党军官，却很少有女人。每天放风的时候，当她走过长长的过道时，许多眼睛在铁栅栏后诧异地看着她。胭脂被关在二楼一间窄小的单人牢房里，每天除了两顿饭，再也没有人来提审她。牢房的窗外是操场，犯人们在那里出操、散步。

冬天很快来临了，雪花从窗口飘进来，落进胭脂冰凉的手掌里恒久不化。

十

除夕之夜，胭脂把一碗猪肉炖粉条吃得干干净净。她像是从没吃过这么鲜美的食物，捧着碗在床上发呆。半夜时分，牢门忽然被打开。看守在门外叫她的名字，让她穿上衣服，出来。胭脂从梦中惊醒，以为还是在梦里，就用力在大腿上掐了一把。钻心的疼痛使她呆若木鸡。胭脂早就听说，许多犯人都是在深夜被拉出去枪毙的。

看守在门外催促，快点，别磨磨蹭蹭的。

胭脂裹着棉袄走到门口，才发现脚上竟然忘了穿鞋。她重新回进去穿鞋再出来，却怎么也拖不动两条腿了，晃了晃就瘫倒在地。胭脂被看守一把提起来，几乎是拖着她走过长长的过道，到了楼梯口与另一个看守一起夹着她下楼，穿过漆黑的操场。

在一间生着炉子的屋里，胭脂见到了当年的秦太太。她披着大衣、裹着绑腿，一看就是解放军的女干部。胭脂哆哆嗦嗦地站着，好一会儿才听见她说抬起头来。胭脂抬起脑袋，茫然地眯着一双眼睛。

你还认识我吗？

胭脂盯着眼前这张脸看了好一会儿，摇了摇头。

你真的不认识我了？我们在上海见过面。

胭脂看着她，还是摇了摇头。

你的历史已经查清楚了。她说着，拿起桌上一份档案晃了晃，又说，明天你就可以走了。

胭脂不相信自己的耳朵，睁大了眼睛，看着眼前的女人，问，你们不是枪毙我？

这是释放你的公文。她说着，把一张纸递到胭脂手里，有人证明了你的历史。

好大一会儿，胭脂的眼睛都没看那张公文，而是死死地盯在站在她跟前的这个女人脸上。她忽然迟疑地说，我记起来了，你是秦太太。

我是秦树基同志的爱人，我叫杨淑勤。

胭脂说，你们是假夫妻。

以前是假夫妻，现在是真的了。杨淑勤说，去年我们结婚了。

胭脂点了点头，不说话。

杨淑勤说，是他证明了你的历史。

胭脂还是不说话，就像两片嘴唇被粘上了。

杨淑勤，但我知道，他替你说了假话，为了你，他欺骗了组织。

胭脂说，难道他没欺骗我？

杨淑勤说，现在你可以走了，明天会有人送你出去。

是。胭脂立正，鞠躬，然后像个木偶一样低着脑袋走到门口。

杨淑勤忽然说，你等等。胭脂站住，回过身来，她听见杨淑勤说秦树基死了，牺牲在解放浙南的战斗中。秦树基在临死前做的最后一件事，就是在那份调查胭脂历史的材料上证明了她的清白。他靠在杨淑勤的怀里，签下自己的名字后再也无力说话，就那样看着她，像是在乞求，但更像是追忆。杨淑勤永远都忘不了他咽气时的眼神。她一字一句地说着，大衣从身上滑落，都浑然不觉。胭脂一眼看到缠在她左臂的黑纱。就是那块黑纱让胭脂记起了秦树基的脸，她顿时泪水夺眶而出。但杨淑勤的眼里没有悲伤，她的目光就像一块碎裂的冰，尖锐而寒冷。她死死地盯着胭脂，一步一步走过来，一字一句地说，可你是他一生的污点。

胭脂很慌张，不知道怎么办好。她匆匆忙忙地解释，我不是。

杨淑勤肯定地说，你是。

十一

胭脂回到费家村时已近黄昏，天上下着雪，村庄一如既往的宁静。这是新中国成立后的第一个新春，胭脂那五亩地早已分给两户人家，那个院子成了工作组的办公室与食堂。工作组的组长看完她的证明，说等开了年，让人给她腾半间屋子。胭脂说，这里是我的家。

组长说，现在是劳动人民的天下了。

胭脂不再申辩，费家村里再也没有她的立足之地。胭脂只想带走挂在床头的那幅肖像，于是，求组长让她四下再看一眼。组长点了点头，跟在她后面，把每间屋子都转了一遍。那幅画早已不见踪影，胭脂有点急了，沿着院墙在整个院子里又找了一遍。组长问她到底在找什么。胭脂说一幅画。组长说这种资产阶级的东西早随旧社会一起埋葬了。

胭脂沿着原路离开了村庄,她在雪地里不停地走,却不知道去往何处。天黑以后风止了,雪也停了,天地间无声无息。胭脂以为自己会冻死在这个夜里。她蜷缩在渡口的茅草棚里,连生堆火的火柴都没有一根。

几天后,一个蓬头垢面的女人穿过斜塘镇空旷的街道,出现在泰顺裁缝铺外。她长久地看着低垂的棉布门帘,才艰难地踏上台阶。胭脂撩起门帘,一股糨糊的气息扑面而来。宝生俯身在案板上,给一块料子上浆。风从街上吹进来,屋子中央的炭盆里飘起一串火星。

宝生凝望着门口的女人。他的唇上多了一抹胡须,鼻梁上还架着眼镜。好大一会儿,宝生缓慢地走上前来,每一步都好像跨越一个世纪那样。他拉起胭脂的手,一直把她拉到炭盆边,说,先暖暖手吧,我给你做饭去。